左翼文学的内与外

翟猛 / 著

天津社会科学院出版社

图书在版编目（CIP）数据

左翼文学的内与外 / 翟猛著. -- 天津 : 天津社会科学院出版社，2024.2
ISBN 978-7-5563-0944-3

Ⅰ. ①左… Ⅱ. ①翟… Ⅲ. ①左翼文化运动—文学研究 Ⅳ. ①I209.6

中国国家版本馆 CIP 数据核字(2024)第 016119 号

左翼文学的内与外
ZUOYI WENXUE DE NEI YU WAI
选题策划：韩　鹏
责任编辑：沈　楠
责任校对：付聿炜
装帧设计：安　红
出版发行：天津社会科学院出版社
地　　址：天津市南开区迎水道 7 号
邮　　编：300191
电　　话：（022）23360165
印　　刷：高教社（天津）印务有限公司
开　　本：880×1230　　1/32
印　　张：6.75
字　　数：133 千字
版　　次：2024 年 2 月第 1 版　　2024 年 2 月第 1 次印刷
定　　价：58.00 元

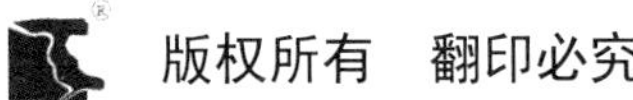

上编 左翼文学

下编 翻译文学

附录

上编

左翼文学

第一章

革命文学的叙述困境
——读阳翰笙

如何叙述革命，尤其是如何在文学中建构起叙述暴力革命的有效方式，是革命文学无法回避的问题，也是它对日后文学发展产生重要影响的地方。作为构成中国近现代革命历史的重要元素，“暴力”有其自身悠久的发展历史；而中国文学对暴力的“青睐”也绵延日久。革命文学兴起之后，文学对暴力的书写进入了新时期，即革命文学对暴力的书写不再是满足古代文人窥私癖、窥淫癖，或者种种猎奇心理的文学产物，而是在现代革命的宏大历史背景和强大话语力量下，成为了参与革命的重要力量。阳翰笙作为最早从事革命文学创作的作家之一，以其小说作品参与开拓了文学书写暴力革命的新篇章。从阳翰笙的作品中可以发现，他在努力以革命之名赋予暴力合法性的同时，文本的诸多细节却于无意间透露出多重社会力量在不断地排斥、侵蚀着革命，从而导致革命内涵趋于模糊，革命文学对革命的叙述也面临诸多困境。

一、革命者形象的建构与挑战

阳翰笙的短篇小说《马林英》初稿写于 1928 年 1 月 24 日,[①]同年连载于《流沙》杂志第一至四期,署名华汉。小说情节本身并不复杂,女革命者马林英率领部队在 N 城发动革命斗争,受到地方政府强力镇压,革命旋即失败,马林英壮烈牺牲。在创作该小说之前,阳翰笙主要在广东等地的军队中"从事党的政治思想工作,直接参加了历次战斗,一直到海陆丰"。[②] 初次尝试小说创作的阳翰笙面临的首要问题就是如何在小说中处理革命暴力的合法性问题。生硬刻板的政治政策并不能直接转化为小说中革命暴力合法性的正当来源,即政治意识形态所许诺的乌托邦并不能直接赋予革命暴力正当性,未来无法为当下正名。对此,阳翰笙充分发挥了自己的文学技巧,他试图从多个方面塑造马林英的革命者形象,继而为其革命暴力行为提供坚实的合法性。

由于阳翰笙极力消除了马林英身上的女性特征,她的形象非常男性化,"她却常常把头发剪得短短的","要使你不看她的面庞,只看她大踏步超前直走的背影,谁也不会把她当成是女性","把她认为是一个又英爽又温情又俊伟又妩媚的风流美少年"。[③] 在性格上马林英也与"一般青年女郎"不同,"不仅不哭,不和人吵嘴,反而能劝住她的朋友哭",被人称为"大姊姊"。[④] 在军校中,马林英经受住了爱情的考验。面对追求者在情书中深情地告白,马林英并没有迷失方向,而是坚定了自己的革命信念,"冷然的抿嘴微笑起来了","他

---

① 阳翰笙:《马林英》,《流沙》1928 年第 4 期,第 124 页。

② 阳翰笙:《序》,《阳翰笙选集(第一卷)》,四川人民出版社 1982 年版,第 2 页。

③ 阳翰笙:《马林英(一续)》,《流沙》1928 年第 2 期,第31 - 32 页。

④ 阳翰笙:《马林英(二续)》,《流沙》1928 年第 3 期,第 41 页。

要哭就让他去哭，苦就让他去苦，死就让他去死吧！”“你这革命情绪薄弱的青年哟！可怜！可怜！”①

显然，只有在马林英个人的革命者形象得以确立之后，才能为她所领导的革命提供一种合法性。在农友的帮助下，马林英在N城附近的乡村成功发动了革命，“穷人”和“赤贫如洗的群众”成为革命的主要力量。虽然，发动群众的过程并没有得到详细表述，农民与地主之间的阶级仇恨也没有得到具体说明，但通过朴素的杀富济贫的诉求和惩恶扬善的暴力机制，马林英的革命产生了重要的影响，就如小说开篇所讲“我们这附近百余里的乡村间，自从她神出鬼没地在这一带来闹过后，哼！可恶可恶！好多乡下人受了她的影响，公然敢起来抗租不缴了！”②

至此，该小说并不脱离一般革命文学的写作轨道。然而难能可贵的是，阳翰笙在小说中采用倒叙手法，介绍了人们如何认识马林英这个女革命者。在小说中，马林英有多重称呼，如大家闺秀、女学生、女性美少年、女匪首、青年女郎、女革命军等，这些称呼的背后是人们在不同历史文化坐标中对马林英身份的归类。虽然阳翰笙试图通过对马林英的现代化、革命化塑造，尽可能地将她区别于传统的女性。但是，这种努力并未完全将马林英从传统社会坐标中剥离出来。小说中楼云先生对马林英的评价就是这种不彻底性的表现。楼云先生是中国传统儒家知识分子的代表或化身。他钦佩马林英的“成仁取义”和“侠骨英风”③；又惋惜如此这般的奇女子被“那些什么自由解

① 阳翰笙：《马林英（二续）》，第46页。
② 阳翰笙：《马林英》，《流沙》1928年第1期，第43页。
③ 阳翰笙：《马林英》，《流沙》1928年第1期，第43页。

放等名词”[①]误了终身。对马林英领导的革命，楼云先生认为这些行为固然可恶，但其侠肝义胆、舍生取义却又是儒家伦理的应有之义。因此，楼云先生认为“斩首”反而成就了马林英这位“儒中女侠”。这一系列言行无意中透露了中国传统文化(特别是儒家文化)对暴力的认识和接受状况。罗威廉(William T. Rowe)认为，中国传统文化内部其实为“被许可的”暴力提供了充裕的空间，无论是在平民层次还是在精英层次。[②] 这一论述很大程度上得益于田海(Barend J. ter Haar)对中国传统文化与暴力之间关系的研究。田海认为，暴力在中国社会中发挥了非常重要的规范性作用。[③] 他还特别指出了儒家知识精英与暴力之间存在的微妙关系，尤其是儒家知识精英往往通过运用不同形式的暴力以建构自己的精英身份。[④] 尤为重要的是，暴力成为了儒家知识精英控制其他社会阶层的重要手段。[⑤] 此外，一般认为中国传统文化贬斥暴力且重文轻武，但是，这一观点是基于一种符合儒家知识精英的愿望而被建构的“真实”之上的。上述观念仅仅是儒家精英主导的一种意识形态建构，他们自身则毫无顾忌地运用暴力以操控社会。[⑥] 由此可见，中国传统文化，特别是儒家文化，给暴力提供

---

① 阳翰笙:《马林英(一续)》，第30页。

② [美]罗威廉:《红雨:一个中国县域七个世纪的暴力史》，李里峰等译，中国人民大学出版社2013年版，第4-5页。

③ Barend J. ter Haar, “China’s Inner Demons: The Political Impact of the Demonological Paradigm”. *China Information*. 1996. 2-3, p. 84.

④ Barend J. ter Haar, *Rethinking “Violence” in Chinese Culture*. Meanings of Violence: a cross cultural perspective. Eds. G. Aijmer and J. Abbink. Oxford: Berg, 2000, p. 124.

⑤ Barend J. ter Haar, *Rethinking “Violence” in Chinese Culture*. Meanings of Violence: a cross cultural perspective. Eds. G. Aijmer and J. Abbink. Oxford: Berg, 2000, p. 136.

⑥ Barend J. ter Haar, *Rethinking “Violence” in Chinese Culture*. Meanings of Violence: a cross cultural perspective. Eds. G. Aijmer and J. Abbink. Oxford: Berg, 2000, p. 138.

了相当充裕的存在和活动空间。

小说将马林英的行为定义为儒家礼教中的杀身成仁，椟云虽然赞扬了马林英所表现的侠骨英风，但却没有肯定她所领导的革命。这不仅在有意无意中消解了马林英行为的革命意义，而且重申了儒家话语在阐释马林英的“革命”斗争及失败过程中的有效性，并再次确认、巩固了自己作为社会主导阶层的儒家知识精英的身份。由此可见，马林英的革命暴力行为非但没有造成革命对象产生颠覆性的变革，反而进一步激活或彰显了中国社会固有文化传统的弹性和张力，“革命”被吊诡地纳入到了儒家传统文化对暴力的阐释、操控的历史脉络之中。

二、“革命”与“造反”

在 N 城附近的地主阶层看来，马林英领导的革命只不过是农民的又一次造反而已。对斗争双方所采取的暴力对抗形式进行分析可以发现，针对农民与地主之间对抗关系的性质这一问题，双方的理解存在本质上的差异。正如小说中的地主所说，马林英及其所率领的革命军所做的是“杀人放火”的事，并将其称为“女匪首”①。这一命名，不仅仅是一种主观情绪的宣泄，更是在试图将马林英等人的“革命行为”纳入到中国社会悠久的应对“匪”或“土匪”的历史经验和知识框架之中进行理解。这一过程实际上是在传统社会经验逻辑中将反动势力对现代革命的镇压行为合法化的过程。这种合法化将调动传统的“匪患”“剿匪”“造反”“镇压”等一系列历史经验和社会力量，同时这也是传统对“革命”进行污名化的过程。

---

① 阳翰笙:《马林英》,《流沙》1928 年第 1 期,第 45 页。

按照小说所写，马林英的到来只能算是激化了乡村原有的矛盾，使得形势朝农民与地主之间的阶级斗争、武装暴动与镇压、革命与反革命等两极化方向发展。面对受农友支持的马林英领导的革命，地主阶层所采取的反应是组织马林英口中的"那批王八蛋民团"①予以镇压，因而民团也就成了革命所面对的主要敌对武装力量。然而，有研究表明，在中国历史上民团是中国传统乡村中存在的一种乡村自治模式。一方面，近代民团上承政府命令，履行代征赋税、维持治安等基层管理职能，以此获得权力合法性的正式来源；另一方面，民团便于最大限度地整合乡村社会囊括血缘与地缘在内的各种关系资源，以此生成乡村社会的秩序和保障富绅阶层的权益。② 裴宜理(Elizabeth J. Perry)更是认为，民团是中国重要的地方社团之一，在某种程度上说，它集中体现了国家和社会的利益。对乡村和居民来说，防御组织的存在可以保卫他们的生命财产不受土匪威胁。对政府而言，民团是执行政令、镇压叛乱的工具。③ 裴宜理特别强调了这些民团组织所针对的是当时的捻党、土匪、盗匪等社会威胁，而不是普通乡村居民。毕仰高(Lucien Bianco)也认为，民团的首要目标是保护乡村财产不被任何人抢走，无论是以偷盗、横征暴敛，还是以最终的社会主义再分配的形式。④ 因此，当马林英所率领的革命军进入N城附近的乡村时，地方阶层既

---

① 阳翰笙:《马林英》,《流沙》1928年第4期,第115-116页。

② 黎志辉:《从乡村自治到苏维埃革命——以国共两党对农会和民团的认为演变为中心》,《中共党史研究》2010年第1期,第51页。

③ [美]裴宜理《华北的叛乱者与革命者:1845—1945》,池子华、刘平译,商务印书馆2007年版,第96页。

④ [美]罗威廉《红雨:一个中国县域七个世纪的暴力史》,李里峰等译,中国人民大学出版社2013年版,第262页。

有的知识结构和历史经验必然会将其纳入到熟悉的“剿匪”或“叛乱”认识框架之中，组织民团予以镇压、“剿匪”。

马林英最后难逃被砍头的悲剧，“血淋淋的头颅被割来挂在一棵柏树上去了，一点点一滴滴殷红的血透烈人迹踏过的泥道中”[①]，但是官府决定对马林英等人进行镇压的理由却与小说的革命主题格格不入。镇压的原因主要在于“那批下贱的穷人，敢于成群结队地跟着起来造大反，这在有五千年文化史的古邦中确是一件不可多见的奇事”。“政府再也不能容忍这批造反的穷汉横干下去了。因为这是反常，这是破坏文化”。[②] 这些叙述并未表述任何关于阶级革命的内容，与其说政府是要镇压革命，毋宁说是延续了传统官府对待农民叛乱的一贯做法。

由此，马林英等人高喊的“革命”在传统社会的逻辑下看来却成了历史上常见的农民集体暴力叛乱。对两者的区别，裴宜理认为“革命”这个术语在这里指的是一个暴力过程，不仅是想象，而且是完成迅速的政治、社会、经济、文化变革。相反，叛乱指的是更为普遍的有组织反抗政府的现象，没有任何意识形态、阶级觉悟、政治成就的约束。[③] 虽然，阳翰笙尝试凸显马林英所领导的运动是在农友的支持下与地主乡绅所进行的阶级斗争，一再努力塑造无产阶级革命的意识形态氛围，但属于 N 城本身的原生性革命并没有出现。通过输入革命，阳翰笙或马林英在小说中试图将农民强行纳入现代“革命”话

---

① 阳翰笙：《马林英（续完）》，《流沙》1928 年第 4 期，第 124 页。

② 阳翰笙：《马林英（续完）》，第 120 页。

③ ［美］裴宜理：《华北的叛乱者与革命者：1845—1945》，池子华、刘平译，商务印书馆 2007 年版，第 10 页。

语体系之中，但结果并不令人满意。相反，“革命”最终成了革命者的自说自话，并被 N 城固有的传统暴力结构所吸纳，嵌入到了“匪患与剿匪”或“叛乱与镇压”这一历史谱系之中，成为了千百年来不断上演的历史情节的重复再现，其现代“革命”的意义愈发脆弱。同时，这也凸显了早期革命文学对革命描写的简单化，未能把革命这一现代概念与中国传统社会中的农民反抗运动作有效的区分，二者之间的界限尚不明确。

三、阶级意识与革命暴力的合法性

晚于《马林英》完成的长篇小说《地泉》是阳翰笙最重要的小说作品。该书由《深入》（又名《暗夜》）（1928）、《转换》（又名《寒梅》）（1929）、《复兴》（1930）三部中篇小说组成，最早由上海平凡书局于1930 年 10 月出版，1932 年由上海湖风书局再版。最早创作完成的《深入》描写陈镇的农民在农民协会的领导下发动暴动，成功推翻地主和政府的革命经过。如果说《马林英》主要突出了女革命者马林英的个人英雄形象，那么，在《深入》中，阳翰笙则着重强调了集体暴力或阶级斗争之于革命的重要性。因而，小说人物如何获得阶级意识，确认阶级身份，成为小说要解决的首要问题。对此，阳翰笙在小说开篇即着手将个体或家庭的悲苦与阶级压迫这一宏大的革命话语结合在一起，他所采取方式是让人物进行诉苦。

所谓“诉苦”，即“诉说自己被阶级敌人迫害、剥削的历史，因而激起别人的阶级仇恨，同时也坚定了自己的阶级立场，就叫作‘诉苦’。”①一般认为，“诉苦”是 20 世纪 50 年代土地改革时期所大量出

① 陈北鸥：《人民学习词典》，上海广益书局 1952 年版，第 331 页。

现和被普遍运用的一种民众动员技术，它大多出现在“红色经典”文学之中。其实，在早期的革命文学创作时期，“诉苦”就已经成为重要的革命动员手段。有研究者指出，早在1925年的工人运动过程中，群众诉苦已经作为重要的动员策略而被使用，甚至组建了特殊的工作组去鼓动人们诉苦。① 换言之，“诉苦”作为革命文学或左翼文学的一种重要书写内容而长期存在，只不过是在土改时期或反映土改历史的小说中表现得尤为集中和显著。在《深入》等早期革命文学中，“诉苦”的情节较为简单，远非“由千百万贫苦农民共同参与的全国性、仪式化政治行为”②。但是，小说通过描写“诉苦”所要达到的目的与后来土改时期在本质上是一致的，即实现民众动员。李里峰认为，就党的动员目标而言，通过土地再分配使农民“翻身”并不是最终目的，更重要的是启发群众“翻心”，即让他们认识到自己贫穷的根源在于受剥削，进而激发其对地主的复仇心理。③ 从而，通过“诉苦”，以让农民在头脑中促成阶级意识，并在此基础上形成牢固的政治认同。④ 因而，在《深入》的开篇，阳翰笙不仅写罗老伯家之贫苦、生存环境之恶劣，替老罗伯一家“诉苦”，更写到了罗妈妈以口吃的语句所表达的对这种苦难的认识，“只怪得我们的运气！…唵…我们种种种田人是靠天吃饭的呀！…天天天不保佑我们有什么办法呢！”⑤

① S. A. Smith, *Like Cattle and Horses: Nationalism and Labor in Shanghai, 1895—1927*. Durham: Duke University Press, 2002, p. 195.

② 李里峰:《土改中的诉苦:一种民众动员技术的微观分析》,《南京大学学报·哲学人文社会科学版》2007年第5期,第97页。

③ 李里峰:《土改中的诉苦:一种民众动员技术的微观分析》,第99页。

④ 彭正德:《土改中的诉苦:农民政治认同形成的一种心里机制——一湖南省醴陵县为个案》,《中共党史研究》2009年第6期,第113页。

⑤ 阳翰笙:《深入》,上海湖风书局1932年版,第4页。

值得注意的是，罗妈妈对自身苦难的认识与阶级无关，只是在向命运“诉苦”，即悲叹自己“命苦”。显然，这种宿命论与农民获得阶级意识或革命积极性是截然冲突的。真正将个人的苦难与阶级压迫相关联，或在小说中引入阶级意识的，并非“红色经典”中常常现身的党员或土改工作组，而是身为普通农民的老罗伯自己。“你说什么呀？……天，天，天吗？唵唵，你那里明白！那里明白！这分明是人啊！分明是我们的田主啊！他！他！他！没有他，我们就饿饭也只饿得半年呀！……但是怎么会没有他呢？怎么会没有他呢？”①“他深深的知道：他过去身受的艰难，并不是什么天意；他现在遭遇着的困苦也并不是什么命运。他分明看见过去的一切艰难和现在的一切困苦，都是他那田主人厚赐他的……一生之中竟受了这么多的艰难困苦，竟受了这么多的凌辱虐待，固然都是因为他太穷了的关系！但是谁把他逼穷的呢？盗匪的抢劫吗？不是的，自己的懒惰吗？更不是的。逼穷他到这步田地的才是他的田主呀！”②上述老罗伯的言语和心理活动不但将自家苦难的根源从“命苦”转移到了“受田主之苦”上，即从命运转移到阶级压迫上，而且提出了解决问题的办法，即铲除田主，打倒地主阶级。这种并不十分符合老罗伯身份，但又极具条理性的苦难推理逻辑和阶级意识，③是将革命暴力行为从个体提

① 阳瀚笙：《深入》，第 5 页。

② 阳瀚笙：《深入》，第 10 页。

③ 即便在 20 世纪 50 年代的土改时期，唤醒或输入阶级意识，进而动员农民进行土地革命仍然十分困难。李里峰曾以河北省黄骅县的统计为例，指出“诉穷苦”与“诉匪苦”占了绝大多数，而基本上没有直接诉地主欺压剥削之苦的。从而，需要土改工作者运用各种方式来进行鼓励、动员农民诉苦。参见李里峰：《土改中的诉苦：一种民众动员技术的微观分析》，《南京大学学报·哲学人文社会科学版》2007 年第 5 期，第 108 页。

升为群体行为的政治思想基础。

在《深入》中，实现老罗伯提出的铲除苦难根源、打倒阶级压迫的唯一途径是参加农会继而发动农民暴动。罗大向父亲老罗伯转述了农会的策略，"'杀！杀！杀！……杀完了田主我们好分土地。'忽然罗大将手一挥，做了一个杀人手势！"①随即，老罗伯的暴力情绪被唤起："他呆望着门外那片灰白色的迷迷茫茫的秋空。一瞬间竟然像变成了一片波涛汹涌的血海。那可怕的头颅，那可怕的尸骸，那血淋淋的可怕的断骨残肢，都像在这可怕的血海中浮荡了起来。"②然而，在发动暴动进行"杀！杀！杀！"之前，农会会长汪森并没有一味地鼓动农民杀人，相反，他着重强调了革命暴动中组织化的重要性："我们要晓得，我们要有很好的组织才能战胜一切。"③随即他提出了要组织总指挥机关、建立农民武装、组织敢死队和纠察队等建议。对于农民们提议的"组织杀人队"和"组织放火队"，汪森极具政治高度地指出："我们要打翻这不良的社会制度，绝对不是和和平平可以了事的，我们要杀人！我们必须杀人！我们要放火！我们必须放火！但是，这绝对不是说我们走一路杀一路，走一处烧一处，我们是有一定的限度的呀！要知道我们是不得已而杀人！更是不得已而放火！……我们应当不仅是一个社会的破坏者，还应当是一个社会的创造者才对，这一层还望大家注意！千万的注意！"④这一大段的发言显然是生硬刻板的政治宣传和思想教育，然而这也体现了汪森所领导的农会及

---

① 阳瀚笙：《深入》，第 20 页。
② 阳瀚笙：《深入》，第 22 页。
③ 阳瀚笙：《深入》，第 67 页。
④ 阳瀚笙：《深入》，第68－69 页。

其发动的暴动显然已经高度地组织化、政治化、集体化，而非稍早时期革命文学所描写的个人无政府主义式的暴力抗争。

因而，小说对集体革命暴力的书写从罗妈妈的诉苦开始，到老罗伯顿悟般地获得了阶级意识，再到儿子罗大带来农会领导农民武装暴动的消息，最后农民以武装暴动打倒了地主豪绅取得了最后的胜利。显然，在革命从发动到胜利的过程中，老罗伯的农民阶级意识的确立为之后一系列的农村革命提供了根本性的合法性。然而，如前所述，阶级意识的获得远非如小说中所叙述的那般自然而然。对这一重要情节的简单化处理，凸显了《深入》的高度理想化。对此，瞿秋白在为《地泉》所写的序言中指出，"'地泉'的路线正是浪漫蒂克的路线。"①并直言"'地泉'正是新兴文学所要学习的'不应当这么样写'的标本。"②严厉批评了《地泉》对中国社会现实的把握和描写过于粗浅。

在《复兴》中工人的阶级意识则与民族主义杂糅并处，显得更为复杂和含混。小说写上海法租界电车工人发动大罢工，罢工工人内部发生激烈斗争，最终"黄色工会"和"工贼"被打倒，工人们以武装暴动的形式取得了罢工运动最后的胜利。但始终萦绕在工人与资本家这一阶级矛盾之上的却是意在"反帝"的民族主义。在小说结尾的斗争高潮，即工人发动武装暴动时，其首要口号也是"打倒帝国主义"③，之后才是"打倒工贼工会"和"建立工人自己的工会"④等。可

---

① 阳翰笙：《地泉》，上海湖风书局1932年版，第2页。
② 阳瀚笙：《地泉》，第3页。
③ 阳翰笙：《复兴》，上海湖风书局1932年版，第170页。
④ 阳瀚笙：《复兴》，第172页。

见，虽然小说的主题是城市工人运动，但是工人的斗争对象是资本家和帝国主义的合二为一。因此，工人武装暴动的合法性既来自于阶级斗争，更来自于反对帝国主义的民族解放运动。工人运动的这种双重合法性，是中国近代工人运动的一个重要特征。对此，有研究指出，在1925年至1927年之间，上海此起彼伏的工人运动浪潮和工人组织的大量涌现，与其说是工人阶级意识的体现，毋宁说是民族主义斗争的表现。但是，这并不意味着工人阶级意识在工人群体中是缺失的。实际上，通过参与民族主义斗争运动，工人阶级身份意识开始在上海工人中间扎根，其原因之一即当时表述民族身份的主流话语形式受到了阶级话语的重要影响。① 这种复杂的历史语境和意识形态构成，让《复兴》中工人武装暴动的合法性来源超越了无产阶级与资本家之间的阶级斗争，汇入到超越阶级隔阂的民族主义反帝运动之中。

四、小结

由上可见，阳翰笙在小说中尝试从不同方面建构革命暴力的合法性，但又时时面临着诸多困境。虽然小说《马林英》自始至终都在描写暴力革命，但却又处处体现了传统对革命的消解。无论是革命被污名化为“造反”，还是革命者英勇就义被称谬称为“杀身成仁”，始终不变的是传统对革命的冲击和挑战。以暴力机制的运作为视角，可以清楚地看到N城社会固有的暴力结构以及儒家传统对暴力的理解范围，更可以发现暴力长期在中国传统社会中发挥的规范性

① S. A. Smith, *Like Cattle and Horses*: *Nationalism and Labor in Shanghai*, *1895—1927*. Durham: Duke University Press, 2002, p. 2.

作用。这一系列的文化准则和文化预设都在遇到现代革命时持续地释放出能量,企图污名化,甚至收编、消解革命。《深入》试图通过确立农民的阶级意识、揭示阶级斗争的必然性,为农村革命暴动提供合法性支持。但由于作者对农村革命斗争缺乏深入的了解,只能让农民通过"顿悟"的形式在一瞬间获得与其身份不相符合的、高度理想化的阶级意识和政治觉悟。《复兴》对工人运动的描写则陷入了阶级斗争与民族主义反帝斗争的双重话语纠缠之中,即城市工人武装暴动的合法性从阶级斗争转移到了旨在"打倒帝国主义"的民族解放运动一侧,而民族主义提供了比阶级冲突更明确、更具号召力的群体动员力量。正是在多重因素的影响之下,阳翰笙在小说中对革命暴力合法性的建构过程显得愈发艰难曲折,文学对革命的叙述也困难重重。然而,这不仅是革命文学家们所面临的挑战,也是理解革命文学所必须思考的问题。探寻革命暴力合法性在文学中的建构过程及其叙述方式,将有助于厘清革命与传统、阶级、民族主义等概念之间的复杂关系,进一步推进革命文学的研究。

原刊于:《中国现代文学研究丛刊》2017 年第 3 期,题目为《早期革命文学的革命暴力叙述困境——以阳翰笙的小说为例》

第二章

探索革命文学的写法
——读蒋光慈

革命文学对革命暴力的书写经历了一个从无到有、从简单到复杂、从幼稚到成熟的发展过程。在这个过程中,先驱者是革命文学的早期作家蒋光慈,而具体到蒋光慈对革命暴力的书写对象与主题,也呈现出了由个人到集体,由复仇到革命的进化过程。其中,小说所描写的暴力形态与性质的变化,反映了蒋光慈所处的革命环境不断变化、对革命认识的不断加深,以及他对革命文学写作策略的不断调整。由此,蒋光慈的小说作品也从"流氓无产者文学"发展为"无产阶级革命文学",成为了革命文学阵营中进行革命暴力书写的先锋。

蒋光慈在青年时代受无政府主义思想的影响显著。概括地说,蒋光慈的思想经历了由无政府主义到共产主义的发展历程。在无政府主义思想时期,蒋光慈对俄国虚无党人及其所采取暴力抗争方式都持相当同情的态度。在《蒋铁生复诸葛纯夫底信》中,蒋光慈对社会上流行的攻击无政府主义的种种偏见逐一批驳,指出无政府主义看似是依靠手枪、炸弹的恐怖主义,实则是"极其慈悲的,他们的方法也是极其平和的。不过你真激之过甚,暴烈手段也不能免”。[①] 张全之认为,从上述史料中不难看出,蒋光慈对无政府主义的理论十分熟稔,对民意党人暗杀行动尤其敬佩,对无政府社会的实现也充满了信心。[②] 此外,影响蒋光慈的小说创作的另一重要力量是俄苏革命文学对暴力的书写。在1927年所写的《十月革命与俄罗斯文学》中,蒋光慈详细介绍了活跃在十月革命前后的诸多作家,包括布洛克(通译勃洛克)、白德内宜(通译别德内依)、爱莲堡(通译伊利亚·爱伦堡)、叶贤林(通译叶赛宁)、谢拉皮昂兄弟(通译谢拉皮翁兄弟)、皮涅克等在内。在蒋光慈的介绍中,以上作家的相当一部分作品中都不乏暴力书写。例如在介绍叶赛宁时,蒋光慈特别指出了十月革命中的暴力事件对叶赛宁思想和创作的影响:

> “在俄国史上,我们可以寻出不少农民暴动的例证,如斯检潘拉金之乱,普加切夫之乱……然总不能成功。一直到十月革命,暴动的乡村与革命的城市联合一起,才真正达到解放旧俄罗斯之目的……在革命的面前,乡村的俄罗斯心灵上所发生的种种的感觉与情绪,都在叶贤林的诗中表现着……叶贤林觉得自己有无限的勇气,当他听见秋声吼啸的时候,他可以拿起刀来杀人,他可以为剧烈的斗争。因此,在革命的暴风雨里叶贤林与布洛克一样,对于流血并不惧怕,而并且在恐怖震动的波浪中,可以听出合乎他的心灵的音乐。”[③]

---

① 蒋光慈:《蒋铁生复诸葛纯夫底信》,《新文学史料》1983年第3期,第128页。

② 张全之:《中国近现代文学的发展与无政府主义思潮》,人民出版社2013年版,第220页。

③ 蒋光慈:《十月革命与俄罗斯文学》,《蒋光慈文集》(第四卷),上海文艺出版社1988年版,第97-98页。

谢拉皮翁兄弟中的伊万诺夫（今译符·伊凡诺夫）也备受蒋光慈重视。他认为“乌谢沃·伊万诺夫在谢拉皮昂兄弟之中，是一个比较年长的，而又是一个最显著的作家了。”蒋光慈介绍了伊凡诺夫的《民团》《彩色的风》《铁甲车》三部作品，并指出“大半都是描写十月革命中，西伯利亚的农民之暴动种种情事。”让伊凡诺夫在文坛“陡然享盛名”的《民团》，“这是叙述西伯利亚农民暴动及民团战争如何发生的一部书，描写得非常生动，在新俄罗斯文学中算为少有的作品。不过当我们读这一部书时，我们只看得见农民的胡乱的暴动，革命的混沌的现象，而看不见革命的目的……”在论及皮涅克的小说时，蒋光慈认为，“皮涅克与伊万诺夫一样，只看见农民在十月革命中大的暴动，而看不见无产阶级的作用”。[①] 除此之外，蒋光慈还讨论了包括克里洛夫的《我们》在内的诸多诗作，这些诗歌也都在不同程度上对暴力进行了书写和描绘。

上述蒋光慈所介绍的俄苏作家笔下的革命暴力是俄国社会主义革命的重要组成部分，然而对留学苏联期间的蒋光慈来说，对革命暴力的体验还基本停留在文学阅读和想象层面。1921 年夏，蒋光慈与刘少奇、任弼时、韦素园、曹靖华等人从上海出发，取道日本长崎，从海参崴进入苏联。经过艰难跋涉，蒋光慈一行人于 1921 年 7 月 9 日抵达莫斯科，此行历时三个月。在莫斯科东方大学，蒋光慈等人的主要任务是在瞿秋白等人的帮助下学习俄语及相关马克思主义理论知识。[②] 直到 1924 年他回国以后，特别是 1925 年任冯玉祥的翻译，以

---

① 蒋光慈：《十月革命与俄罗斯文学》，《蒋光慈文集》（第四卷），第106－107 页。

② 关于蒋光慈在莫斯科东方大学学习的经历，参见吴腾凰、徐航：《蒋光慈评传》，团结出版社 2000 年版。

及之后1927年亲身经历四一二反革命政变等暴力事件之后，他对革命、革命暴力才有了切身的经验。虽然，蒋光慈无法代表全部革命文学作家，但是其身上的典型性却具有浓重的时代特征，诸多革命文学作家与蒋光慈的情况存在或多或少的相似之处。

一、从复仇到革命——从《少年漂泊者》到《短裤党》

蒋光慈在短篇小说《少年漂泊》中对汪中暴力复仇等反抗行为的描写，受到了无政府主义的影响。在政治上，汪中属于流氓无产阶级，其单打独斗式的复仇行为也不属于无产阶级革命的范畴。蒋光慈首部集中描写无产阶级暴力革命的小说是创作于1927年3月间的中篇小说《短裤党》（泰东图书局，1927年11月）。该小说由蒋光慈根据瞿秋白提供的材料和自己耳闻目睹的素材写成，被誉为是反映上海第二次工人武装起义的"中国无产阶级革命文学的最初成果"①。虽然小说中仍然不脱离"革命加恋爱"这一模式的窠臼，但是，传统意义上的女性为夫报仇与无产阶级革命已经融为一体，革命

① 编者：《前言》，《蒋光慈文集》（第一卷），上海文艺出版社1982年版，第2页。对于《短裤党》的创作，时在中共中央宣传部工作的郑超麟指出，"蒋光赤是瞿秋白家的常客，他写过好几本小说，如《少年漂泊者》《鸭绿江上》《短裤党》等。他在动笔之前，总是去征求瞿秋白的意见；完稿以后，再送秋白看，征求意见"。"秋白平时给他讲的党的活动情况，为小说提供了素材，《短裤党》的书名就是秋白给取得。当时，蒋光赤想不出合适的书名，秋白从小说的内容联系到法国大革命的Sans-Cutottes，因而命名为《短裤党》。小说题材是描写中国共产党领导下的上海工人第二次武装起义"。（郑超麟：《史事与回忆——郑超麟晚年文选（第二卷）》，天地图书公司1998年版，第140页。）郑超麟与瞿秋白、蒋光慈等人多有来往，他对蒋光慈小说中的人物原型进行了索隐，可资参考。即"书中的杨直夫和秋华夫妇，就是瞿秋白和杨之华夫妇的化身，书中的老头子郑仲德即陈独秀，鲁德甫即彭述之，史兆炎即赵世炎，何乐佛即罗亦农，林鹤生即何今亮（汪寿华），易宽即尹宽，曹雨林即郑超麟。此外，小说中的沈船舫即孙传芳，张仲长即张宗昌，李普璋即李宝章，皮书城即毕庶澄，章奇即张继，郑敢即曾琦，李明皇即李璜，左天宝即左舜生"。（郑超麟：《史事与回忆——郑超麟晚年文选（第二卷）》，第140页。）

者史兆炎与月娟的爱情也只能是革命间隙的爱情，所占篇幅极小。相反，蒋光慈花费了大量的篇幅去写暴力革命。无论是当时最为流行的革命方式“飞行集会”还是工人武装起义，蒋光慈都投注了极大的创作热情。① 在这些革命行动中发生暴力冲突的双方已经从汪中和地主刘老太爷转变成了无产阶级和反动资产阶级。“集体”成为了革命的主要行动单位和革命文学的重点书写对象。

小说在描写军阀对飞行集会的暴力镇压过程时，自始至终没有面目清晰的个体形象出现：“大刀队荷着明晃晃的大刀，来往梭巡于马路上，遇着散传单，看传单，或有嫌疑者，即时格杀勿论；于是无辜的红血溅满了闸北，溅满了浦东，溅满了小沙渡……有的被枪毙了之后，一颗无辜的头还高悬在电杆上；有的好好地走着路，莫名其妙地就吃一刀，一颗人头落地，有的持着传单还未看完，就噗嗤一刀，命丧黄泉。”②这种“有的、有的、还有的”式的全景叙述方式和语言范式，一方面透露出蒋光慈对大场面集体行动的文学把控能力较为欠缺，同时也将个体的面貌削减殆尽，只剩下一个模糊的集体印象，突出的是一种阶级象征，这显然是蒋光慈有意为之。与之形成鲜明对比的是，在描写工人武装暴动的过程中，蒋光慈详细描写了各个人物的暴

① 在实际生活中，蒋光慈对“飞行集会”这类活动并不感兴趣。吴似鸿回忆道，“一天光慈从外边回家对我说：‘党说我写作不算工作，要我到南京路上去暴动，才算工作，而我的工作就是写作。’接着他又说，‘现在要夺取都市政权，时机还没有到来，武器也没有，暴动一次，牺牲很大，大批的人捕去，收获的，不过是打破了几块玻璃而已。首先应当巩固农村苏维埃政权，然后包围城市。’”（吴似鸿：《没有说过的话，我要说》，载吴腾凰著《蒋光慈传》，安徽人民出版社 1982 年版，第 151 页。）在“立三路线”的指导下，蒋光慈拒绝参加“飞行集会”等集体革命活动的行为被视为一大错误，成了他被开除出党的原因之一。

② 蒋光慈：《短裤党》，《蒋光慈文集》（第一卷），上海文艺出版社 1982 年版，第 229 页。

力行动。小说详细描写了工人李阿四砍杀反动军官的过程,“这时围聚了许多观众,个人的脸上都呈现着一种庆幸的神情。在众人欢呼的声中,李阿四手持着大刀,不慌不忙地,走向前来将这两位被捕的人劈死了。一刀不行,再来一刀!两刀不行,再来三刀!可惜李阿四不是杀人的行家,这次才初做杀人的尝试,不得不教这两位老爷多吃几下大刀的滋味了”。虽然面对杀人示众的场面有些犹豫:“这时鲁正平见着这两具被砍得难看的尸首躺在地下,一颗心不禁软动了一下,忽然感觉得有点难过起来,但即时又坚决地回过来想道:对于反革命的姑息,就是对于革命的不忠实;对于一二恶徒的怜悯,就是对于全人类的背叛。”①这种心理状态的生硬反转,也正表现出蒋光慈是在有意消除革命人物非理性的复仇情绪,努力将杀人的行为拉到阶级革命的旗帜下,即李阿四的行为决不是一般意义上的“杀人除恶”,而是革命对反革命的斗争。在这个意义上,实际砍杀反动军官或资产阶级恶势力的人是“李阿四”或者是“鲁正平”已无关紧要,他们都是“对反革命决不姑息”“忠于革命、忠于全人类”的无产阶级革命者。由此,《少年漂泊者》中汪中式的流氓无产者单打独斗式复仇已经蜕变为革命者的集体战斗,个人的暴力反抗行为已经被无产阶级暴力革命所取代。这个转变的过程既是蒋光慈自身革命认识不断进步表现,更是革命文学性质即将发生重大转变的征兆。

二、《最后的微笑》

虽然与《少年漂泊者》存在较大差异,但是,《短裤党》只能算是蒋光慈在描写集体革命暴力行为方面的初试身手。在此后一段时期

① 蒋光慈:《短裤党》,《蒋光慈文集》(第一卷),第297页。

中，个体暴力抗争行为仍然是蒋光慈小说描写的重点。换言之，蒋光慈还没有主动、自觉地完全摒弃对流氓无产者个人英雄主义的推崇，这种对个体暴力的迷恋在《最后的微笑》中达到了高峰。

该中篇小说创作于 1927 年 11 月至 1928 年 6 月，最初连载于《太阳月刊》创刊号（即一九二八年一月号）、二月号、六月号和停刊号（即七月号），原名《罪人》。刊登于《太阳月刊》的四节内容，分别被蒋光慈命名为《蚁斗》《往事》《夜话》和《诱惑》，然而在 1928 年 9 月由现代书局出版单行本时，书名改为《最后的微笑》，同时取消了前四节的标题，并又补充了两节内容。《最后的微笑》写主人公王阿贵因为参加反对资本家的工人运动被工厂开除后的一系列复仇行动。与蒋光慈的其他作品相比，《最后的微笑》远不如《少年漂泊者》《短裤党》《咆哮了的土地》《丽莎的哀怨》等受人关注。然而，该小说内容的丰富性和含混性却为透过文学阅读理解 1927 年至 1928 年前后的工人运动和革命文学提供了一个极佳的范本。在小说中，革命思想、宗教力量和男女情欲在追求理想世界、反抗社会不公这一共同目标下杂糅并处，形成合力，成为了个体工人奋起反抗社会压迫的最初动力来源，从而促使青年男女走上了无产阶级革命的道路。为实现朴素的社会变革愿望，革命者以个体抗争的方式连续发动暴力“革命”。然而，在革命行动过程中，由于缺乏坚实、体系化的革命思想和政治理念作为行动指导，革命者自身固有的非革命甚至反革命思想因素逐渐流露出来，暴力行为也逐渐脱离革命的轨迹，几乎进入疯狂的状态，最终导致革命者走向自我毁灭。由此，革命不仅陷于失败，而且充满了荒诞的意味。

首先值得关注的是，蒋光慈在革命文学创作过程中曾对基督教表现出了非常矛盾的态度。1923 年 12 月 1 日，蒋光慈创作了诗歌《昨夜里梦入天国》，诗中并未明确表示“天国”这个概念源自于基督教思想，所描绘的天国也没有明确的宗教色彩，只是诗人对理想世界的朴素想象。诗中写道，“什么悲哀哪，怨恨哪，斗争哪……在此邦连点影儿也不见”，“也没有都市，也没有乡村，都是花园”，“欢乐就是生活，生活就是欢乐啊！谁个还知道死、亡、劳、苦是什么东西呢？”在领略完这一“天国”之后，诗人感叹“此邦简直是天上非人间！人间何时才能成为天上呢？”①此时，蒋光慈仍在莫斯科东方劳动者共产主义（简称“莫斯科东方大学”）大学学习，对“天国”或大同世界的想象和向往只不过是他对共产主义世界的一种期望。1924 年 12 月 25 日，蒋光慈在圣诞节当天创作了《耶稣颂》一诗，对基督教进行了强烈的讽刺和批判。诗人控诉道，“反抗是罪恶，努力要服从主人”“穷富由天定，穷人不应仇恨富人”“世界变成了屠宰场，黑暗遮蔽了光明”等不正义的事情都是耶稣所谓的“教条”“博爱”“安慰”“神力”②造成的，从根本上否定了基督教。1926 年 3 月，蒋光慈在小说《碎了的心》中再次表达了反基督教的思想。教会红十字医院的护士吴月君是虔诚的基督徒，在护理因反帝运动而受伤的共产党员汪海平的过程中与之恋爱。最终，因强烈反对日本炮击大沽口，汪海平等人去执政府请愿，被卫队射伤，不治身亡。面对爱人惨死，吴月君痛感上帝无能，“当晚月君走到自己的房里，一声不发，先将自己看护妇的白衫

---

① 蒋光慈，《昨夜里梦入天国》，《蒋光慈文集》（第三卷），上海文艺出版社 1983 年版，第327－328 页。

② 蒋光慈，《耶稣颂》，《蒋光慈文集》（第四卷），上海文艺出版社 1983 年版，第396－397 页。

撕得粉碎，后把自己往常所爱读的圣经烧了，再把一张贴在壁上的耶稣的神像取下，用脚踏了又踏，跺了又跺。”并在绝笔信中说道：“现在的世界是没有道理的，上帝也是骗人的！”①最终，吴月君投水自尽。小说是典型的革命加恋爱的模式，但是纵观整篇小说，反基督教主题却压倒了革命和恋爱，几乎成为了小说的中心思想。上述作品的创作时间，正值1922年至1927年中国社会上开展了轰轰烈烈的非宗教运动，并发生了如1926年北伐军杀害外国传教士的“南京事件”②等激烈的反基督教事件。蒋光慈的文学创作与这一社会思潮是一致的，同时这也符合他共产党员无神论者的身份。

虽然蒋光慈对基督教持基本否定的态度，但是辩证地看，这同时也证明他已经注意到了宗教在人们面临苦难时可能发挥的某种作用。另外，他对基督教的批判和否定，主要是从现实生活经验或情感层面出发，而并非运用他在莫斯科所学的马克思主义唯物论等哲学思想对基督教神学予以批判或否定。这种高度情绪性的反宗教态度，导致蒋光慈并未对宗教思想中的改良社会、创造天国等思想与无产阶级革命及其所目标建立的共产主义社会之间做出清晰的区分，往往在无意中将二者混为一谈，甚至以双方对未来世界的共同想象

① 蒋光慈：《碎了的心》，《蒋光慈文集》（第一卷），上海文艺出版社1982年版，第129－130页。

② 1927年3月24日，北伐军占领南京，在混战中发生了外国使领馆、侨民、教会机构被抢劫等暴力事件。英、美、日、法等国借机声称保护侨民和领事馆，以军舰对南京进行炮击，造成巨大伤亡，史称“南京事件”。据统计，“南京事件”中外国侨民死亡6人，其中包括美国长老会教士、金陵大学副校长文怀恩（John Elias Williams），意大利人、天主堂神父兼震旦大学校长翟光朝（Vanara），法国人、天主堂神父兼震旦大学副校长杜神父（Dugout）等宗教界人士。（陈谦平：《民国对外关系史论，1927—1949》，生活·读书·新知三联书店2013年版，第43－44页。）

作为小说中人物觉醒的革命思想意识来源。自身思想的含混杂糅状态,必然导致蒋光慈所创作的革命小说带有些许宗教氛围和神秘色彩。

蒋光慈在《最后的微笑》对革命动员过程的描写并不十分具体,却在无意中表现了20世纪20年代早期革命思想传播和革命动员的重要机制,即通过学校这一场所或机构进行革命活动是中共在城市中传播革命理念时经常采取的重要方式。在这些学校中,具有基督教背景的学校又占据相当一部分。联系当时基督教在工人群体中所发挥的重要影响,以及早期革命者借助基督教网络所从事革命活动的历史背景,有必要对小说中涉及的宗教内容进行探究。实际上,在传播革命思想、进行革命动员、为暴力革命运动寻找合理性的过程中,巧妙借用既有文化资源,甚至是宗教资源,是左翼政治力量经常采用且非常有效的方式。

在《最后的微笑》中,阿贵被工厂开除后,将仇恨全部集中在工头张金魁身上。不仅仅因为张金魁是直接向阿贵宣布工厂开除令的工头,还因为他"效力于资本家,这样苦苦地害我",①更重要的是张金魁"害死了我的亲爱的朋友李全发,害死了那没有一点点罪过的沈玉芳先生"②。对于阿贵来说,沈玉芳是他革命启蒙的导师和引路人,而她开展宣传革命工作的方式则是通过学校中的工人教育,其场所即小说中的"平民义务学校"③。

---

① 蒋光慈:《最后的微笑》,《蒋光慈文集》(第一卷),上海文艺出版社1982年版,第449页。

② 蒋光慈:《最后的微笑》,《蒋光慈文集》(第一卷),第449页。

③ 蒋光慈:《最后的微笑》,《蒋光慈文集》(第一卷),第449页。

20世纪20年代，“平民义务学校”或“平民夜校”在上海工人群体中发挥了重要影响，它是重要的革命教育、宣传、动员机构。1928年5月18日，任弼时在《白色恐怖下党组织的整顿和秘密工作》中强调了在白色恐怖之下中共的各党支部要灵活开展群众活动：“每个支部必须找出许多公开组织群众的方法，如上海之兄弟团、姊妹团、堆金会、读书会、平民学校等等，在自己的领导与影响之下去结合周围的群众，并且要抓住每一个公开活动的机会，将我们秘密的工作与其联系起来，以吸引广大的群众，扩大党的影响。”①明确指出了平民学校在中共群众工作中的重要性。

蒋光慈在小说中对此机构所言甚少，甚至有意地言简意赅，只是介绍到这个平民义务学校“分日夜两班”，此外则未多言其他有价值的信息，即：“这所学校是谁个开办的？经费从什么地方筹来？关于这些事情，谁个也不晓得。”②蒋光慈有意模糊这所平民学校的由来，却反而暗示出了这一机构的敏感性。实际上，王阿贵的革命意识正是从平民学校的工人教育中得来的。换言之，平民义务学校是王阿贵和其他工人抗争意识被唤醒，确认自身的工人阶级身份，进而走上革命抗争道路的起点。因而，“平民义务学校”这一机构并非像蒋光慈在小说中“一笔带过”那样可有可无，而是具有重要的革命启蒙意义，也是理解《最后的微笑》整部小说的重要因素。要准确了解这一高效革命动员机构，就必须了解其发展经过，特别是它与基督教会的关系。

---

① 中共中央文献研究室、中央档案馆编：《白色恐怖下党组织的整顿和秘密工作》，《建党以来重要文献选编》（第五册），中央文献出版社2011年版，第204页。

② 蒋光慈，《最后的微笑》，《蒋光慈文集》（第一卷），第449页。

20世纪20年代,平民义务学校在上海的开设情况并不复杂,只不过其最初设立的初衷与无产阶级革命这一政治运动相去甚远。20年代上海的劳工教育主要由中华基督教青年会(Young Men's Christianity Association,缩写为YMCA,以下简称"青年会")和中华基督教女青年会(Young Women's Christianity Association,缩写为YWCA,以下简称"女青会")两个组织开展并领导。基督教青年会是最早在中国进行平民教育的组织。早在第一次世界大战后期,青年会就在欧洲华工中开展平民教育。[①] 在青年会干事晏阳初和傅若愚的推动下,青年会全国协会于1920年专门设立了平民教育部。[②] 早在1903年,女青年会就开始了服务女性劳工的事业,美国的贝宁格女士(Martha Berninger)到上海来专为工厂女工服务。正如赵晓阳所指出的,传教士对中国女性的早期关注是从教育入手的。[③] 1904年秋,女青年会开始在上海杨树浦地区的工厂女工中组织聚会。不过,此时开展事工[④]的意图是传播福音,所以布道、讲道总是聚会和晚课的主要内容,另辅以阅读、唱歌和编织等教学课程。[⑤] 由于杨树浦地区是

---

① 1918年,晏阳初与其他中国青年志愿者赴法国,开展针对在法华工的平民教育,采取了开办学校、油印《驻法华工周报》等多种方式。当时,在法华工人数超过十四万,其中百分之八十以上为文盲。详见Shirley S. Garrett, *Social Reformers in Urban China: The Chinese Y. M. C. A., 1895—1926*. Cambridge: Harvard University Press, 1970, pp. 154 - 156.

② 侯杰、王文斌:《基督宗教与近代中国的社会和谐——以中华基督教青年会为例》,《史林》2007年第4期,第42页。

③ 赵晓阳:《20世纪上半叶中国妇女的启蒙与觉醒——以上海基督教女青年会女工夜校为对象》,《中华女子学院学报》2010年第3期,第94页。

④ "事工"是指基督教会的成员执行教会所任命的工作。部分的事工是针对教会内部的会友,其他的事工则是针对大众而预备的。参与事工,以基督徒的生命去帮助别人,是圣经之中所记载的使命之一。

⑤ 钮圣妮:《近代中国的民众团体与城市女工——以中华基督教女青年会的劳工事业为例(1904—1933)》,《东岳论丛》,2005年第3期,第142页。

上海重要的工业区，工厂林立劳工众多，因而也成为工人教育和社会服务、社会救济的主要开展地区。1917 年沪江大学外籍教师葛学溥(Daniel H. Kulp Ⅱ)在杨树浦地区成立了“沪东公社”(The Yangtzepoo Social Center)。该机构提供服务的主要内容就是从为周围工厂的工人开设补习班开始，继而开办小学日校，招收附近工厂工人的子弟，到开设夜校，辅导在职的工人。[①] 1921 年，女青会劳动部成立。随后，1924 年，青年会劳动部成立，进一步加强对劳工的教育和引导。根据赵晓阳的研究 1922 年中华基督教协进会成立了工业委员会，由上海青年会劳工干事朱懋澄、女青年会劳工干事丁门(Mary Dingman)和程婉珍、协进会工业干事陈其田和霍德进(Henry Theodore Hodgkin)组成。工作宗旨为在民众中宣传社会及劳工问题；努力让人们了解教会与经济及劳工问题的关系，并实行基督教全国大会所规定的三项标准：帮助培训工人；提倡工业经济的研究；努力实现工会的注册制度；发起劳工及经济等问题的调查；和其他宗旨相通的机关合作等。[②] 在女青会开展劳工教育过程中，1926 年 10 月，上海女青年会劳工部在闸北设立了劳工服务处，开办了两个女工平民教育班。1928 年春，上海女青会已经有四个劳工服务处，学生大多数是附近烟厂、纱厂和丝厂的女工，共约 200 人。[③] 中华基督教青年

① 马长林：《基督教社会福音思想在中国的实践和演化——以沪江大学所办沪东公社为中心》，《学术月刊》，2004 年第 3 期，第 56 页。

② (“三项标准”即：不得雇用未满 12 周岁的幼童，七日中休息一日，保护工人健康。参见……)赵晓阳：《基督教会与劳工问题》，载陶飞亚编，《性别与历史：近代中国妇女与基督教》，上海人民出版社 2006 年版，第 188 - 189 页。

③ 赵晓阳：《20 世纪上半叶中国妇女的启蒙与觉醒——以上海基督教女青年会女工夜校为对象》，《中华女子学院学报》2010 年第 3 期，第 94 页。

会第一任总干事巴乐满(Fletcher Sims Brockman)在民国成立之初就曾指出,基督教青年会必须为所有人服务,包括城市中产阶级、铁路雇员、普通劳工、军人、水手、警察、电车工人、人力车夫,以及农村地区的所有年轻人。① 并且,自1913年起,青年会的出版社开始用白话文出版相关教学、自学材料。②

随着中国革命形势的变化,基督教青年会和女青会的活动也逐渐贴近革命。尤其是五卅运动之后,上海等地发起了罢工、抵制洋货等运动,青年会也参与其中。不少地方的青年会与参加运动的学生和罢工人员保持了密切的联系。上海青年会的工作人员还发布了支持抵制洋货运动的公告,并积极为罢工筹款提供帮助。基督教青年会的刊物《进步》还声明不刊登英国广告。③ 1926年底,长期担任上海青年会干事的孙科甚至指出:"在今日之中国,真正的基督教和革命是合二为一的……只有革命的基督教才能存活下去。"④

表面看来,基督教青年会和女青会所开展的劳工教育和宗教活动与他们在世界各地开展的社会服务和宗教活动相比,并无特别之处。然而,随着20世纪20年代末上海革命形势的变化,这些宗教和社会服务活动也被逐渐卷入到革命浪潮之中。在这些劳工学校中,女青会的主要领导人物是邓裕志,她经常邀请一些先进团体到学校中为女工上课,这些团体中就包括中共上海地下党组织。⑤ 对上海

---

① *Social Reformers in Urban China*, pp. 129 – 130.

② *Social Reformers in Urban China*, p. 131.

③ *Social Reformers in Urban China*, p. 178.

④ *Social Reformers in Urban China*, p. 181.

⑤ Thomas Reilly, "Wu Yaozong and the YMCA: From Social Reform to Social Revolution, 1927—1937", *Journal of American-East Asian Relations* 19.3 – 4(2012):273.

女工有着深入研究的韩起澜(Emily Honig)也指出,尽管邓裕志所领导的女青会劳工部在技术层面上属于基督教会在中国的宗教活动,但是她们所传递给女工的信息要远比其他典型的教会学校更为激进,也更为强调女性本位。① 她甚至认为,在20世纪20年代末,第一个唤醒上海女工政治意识的组织是基督教女青年会。同时,女青会也是上海女工最早参与的外部组织。韩起澜指出,虽然参加女青会活动的女工人数只占女工总体人数的一小部分,但是,绝大多数日后成为工人运动中的积极分子和共产党员的女工都认为自己的"政治觉醒"来自于女青会创办的工人夜校。② 而且,在这类工人夜校中,其主要课程除了识字、算数、唱歌等基础教育之外,还包括与工业问题、工团问题、劳动法、三民主义相关的课程,甚至包括何为帝国主义、怎样爱国、工人为何受压迫,为什么工人生活远不如资本家、为什么工人总是受穷等内容。③ 这些课程所教给工人的知识和技能让他们逐渐成长为工人运动的积极分子甚至是领导者。

1927年四一二反革命政变之后,中共在上海的工人运动工作几乎全部转入地下。此时,基督教青年会和女青会所开展的工人教育运动,特别是由其建立起来的工人教育组织网络(如工人夜校、平民学校等)就显得格外重要。已有研究者指出,尽管曾经批评过女青会

① Emily Honig, "Chritianity, Feminism, and Communism: The Life and Times of Deng Yuzhi" in Daniel H. Bays, ed., *Christianity in China: From the Eighteenth Century to the Present*, Redwood City: Stanford University Press, 1999, p. 244.

② Emily Honig, *Sisters and Strangers: Women in the Shanghai Cotton Mills, 1919—1949*, Redwood City: Stanford University Press, 1992, p. 217. (中译本可参看,[美]艾米莉·洪尼格,《姐妹们与陌生人:上海棉纱厂女工,1919—1949》,韩慈译,江苏人民出版社2011年版。)

③ *Sisters and Strangers: Women in the Shanghai Cotton Mills, 1919—1949*, pp. 220-221.

劳工部的宗教导向，但是从 1930 年左右开始，中国共产党将女青会劳工部视为一个重要组织，通过它，中共可以与女工们建立联系，开展工人运动。① 在这其中，左联的力量逐渐渗透进这些学校，左翼文化的传播对于培育青年工人群体的阶级意识发挥了关键作用。② 对于该组织的主要领导者邓裕志，韩起澜认为，她的身份与基督教徒、女性主义者、共产党三者之间的关系极为复杂，即便将其称为“信基督教的女性主义共产党员”（Christian feminist communist）都远不足以表述其身份的复杂性。③

值得特别注意的是，在基督教青年会和女青会所开办的劳工学校和其他工人教育活动中，主要参与者除了作为受教育对象的劳工群体外，担当教育者角色的正是《最后的微笑》中的沈玉芳那样的左翼青年学生群体。青年学生参与社会服务运动，特别是参与到工人教育活动之中，是基督教青年会和女青会在中国的一个悠久传统。基督教青年会和女青会之所以如此积极地在中国开展青年学生运动、劳工教育，协助劳工运动、罢工运动，乃至支持革命，究其原因，与其神学思想有关，即基督教中的社会福音运动（The Social Gospel）。社会福音运动兴起于 19 世纪末 20 世纪初的美国，主张基督教要积极从事社会运动，关切社会问题，并主动介入社会问题的解决。社会福音派将“天国”视为上帝的核心教义。在社会福音派看来，“天国”这一概念主要是一个社会理想或社会典范，而非个人的或精神的理

---

① “Chritianity, Feminism, and Communism: The Life and Times of Deng Yuzhi”, p. 257.

② 参见冯淼：《革命与圣火：女工夜校与 20 世纪 30 年代上海的劳工教育》，《妇女研究论丛》2023 年第 3 期，第108 – 115 页。另外，青年会对于左翼文艺的开展也有促进作用，可参看本书《附录三 左翼木刻展览与上海青年会》。

③ “Chritianity, Feminism, and Communism: The Life and Times of Deng Yuzhi”, p. 244.

想。依照中国基督教社会福音派的代表人物吴雷川的阐释，"天国"是一种"新的社会秩序"，而非"另一个世界，更不是人们死后的归所"。① 邢军指出，吴雷川认为"天国"是存在于人世间的，基督徒必须在经济平等和社会正义的基础上建立起这样一种理想社会。② 此外，社会福音派认为耶稣不能仅仅被认为是伦理道德性的、历史性的人物，而且应该被理解为社会改革家，甚至是革命家。③ 另一位深受社会福音派思想影响的中国基督教代表人物吴耀宗曾尝试贯通有神论的基督教和无神论的共产主义。④ 梁家麟在概括总结吴耀宗的思想发展脉络时，明确指出了其思想经历了从个人基督教精神改革到社会改革，再到社会革命这一变化历程。⑤ 或者，吴耀宗的思想从完全的唯爱主义到不抵抗运动，最终接受了共产党的革命路线。⑥ 实际上，与很多青年一样，吴耀宗也是通过参加北京基督教青年会所组织的各项社会活动才对基督教有所了解，并最终加入了这一组织。此外，有研究者对《教务杂志》(*The Chinese Recorder and Missionary Journal*)这一重要的传教士杂志进行研究后指出，在杂志中言说中共

① Jun Xing, *Baptized in the Fire of Revolution: The American Social Gospel and the YMCA in China, 1919—1937*, Bethlehem: Lehigh University Press, 1996, p. 120.（中译本可参看，邢军：《革命之火的洗礼：美国社会福音与中国基督教青年会，1919—1937》，赵晓阳译，上海古籍出版社 2006 年版。）

② *Baptized in the Fire of Revolution: The American Social Gospel and the YMCA in China, 1919—1937*, p. 121.

③ *Baptized in the Fire of Revolution: The American Social Gospel and the YMCA in China, 1919—1937*, p. 118.

④ 陈曦：《从吴耀宗的上帝观看基督教在中国的本土化》，《理论月刊》2015 年第 9 期，第 48 页。

⑤ 梁家麟：《吴耀宗三论》，香港建道神学院 1996 年版，第82－97 页。

⑥ 陈曦：《从吴耀宗的上帝观看基督教在中国的本土化》，第 50 页。

较多的乐灵生(杂志主编)、艾迪、鲍乃德、贺川丰彦、雷诺兹、史密斯等传教士均是社会福音的信徒。[1]

显然,社会福音运动所针对的中国社会中存在的不公不义、阶级压迫等现象以及它所从事的社会实践,乃至它所追求建立的理想社会,都与中国共产党所主张的无产阶级革命在某些具体社会现象与问题层面上存在一定相通之处。也因此,基督教社会福音派成为了推动中国社会变革的重要力量,吸引了大量的青年人特别是进步学生的参与。除了积极介入社会现实之外,与一般教会机构不同,基督教青年会的宗教色彩并不十分强烈。其中,在基督教青年会的会员中,非基督徒的比例占据绝大多数,1933 年的一份报告显示,在基督教青年会中 88.5% 的会员是非基督徒。[2] 基于上述基督教社会福音派的思想背景和活动开展情况,在包括基督教青年会和女青年会等教会组织的组织动员之下,像沈玉芳这样具有学生和共产党员双重身份的进步青年加入到了工人服务活动当中,上海的工人学校才逐渐开办起来,工人教育开始受到社会重视。在平民学校中,作为老师的中共党员既对工人进行基本知识和技能的传授,这符合基督教开展事工的要求;又借此机会宣传革命,传播无产阶级革命思想,在阿贵这类工人群体中间产生了重要的影响。

反观小说《最后的微笑》的内容,如上所述,蒋光慈在小说中着墨甚少、看似无根无源的平民义务学校其实有着深厚的社会基础和宗

---

① 杨卫华:《革命与改良的相遇:来华新教传教士话语中的中国共产党(1928—1936)——以〈The Chinese Recorder〉为中心》,《史林》2007 年第 3 期,第 42 页。

② Kimberly Ann Risedorph, *Reformers, Athletes and Students: The YMCA in China, 1895—1935*. PhD Dissertation: Washington University, 1994, p. 276.

教思想脉络。女学生沈玉芳在平民义务学校中对王阿贵等普通劳工进行工人教育时,其重点在于宣传无产阶级革命、组织发动工人运动,这正是四一二反革命政变前后中共开展工人运动的重要方式。正如阿贵的工友李全发所介绍的那样,“沈先生并不是一个平常的女教师,而是一个女革命党……他说,厂内有几个工友已经组织了一个秘密团体”①。之后,在“四月间”(暗指四一二反革命政变)的政治变动之后,沈玉芳和李全发难逃被逮捕的命运,随即遭到杀害,而告密者就是工头张金魁。在一次梦境中,阿贵进入了如《昨夜梦里入天国》中所描述的“天国”,并与沈玉芳和李全发再次相遇。在得知李全发和沈玉芳已经结婚后,阿贵极为嫉妒、痛苦,“这时阿贵才明白自己是在爱沈玉芳,并且爱情是很深的”②。在梦境中,沈玉芳对阿贵的革命动员始于对“天国”的解释。③ 沈玉芳告诉阿贵,“这里是革命党人的天国。凡是在人世上,为着穷人,为着大多数人争自由,为着反抗统治阶级的压迫,而被迫牺牲了的一些革命党人,都来到这里,都住在这里……这里是很平等自由的,什么压迫都没有……这里只

---

① 蒋光慈:《最后的微笑》,《蒋光慈文集》(第一卷),上海文艺出版社 1982 年版,第 453 页。

② 蒋光慈:《最后的微笑》,《蒋光慈文集》(第一卷),第 488 页。

③ 对“天国”这类理想世界的幻想或期盼在早期革命文学作品中并不鲜见,如洪灵菲的《家信》(刊于《拓荒者》第 1 卷第 1 期特大号,1930 年 1 月 10 日)。小说写革命者长英与母亲的通信,通篇都是对母亲的革命宣讲。其中,在谈到革命对象和革命理想时,长英写道,“母亲呀,试一想想,当一切地主,豪绅,贪官,污吏,资本家……这一切最坏的人种从地球上被诛尽杀绝的时候,一切巍峨的大洋楼变成广大的群众的娱乐所,一切美丽的花园,变成广大的群众的游目骋怀之场,一切矿山工厂,山林大野,河流湖泽变成广大的群众自己的财产,他们将为他们自己做着他们自己的工作。每个人都是健康,快活,口里哼着歌儿,脸上挂着微笑。国界也没有了,阶级也没有了,姓名只是一个符号。啊啊,那时候,那时候,世界该多么美丽,生活该多么有意义啊!”这与沈玉芳和李全发口中形容的“天国”并无二致。

有很英勇的,很忠实的革命党人才能来,其他的人是不能够的。”①李全发也对阿贵描述了革命党人的“天国”的完美景象以及得以上“天国”的资格,“我们虽然为着劳苦的群众而牺牲了性命,但是我们的纯洁的灵魂,却能够享受这天国的幸福……”“作恶的人自然都到地狱里去啊!”②最后,沈玉芳借描述“天国”的美好进而对阿贵进行革命启蒙和动员,“我们的责任是在将人类完全改变好,将人世也造成天国一样,阿贵,你说可不是吗?”“张金魁还在那里继续害人呢!你的父母在吃苦,你的工友们在受压迫,你难道都忘掉了吗?去罢!去为我们复仇,去为被压迫的人们复仇,去为你自己复仇,赶快去罢!”③在这一系列动员下,阿贵在从梦境中醒来后克服了革命投机分子李盛才的诱惑,坚定地走上了找张金魁复仇的反抗之路。

在阿贵的反抗意识被唤醒或被革命动员的过程中,宗教色彩极其浓厚的“天国”和爱情是吸引阿贵的核心因素。换言之,无产阶级反抗意识、宗教召唤,以及两性欲望吸引,共同影响了阿贵,促使其走上了革命的道路,“复仇”成为了阿贵的首要目标,“暴力”或“杀人”随之成为了阿贵最简单直接的革命手段。吊诡的是,上述多重力量是借由“平民义务学校”这一介乎于革命与宗教之间的教育机构而整合起来的。革命意识的多重来源使得阿贵的革命行动缺乏明确、坚定的革命思想作为指导,暴力逐渐演变为非理性的破坏与恣意的杀戮,其革命过程充满了偏离无产阶级革命轨道的种种可能性。

由于阿贵的革命意识和动机来源复杂,政治性不强,因而他的革

① 蒋光慈:《最后的微笑》,《蒋光慈文集》(第一卷),第489页。
② 蒋光慈:《最后的微笑》,《蒋光慈文集》(第一卷),第490-491页。
③ 蒋光慈:《最后的微笑》,《蒋光慈文集》(第一卷),第491页。

命行为时时受到外界环境的影响,致使其革命意志并不坚定且易于失控。从与沈玉芳和李全发相遇并受到他们的革命动员的梦中醒来后,首先支配阿贵思想的不是复仇或革命,而是生理上的饥饿,“这时所扰乱他的,就是一个问题:肚子饿了和口渴了的问题”①。走到烧饼店的时候,阿贵的革命热情已经大为削减,“在这里可以解决肚子饿了和口渴了的问题,阿贵不妨也走上楼去。但是阿贵身边连一个铜板都没有,有的只是一支手枪,但是手枪在这里当不得钱用,而且不能被别人看见。于是阿贵只得远远地望着那又香又酥的油饼,而仅闻闻它们的扑鼻的香气而已”②。显然,生理上的饥饿和口渴已经压倒了梦中所被点燃的革命热情。在接受工头李盛才宴请的时候,阿贵虽然有些犹豫,但是仍然抵挡不住食物的诱惑:“当阿贵伸手拿油饼的时候,忽然觉得有点羞辱,脸孔不禁红将起来……阿贵一刹那间觉着实在太羞辱了!但因为肚子太饿了,阿贵终于拿起一块油饼向口里送去。”③并恭敬地称李盛才为“盛才先生”,“承你的好意,我谢谢你”④。只有在生理欲望得到满足后,阿贵的革命意识才又复活。饭后,李盛才试图以优厚的条件招募阿贵当工人中间的暗探,并向阿贵打听革命者张应生的住址,阿贵断然拒绝,并“照着李盛才的面孔重重地击了两掌”⑤,随即逃离。

革命意识苏醒之后,阿贵被蒋光慈赋予了全新的人格特质。历来不善言辞的阿贵,突然变得能言善辩,在与李盛才的朋友刘福奎的

① 蒋光慈:《最后的微笑》,《蒋光慈文集》(第一卷),第493页。
② 蒋光慈:《最后的微笑》,《蒋光慈文集》(第一卷),第494页。
③ 蒋光慈:《最后的微笑》,《蒋光慈文集》(第一卷),第495页。
④ 蒋光慈:《最后的微笑》,《蒋光慈文集》(第一卷),第496页。
⑤ 蒋光慈:《最后的微笑》,《蒋光慈文集》(第一卷),第501页。

交谈中阿贵呈现了与之前迥然不同的交际能力，这让阿贵自己也觉得很意外。“阿贵觉得这对于他自己，简直是很意外的事情，阿贵素来不是一个会说话的人，现在为什么能有这些话说？……阿贵不禁觉得有点奇怪了，就好像他现在已经变了别一个人，不是先前的阿贵了。这是因为什么呢？阿贵忽然变成了一个很聪明的人，真是怪事。”[①]阿贵的这种跳脱合理逻辑的变化，显然是在革命意识的主导下发生的骤变。然而，让阿贵感到巨大满足感的，并不是革命意识的复活或杀死刘福奎后的革命成就感，而是杀死刘福奎后从他身上意外得到的钱：“阿贵快活起来了。阿贵现在有钱用了。”[②]此时，阿贵的革命意识再次被生理欲望压倒：“阿贵从来没进过大菜馆内吃过东西，今天阿贵是可以试一试的了。”[③]从革命战士回归到凡夫俗子的阿贵在面对菜馆的选择时，思想深处根深蒂固的阶级身份认同暴露无遗。因为从来没有进过大菜馆，阿贵担心自己“不知道那里的规矩”，“免得进去被茶房赶将出来”，阿贵踌躇过后决定“穷人还是吃穷人的饭罢”。[④] 在这一刻，阿贵彻底放弃了反抗意识，重新回归到了社会固有的阶级身份。在食欲得到满足后，阿贵决定去大世界游玩，然而他“很久没有到过大世界了，现在也不知那里又添了什么新花样”[⑤]。阿贵的欲望没有得到满足，大世界没有上演《狸猫换太子》而是《红蝴蝶》。在欲望受挫后，阿贵的革命意识再次复活，决心去杀死张金魁。在革命意识与生理欲望的较量中，前者总是被后者轻易

① 蒋光慈：《最后的微笑》，《蒋光慈文集》（第一卷），第509页。
② 蒋光慈：《最后的微笑》，《蒋光慈文集》（第一卷），第512页。
③ 蒋光慈：《最后的微笑》，《蒋光慈文集》（第一卷），第513页。
④ 蒋光慈：《最后的微笑》，《蒋光慈文集》（第一卷），第514页。
⑤ 蒋光慈：《最后的微笑》，《蒋光慈文集》（第一卷），第515页。

击败,阿贵革命意志的脆弱性是显而易见的。

在面对张金魁所说的“我与你并没有什么很深的仇恨”时,阿贵所回答的“仇恨”几乎都与自己无直接关系,“你害死了多少人！沈玉芳和李全发与你有什么很深的仇恨,你为什么一定要害死他们？你个狗东西,哪一个工友不恨你！今天我可要代他们同你算账了！”①阿贵杀人的动机显然不是因为自己被开除,报私仇,而是“替天(阶级)行道”。阿贵的阶级意识和阶级身份已经使之成为了全体工友或无产阶级的代言人。意味深长的是,在将张金魁杀死后,蒋光慈借阿贵之口自问,“杀人到底是不是应当的事情呢?”“你杀我,我杀你,这将成了一个什么世界呢？而且人又不是畜生,如何能随便地杀呢?”这些问题实际上是对革命暴力合理性的追问,是关乎革命的根本问题,然而此时的蒋光慈尚无力进行深刻的理论思索,只能用压迫与反抗这一简单的革命逻辑为革命暴力合理性辩护。例如阿贵的革命启蒙者沈玉芳所认为的,“凡是被压迫者反抗压迫者的行为,无论是什么行动都是对的”②。当阿贵将自己的杀人行为归纳为革命行为时,“压迫—反抗”的斗争模式为他的暴力行为提供了合理性。然而,在这种合理性的掩护下,作为一个并不具备严肃、冷静、坚定的革命意志的抗争者,阿贵身上被激发的暴力行为远远超出了阶级革命的范围。

在杀死张金魁之后,阿贵回到家中,他关于暴力的幻想趋于疯狂,“他又仿佛觉得:小妹妹与其受人家的侮辱,不如先把她弄死”。对于他的父母:“我看不如死去快活些。活着有什么意思呢?”“他决

① 蒋光慈:《最后的微笑》,《蒋光慈文集》(第一卷),第516－517页。

② 蒋光慈:《最后的微笑》,《蒋光慈文集》(第一卷),第520页。

定了:跑进屋内将他们——爸爸,妈妈和妹妹,统统都杀死,免得再受人间的痛苦。"而对于自己,阿贵设想"等到将他们都杀死之后,阿贵便举起手枪结果自己的性命。"①之所以会产生这种疯狂杀戮的想法,正是由于阿贵对自己之前杀人行为的合法性认识模糊不清。沈玉芳的启蒙让阿贵认识到,被压迫者反抗压迫的行为都是合理的,而活着是受苦,死后才能摆脱痛苦,这是最彻底的反抗和解脱之道。在这种逻辑下,阿贵认为自己正是为了帮助父母和妹妹摆脱这种苦难才将他们杀死,这种杀人也是合理的。阿贵从"革命"这一强大话语那里获得暴力许可之后,自己的思想和行为逐渐从本该具有严格约束力和清晰界定的"革命"这一核心概念上游离开来,进入非理性状态,将暴力当作了唯一而且万能的抗争与拯救途径。

能对这种非理性思想进行矫正或将阿贵带回理性状态的只有等待革命意识再度来临。于是,阿贵再次想到了沈玉芳的宣讲:"现在的世界固然不好……但是总有一天我们是能够将它改变的。"②对未来世界的期盼让阿贵暂时放弃了杀人以得解放的想法,其一时高涨的革命意识也渐渐趋于平静。不过最终,阿贵仍然无法摆脱暴力的纠葛,并最终被革命暴力所吞噬。在杀死李盛才之后,他"被一种胜利的愉快所笼罩住了,他觉得他做了一桩惊人的事业,因此,他看见目前的景象,只是呆立着微笑。他胜利了!"③最后阿贵带着胜利的微笑开枪自杀。

回顾阿贵的革命历程可以看到,参加平民义务学校是阿贵革命

---

① 蒋光慈:《最后的微笑》,《蒋光慈文集》(第一卷),第526-527页。
② 蒋光慈:《最后的微笑》,《蒋光慈文集》(第一卷),第529页。
③ 蒋光慈:《最后的微笑》,《蒋光慈文集》(第一卷),第540页。

道路的起点，既是革命者又是女学生的沈玉芳是阿贵的革命启蒙导师，而阿贵采取的革命方式则是简单直接地杀人，其结局是与敌人一起毁灭。在看似并不复杂的革命经历之中，阿贵的思想动态和革命热情却几经起伏。沈玉芳以基督教色彩浓重的“天国”幻境对阿贵进行的革命召唤，虽然激发了他身上的反抗因素，却并未在阿贵思想中树立起坚定明确的革命意志，致使阿贵的行为不时地在革命与生理欲望之间摇摆，只有在生理欲望得到实现之后，革命才成为可能。“天国”幻境与“反抗即合理”的朴素理念让阿贵濒临杀死一切、毁灭一切的疯狂边缘。最终的悲剧是阿贵在杀死敌人后自杀身亡，无法走上真正的革命道路。归根结底，其原因在于他所接受的革命启蒙是模糊与幼稚的，缺乏成熟、系统的革命思想做指导。这种思想缺陷可能正是早期革命者群体思想动态的重要特征之一。蒋光慈对这一类革命者的书写是中国革命文学的早期成果，与描写无产阶级斗争的革命文学目标相距尚远。

如前文所述，在《最后的微笑》中，除了笼罩全文的暴力、反抗、革命等主题之外，宗教、学校、爱情等元素也与之杂糅并处，各种文化因素的共存让小说的思想层面呈现出既多元又杂乱无章的局面。蒋光慈试图以革命为纲领，统摄其他所有文化资源，塑造革命者阿贵的形象，却终于失败。不过，这种尝试却也体现出革命工作的开展存在超越政治领域而调动宗教、教育等不同文化资源的可能性。在现实革命实践中，这种尝试最为成功的案例是20世纪20年代初期中共在江西萍乡安源煤矿所开展的革命工作及随后领导的安源路矿工人运动。在以安源路矿工人运动为案例从而“发掘”中国革命传统的过程中，裴宜理指出：“大多数共产党的早期领导者，包括毛泽东在内，都是受过教育的读书人。他们在进行组织工作活动中，运用了重要的文化资本和创新力。我认为，动员过程的核心就是文化置位（cultural positioning）——或者说，对一系列符号资源（如宗教、仪式、修辞、服饰、戏剧、艺术等等）的战略性运用在政治说服中所发挥的作用。毛泽东和他身兼启蒙者与革命者于一身的战友们，采取了灵活的手段，不仅将苏联的理念和制度移植到中国土壤，更进一步使得中国革命的个体发展将与苏维埃的原型模板迥然相异。”①这一结论是裴宜理对整个中国无产阶级革命过程的观察，具体到特殊的个案其适用程度存在一定差异。然而，文化置位在工人运动的开展过程中却是普遍存在的现象。《最后的微笑》中的沈玉芳所开展的革命工作正是文化置位的一种表现形式。在这种革命动员过程中，宗教、教育、革命、爱情及其他社会资源被充分调动起来，最终达到了革命动员的目的，使阿贵等工人获得了革命意识，走上了革命道路。然而，在革命动员完成之后的革命实践过程中，阿贵所采取的方式只有杀人，其原因也正与这种动员方式有关。革命动员所激发的暴力缺乏有组织的引导，只能由革命主体的自由意志来支配，其结果必然趋于暴力的无序甚或泛滥。张大明认为，《最后的微笑》“写暗杀复仇，在思想上是一种倒退”②。与之形成鲜明对比的是蒋光慈在《田野的风》（《咆哮了的土地》）中对乡村集体革命的描写，当借助隐秘而有效的文化置位达到革命动员之后，集体行动取代个体反抗，成为了更加有效的革命方式。

---

① ［美］裴宜理：《安源：发掘中国革命之传统》，阎小骏译，香港大学出版社 2014 年版，第 4 页。

② 张大明：《中国左翼文学编年史》，社会科学文献出版社 2013 年版，第 306 页。

三、《咆哮了的土地》

其实，蒋光慈在创作《最后的微笑》的过程中已经逐渐认识到了革命主体由个人向集体转变的必然趋势。在刊于《太阳月刊》二月号上的《关于革命文学》一文中，蒋光慈认识到，“我们的社会生活之中心，渐由个人主义趋向到集体主义。”“今后的出路只有向着有组织的集体主义走去。”“革命文学应当是反个人主义的文学”，“它（革命文学）的倾向应当是集体主义，而不是个人主义。”①显然，蒋光慈的文学创作没有能够跟上他思想前进的步伐。

此外，《最后的微笑》所表现出的不仅仅是革命文学的幼稚面，更反映了蒋光慈乃至诸多革命文学作家对革命理解的简单化。蒋光慈对革命的理解尚未祛除罗曼蒂克的影响，正如同他在《革命与罗曼蒂克——布洛克》一文中所表示的，“革命就是艺术，真正的诗人不能不感觉自己与革命有共同点。诗人——罗曼蒂克更要比其他诗人更能领略革命些！”“革命是最伟大的罗曼蒂克”②。其实，早期革命文学提倡者对革命文学与实践之间的关系十分重视。1920 年，田汉在《少年中国》上发表了《诗人与劳动问题》，强调了诗人与劳动者、诗歌创作与劳动实践之间的密切关系。田汉呼吁“诗人亦进而自为劳动者！”③而革命文学的始作俑者大多数也都是从事实际工作的革命者，如邓中夏、恽代英等人，这表明早期革命文学十分强调文学与革

① 蒋光慈：《关于革命文学》，《太阳月刊》二月号，1928 年 2 月 1 日。

② 蒋光慈：《革命与罗曼蒂克——布洛克》，《创造月刊》第 1 卷第 3 期，1926 年 5 月 16 日。

③ 田汉：《诗人与劳动问题》，《少年中国》第 1 卷第 8 期，1920 年 2 月 15 日，第 13 页。

命实践的关联性。1928 年前后,当革命文学作家沉浸于自己所想象的革命,导致革命文学与实际的革命活动脱节后,革命文学只能像《最后的微笑》中所描绘的那样,充满了对梦境中天国的想象,并伴之以个体的疯狂,缺乏对革命细节和复杂性的描写,作家只能以有限的想象力来为阿贵虚构革命历程。"革命文学"也就只能流于口号和观念,而拿出不真正有分量的革命文学作品。

汉娜·阿伦特指出,暴力行为的本质是由实施暴力的手段和目的所决定的。① 因而,无论是《少年漂泊者》中的汪中还是《最后的微笑》中的阿贵都很难被称为真正的无产阶级革命者,其暴力行为也只能停留在革命的边缘,只有《短裤党》所刻画的集体革命暴力行动才是革命文学创作的未来,这在蒋光慈最后一部长篇小说《咆哮了的土地》(后改名为《田野的风》,上海湖风书局,1932 年。)中得到了较为成熟的体现。

《咆哮了的土地》写出身地主家庭的知识青年李杰投身革命后回到家乡领导农民革命的经过。虽然这部小说也仍然有"革命加恋爱"这一文学模式的影子,但是爱情在小说中被处理得相对简洁,只是整部小说的插曲而已。从小说中的人物设置可以看出蒋光慈的良苦用心:李杰原本是大地主的儿子,现在是回乡闹革命的革命青年;与李杰合作领导农民运动的是做过矿工工人运动领袖的张进德;王荣发、王贵才、吴长兴等人物均是穷苦农民;与之相对立的反革命一方是李杰的父亲李老太爷(李敬斋)、何松斋、张举人等地主阶级。蒋光慈将青年作为革命的主力,而无论是地主阶级的反动人物还是无产阶级

① [美]汉娜·阿伦特等:《暴力与文明》,王晓娜译,新世纪出版社 2013 年版,第 3 页。

中的不革命人物(如老农民王荣发等)都是老年人。其中,李杰虽是地主阶级出身,却是领导乡间革命的领袖;青年学生何月素虽然是何月斋的侄女,却是受到新文化和革命思想影响的进步青年。此外,贫困农民刘二麻子、吴长兴的老婆等人物在小说中呈现朝向革命不断发展的趋势,同时,他们在日常生活中的嬉笑怒骂则保留了一些乡间野风。以上种种人物设定,均可以在以后的革命文学甚至20世纪四五十年代的红色经典文学中看到其身影。《咆哮了的土地》对之后的左翼文学甚至社会主义文学的重要影响已经为研究者所注意到。有研究者认为该小说是“红色文学经典”的开山之作,“开创了中国革命文学政治启蒙的全新思维模式”,是“中国革命文学的最早范本”。① 其实,除叙述模式、人物类型之外,更能体现蒋光慈作品的典范性之处,在于《咆哮了的土地》对集体革命行为的书写,最鲜明的特征是小说中的革命行为一改过去流氓无产阶级个人复仇式的行动模式,呈现出高度组织化的新特点。

首先,与之前的小说相比,发动革命的力量已不仅是充满抗争意识的个人,而是革命组织。《咆哮了的土地》中的革命是通过李杰、张进德等人所组织的农会展开的,这确保了接下来革命行动的高度集体化、组织化。同时,这也就必然使得小说频繁描写集体场景。筹备农会时的动员会就很有代表性,“无论老年人,青年人,或妇女孩子,

① 宋剑华:《红色文学经典的历史范本——论蒋光慈〈咆哮了的土地〉的文本价值与后世影响》,《河北学刊》2008年第5期,第106页。宋剑华分析了该小说的叙述模式,并联系《山乡巨变》《暴风骤雨》《艳阳天》《太阳照在桑干河上》等红色经典文本说明了《咆哮了的土地》对它们的影响,从而确认了《咆哮了的土地》作为“历史范本”的文学史意义。

都动了不可遏止的好奇心,以为非去看一下热闹不可"①。在看热闹的过程中,张进德对村民进行了革命启蒙,"我们要组织农会,要和田东家反抗"②。应和者回应到"对呵!打倒田东家!打倒李大老爷!打倒张举人!"这种一呼百应的场景,在红色经典中数不胜数,而"开会"则成了动员革命的重要机制。农会将张举人拉去游街示众,则引起了强烈的反响。"乡间的空气大为改变了","乡下人的粗糙的手掌是很有力量的,从前这力量未被他们意识到,可是现在他们却开始伸出这东西来了。在这东西一伸出来了之后,这乡间的空气便根本地改变了"③。为了应对反动阶级的镇压,农会组织了自卫队,李杰任队长,并发动了一系列的暴力革命行动,火烧了李家老楼和何家北庄。其中,李杰决定火烧李家老楼时面临烧死自己的母亲和妹妹的艰难选择,最终"让他们烧去罢!我是很痛苦的,我究竟是一个人……但是我可以忍受……只要于我们的事业有益,一切的痛苦我都可以忍受",④并与众人合唱《国际歌》。通过在亲情与革命发生矛盾的情境下所作出的艰难抉择,李杰完全经受住了革命的考验,彻底摆脱了自己的地主出身。这类"大义灭亲"的行为也时常被后来的左翼文学、社会主义文学用来塑造革命者的高大形象和坚定意志。

更有深意的是,在面临"剿灭农匪"的压力之时,农会自卫队的斗争策略是"上山"。李杰在山中与民团的战斗中牺牲,张进德率领农民自卫队上金刚山,继续与敌人展开游击战争。虽然过程并不复杂,

---

① 蒋光慈:《咆哮了的土地》,《蒋光慈文集》(第二卷),上海文艺出版社 1982 年版,第 254 页。

② 蒋光慈:《咆哮了的土地》,《蒋光慈文集》(第二卷),第 255 页。

③ 蒋光慈:《咆哮了的土地》,《蒋光慈文集》(第二卷),第 330 页。

④ 蒋光慈:《咆哮了的土地》,《蒋光慈文集》(第二卷),第 381 页。

也没有大规模战斗场面的描写，但这种革命斗争模式，却已经比《短裤党》《最后的微笑》等远为成熟，与前述叶紫《丰收》中的情节相似。小说所描写的由外来人输入革命、发动革命、开展革命的革命文学叙述模式也愈发清晰。上山打游击的革命斗争策略容易让人想起1927年至1930年的井冈山以及“农村包围城市，武装夺取政权”的革命路线。正如夏济安所指出：“《咆哮了的土地》以乐观的语气结尾，写那群革命者离开焚烧中的房屋前往金刚山——到1962年被说成影射毛泽东的第一个游击根据地井冈山了。”①虽然范伯群和曾华鹏在1962年的文章《蒋光赤论》②中作出这种阐释时受到了时代政治氛围的影响，但也不是毫无根据。蒋光慈写作《咆哮了的土地》的时间在1930年，小说第一至八章，刊载于《拓荒者》第三期（1930年3月），第九至十三章刊于《拓荒者》第四、五期合刊（1930年5月），小说完成于1930年11月5日。在此之前1928年10月至1930年1月，毛泽东相继发表了《中国的红色政权为什么能够存在?》（原题为《政治问题和边界党的任务》1928年10月5日），《井冈山的斗争》（1928年11月25日），《星星之火，可以燎原》（1930年1月5日），阐述了包括工农武装暴动、农村革命根据地建设、农村包围城市、武装夺取政权在内的诸多革命论题。此时的蒋光慈是左联常委，中共党员，但他本人并未参与过实际的农村革命斗争。有研究指出，蒋光慈在写作《咆哮了的土地》时，曾听取了瞿秋白关于农民运动问题的思考和见解，并指出，瞿秋白始终是农民运动的倡导者与组织者，他曾热诚地为毛泽东《湖南农民运动考察报告》写过《序言》，称“中国革命家

① 夏济安：《蒋光慈现象》，庄信正译，《现代中文学刊》2010年第1期，第76页。

② 参见范伯群、曾华鹏：《蒋光赤论》，《文学评论》1962年第5期。

都要代表三万万九千万农民说话做事”。因而，瞿秋白的主张和见解奠定了蒋光慈小说的圭臬，从而使《咆哮了的土地》首开歌颂农民革命运动的先河。[①] 由此判断，蒋光慈小说中所谓的“影射”，恐怕也并非完全只是“巧合”而已。

四、小结

从《少年漂泊者》到《短裤党》，再到《最后的微笑》，直到《咆哮了的土地》，蒋光慈的革命文学创作不断成熟，对暴力的书写也从个人的、流氓无产者式的暴力抗争行为发展到高度组织化的集体革命暴力斗争，革命暴力的合理性来源从简单的“压迫—反抗”逻辑，上升到阶级矛盾引发的阶级革命，对后世的文学创作产生了重要影响。在这个过程中，“革命文学”经历了从无到有、从幼稚到成熟的成长历程，蒋光慈本人的革命思想也呈现了由无政府主义到共产主义的发展轨迹，而这些都清晰地体现在小说中暴力行为和暴力事件的形式和性质的转变上。

综上所述，“暴力”是阅读蒋光慈文学作品的一个有效视角，它能够有力地回答在革命文学的发端时期，“暴力”如何成为文学元素进入蒋光慈的文学创作、文学如何书写尚处于萌芽时期的暴力革命，以及革命文学又怎样为革命暴力确立自身的合理性等问题。这为我们阅读蒋光慈之外的其他革命文学作家的作品提供了重要思路。

---

① 赵秀英：《瞿秋白与蒋光慈：一对殉于而立之年的亲密战友》，《党史纵览》2011年第3期，第28页。

第三章

现实主义的限制
——读丁玲

一、“革命现实主义的可贵成果”

丁玲的短篇小说《法网》创作于1932年3月，同年4月21日，由良友图书图书公司出版单行本，又收入于1933年6月由上海现代书局出版的丁玲小说集《夜会》之中。该小说集出版后，杨邨人对它进行了全面评价，并对收入集中的每篇小说逐一点评。杨邨人认为《夜会》中充满着浪漫蒂克的气氛。与其他收入该小说集的作品相比，杨邨人对《法网》的评价只有一句话：“这一篇作品论技巧是成功的，论思想那就越出轨道了。”①其实，不仅仅是杨邨人对该小说所言甚少，在小说发表后的几十年中，《法网》一直处于批评和研究的边缘位置。20世纪80年代，随着丁玲在文坛上重新活跃起来，丁玲研究也随之兴起。作为新时期较早的丁玲研究专著，王中忱与尚侠合著的《丁玲

① 杨邨人：《丁玲的〈夜会〉》，载袁良骏编，《丁玲研究资料》，天津人民出版社1982年版，第257页。

生活与文学的道路》一书对该小说的评价也极为简略:“组织错综复杂的情节,细密编织,变化曲折、引人入胜”。① 新时期丁玲研究的重要学者袁良骏将《法网》创作前后丁玲的创作视为一个整体,他认为“从《水》开始,直到1935年5月被捕前发表的《奔》,丁玲先后写出了《某夜》《法网》《消息》《夜会》《诗人亚洛夫》等近十部短篇作品,它们从各个不同的侧面表现了工农大众的苦难和革命斗争的艰辛,它们是白色恐怖下革命现实主义文学的第一批可贵的果实。他们诚然还是幼稚的,但它们却为这种新的人民文艺的长足发展奠定了一定的基础……丁玲的这些作品,凝结着广大革命者的鲜血。对于这种血写的文学,是无法用一般的‘文学概论’去衡量的。”②这一评价旗帜鲜明地将丁玲1931年至1935年的作品全部纳入到革命文学的发展脉络之中,并赋予其崇高的革命意义,但尚未专门论及《法网》的独特价值。严家炎则关注到了上述一系列小说创作的现实背景依据,他指出:“从一九三一年夏天起,丁玲曾每周到工人中去,‘穿起粗布衣’,从事工人运动。”③“正是在这种对工人生活初步熟悉和了解的情况下,丁玲写出了《法网》《消息》《夜会》等一批反映工人苦难和斗争的较好的短篇小说。”④罗守让也认为《法网》与《夜会》《消息》一样,都是“反映工人的生活的斗争的小说”⑤。

---

① 王中忱、尚侠:《丁玲生活与文学的道路》,吉林人民出版社1982年版,第90页。

② 袁良骏:《论丁玲的小说》,《中国社会科学》1985年第4期,第180页。

③ 严家炎:《开拓者的艰难跋涉——论丁玲小说的历史贡献》,《文学评论》1987年第4期,第84页。

④ 严家炎:《开拓者的艰难跋涉——论丁玲小说的历史贡献》,第85页。

⑤ 罗守让:《丁玲在新文学史上的意义和地位》,《文艺理论与批评》1990年第1期,第113页。

专门论及《法网》的研究并不多见，白露（Tani Barlow）认为，《法网》是一部批判现实主义作品。小说通过一系列政治符码传递出：在剥削社会生产关系中的矛盾冲突将最终促使无产阶级奋起反抗。[①] 同时，白露指出，虽然小说情节围绕备受压迫的女主人公阿翠展开，但《法网》却是一部关于阶级意识问题的小说。[②] 虽然如此，白露的研究还是突出强调了小说中的女性视角和女性意识。她认为《法网》中的阿翠身上不存在个性化的女性人格。相反，阿翠被她的职业、无产阶级背景、亲属关系及伪亲属关系网络（Pseudo-kin networks）所决定。小说的叙述通过罗列阿翠的各种人际关系和社交习俗（social convention）来建构其形象。[③] 秦林芳对《法网》的阐释则相对较为全面。她强调了《法网》创作前后丁玲创作方向的调整，即左联时期的丁玲虽然努力地让自己的创作符合革命叙事的框架和规范，但是她同时又在创作中“嵌入了自己的启蒙话语”[④]。秦林芳认为，《一天》（1931 年 5 月）和《法网》（1932 年 3 月）两部创作于不同时期的作品实际上有着相同的创作思路和思想主题，即“丁玲‘用大众做主人’、却同时‘替自己说话’……这说明，在左联时期的创作中丁玲对‘五四’启蒙文学仍然有所继承，对‘五四’启蒙文学的批判传统仍然有所持守；这意味着丁玲并没有放弃自己作为知识者的历史责任。”[⑤]

① Ding Ling, *I Myself Am a Woman: Selected Writings of Ding Ling*, ed. Tani E. Barlow and Gary J. Bjorge, Boston: Beacon Press, 1989, p. 31.

② 同上，第 32 页。

③ 同上。

④ 秦林芳：《“转折”中的持守——左脸时期丁玲创作中的个性思想》，《文学评论》2008 年第 6 期，第 121 页。

⑤ 秦林芳：《“转折”中的持守——左脸时期丁玲创作中的个性思想》，第 122 页。

由此，秦林芳反驳了相关研究中认为丁玲在左联时期“放弃自身的历史价值”“丧失对沉淀在30年代的中国大众（由农民和城市下层人民构成的群体）中的封建意识形态及狭隘愚昧的心理积习的批判力”①等观点。

从上述所及诸多研究可以看出，当前学界对《法网》的专门研究仍显不足，通常仅将其视作丁玲某一系列作品其中之一而已。实际上，《法网》所涵盖的内容远远超出既有的研究范式，通过对《法网》的阅读，丁玲对无产阶级日常生活的书写及其美学限制将得以呈现，从而有助于理解丁玲创作革命化的艰难历程。

细读小说文本不难发现，《法网》虽然是短篇小说，但是丁玲凭借其敏锐且细致的观察和生动的笔触，在小说中传递了极为丰富的社会信息。正是这些生活细节和社会信息极大地增强了小说的现实感，使得《法网》成为特征鲜明的现实主义小说。然而，丁玲并没有将这种现实主义的美学风格和创作原则贯彻到底，小说的后半部逐渐偏离了现实主义的路径而走上了杨邨人所说的“浪漫蒂克”的路子，犯了革命文学初期的通病。而造成这一现象的根源则在于丁玲的思想仍处于转折时期，即在创作《法网》时，虽然丁玲在自觉地向革命意识形态靠拢，却又不能一蹴而就，无法完全贴合左翼的革命意识形态、文学创作思想和创作方法，从而导致了《法网》在美学风格上前后迥异，文学思想上前后断裂的结果。

二、劳工的日常生活与暴力的发生

《法网》中每个人物的背景都是相对清晰的，这与丁玲早期的创

---

① 戴锦华、孟悦：《浮出历史地表》，中国人民大学出版社2004年版，第126页。

作有着较大的差异。[①] 小说中最终沦为杀人犯的顾美泉是来自无锡的铁匠，他的妻子阿翠以及最终惨遭顾美泉杀死的小玉子和她的丈夫于阿小与他们均是无锡同乡，只不过来自不同的乡镇而已。此外，于阿小的职业是铜匠，与顾美泉在一个工厂工作，而且他们还有一个共同的身份，即都是生活在武汉的异乡人。此外，小说中还有武汉本地人的王婆婆，失业后酗酒堕落的湖南人张荣宗。这些人物聚居在一起，看似是在都市生活中地域差异的大融合，实际上壁垒分明。例如在顾美泉因于阿小的失误而被工厂开除后，补他的职缺的仍然是他们的无锡同乡。丁玲笔下的这一细节有着相当坚实的事实依据。裴宜理的研究已经指出，来自同一地域的工人往往从事同一种行业，彼此之间关系密切。[②] 由此可以看出，丁玲对工人生活观察的细腻程度。这种高度现实主义的描写还体现在小说对每个个体的刻画上。丁玲在小说中所意欲书写的是普通劳工大众的生活和命运。因而，丁玲高度还原了他们日常生活中的诸多细节。然而，这些细节不仅仅表现了小说中人物生活环境之恶劣、命运之悲惨，也突显了他们善恶交织的复杂面貌。

语言暴力是日常生活中最明显又最易引人注意的存在。在小说

---

① 类似的变化另参见梅仪慈对丁玲《太阳照在桑干河上》的分析。梅仪慈认为，《太阳》中所有人物的历史、经历都是十分清楚的，丁玲早期创作中的人物身上的矛盾、模糊都消失不见了。见 Yi-tsi Mei Feuerwerker, *Ding Long's Fiction: Ideology and Narrative in Modern Chinese Literature*, Cambridge, Massachusetts, Harvard University Press, 1982. p. 126. 由此可见，丁玲的这种写作风格的转变从她加入左联开始，或所谓的“左转”之后就已经开始了。

② 裴宜理以上海工人群体为研究对象，指出中国工人在异地工作时对同乡宗族关系的极大重视和依赖，她将这种关系称为“同乡忠诚”，并指出这种关系对工人运动的重要影响。参见[美]裴宜理：《上海罢工：中国工人政治研究》，刘平译，江苏人民出版社 2001 年版，第42－48 页。

第二节，当阿翠和王婆婆和睦相处并拜托王婆婆帮她介绍洗衣服生意的时候，阿翠的言语中却仍然流露出了对武汉的地域偏见和来自江南的地域优越感："王婆婆，你们湖北同我们家乡真不同，我们那里没有听说过乱杀人的。这里汉口成天砍头，年轻轻的学生子，也就那末被抓去砍了，真怕人……"①而当阿翠看到操着一口上海话的无锡同乡小玉子的时候，阿翠的反应是迥异的，"阿翠看见她的花格子布短衫，黑洋布裤，裤筒有点大，灰色的鞋子，梳得光光的头，她非常满意，笑着说道……"②而王婆婆也对乡下人不无鄙视："街上缝穷的婆子又多，都是乡下逃荒来的，他们只要半碗臭稀饭就肯做半天替别人补补连连，把我们平日的生意都抢走了。"③一个"臭"字把王婆婆内心的鄙夷与愤懑表露无遗。

然而，不久之后情势急转直下，当阿翠抢了王婆婆的洗衣生意的时候，王婆婆对阿翠的破口大骂则让人瞠目结舌。"唉，那末要钱，不要脸，干脆卖×去不还好些"，"骂你了怎么样？你这娼妇，你这婊子养的，卖×的狗子，你抢老娘的饭银子，我看你有下场的"，"你是那末浪劲，×死你这婊子"。④ 其他本地人也帮着王婆婆骂道，"下江人没有好的，都是些下贱货，你看租界上那些堂班，就都是下江人。管它呢，以后有笑话听的，这一条街都会搅臭呢。"⑤利益之争加剧了地域歧视，而这一猛烈的语言暴力让阿翠伤心不已，直接导致了她的流产，乃至整个悲剧故事的发生。

---

① 丁玲：《法网》，《丁玲全集》（第三卷），河北人民出版社2001年版，第471页。
② 丁玲：《法网》，《丁玲全集》（第三卷），第472页。
③ 丁玲：《法网》，《丁玲全集》（第三卷），第471页。
④ 丁玲：《法网》，《丁玲全集》（第三卷），第476－477页。
⑤ 丁玲：《法网》，《丁玲全集》（第三卷），第477页。

劳工大众或无产阶级身上的善与恶，随着阿翠流产和其丈夫顾美泉的失业而在小说中暴露得更加透彻。暴力的形式也从语言暴力升级为更直观、更惨烈的身体暴力。顾美泉被开除后，第一个对他“伸出援手”的是堕落工人张荣宗。张荣宗一再怂恿、唆使顾美泉向犯了无心之过却造成顾美泉被开除的于阿小报仇，并且在言谈间反向利用了同乡之谊：“这阿小不是东西，揍死他，都是他害了你……你们还是同乡，两个老婆好得姐妹似的，下江人就这末不重义气！揍死他吧，只要你动手，我总帮忙，看那小子怎么样……”[①]这一番复仇动员直接促使了顾美泉和于阿小冲突的升级，并引发了小说中的第一次暴力事件，顾美泉和于阿小打了起来，以致二人双双受伤。之后，当顾美泉试图走出困境，不断尝试找工作的时候，又是张荣宗和他在一起“成天游荡，也开始吃酒”[②]。当得知自己的职缺被于阿小的同乡填补之后，顾美泉愈发生气，在和张荣宗喝酒并把于阿小臭骂一顿之后，顾美泉决定再次找于阿小报仇。在阿翠的帮助下，于阿小逃离了，而顾美泉在愤怒之下将阿小的老婆小玉子残忍杀死。值得注意的是，丁玲有意对顾美泉杀人的场景进行了细致地描写：“她（小玉子）还没有叫出声，菜刀便砍在她咽喉上了。她不能叫，却还望着他，痉挛着。于是第二刀又中在额上，她的眼睛不得不闭下了。而第三刀，第四刀……连续在她身上划着。”[③]而小玉子濒死时的挣扎则让人不寒而栗，丁玲通过一个小孩的视角将骇人的场景从侧面叙述了出来：“这个披散着头发，流满了红色的血，挂在窗户上的头，好些人

① 丁玲：《法网》，《丁玲全集》（第三卷），第 482 页。

② 丁玲：《法网》，《丁玲全集》（第三卷），第 484 页。

③ 丁玲：《法网》，《丁玲全集》（第三卷），第 489 页。

都看见了。”[①]随即,顾美泉负罪逃亡。在很大程度上,这段对暴力的细致描写,并非源于丁玲意在暴露无产阶级劳工之恶或渲染暴力氛围,而是源自她所坚持的现实主义美学风格的要求。对事件的细致描写是现实主义美学的内在要求,这与其所意在营造的某种现实真实性密切相关。

需要指出的是,回顾从小说的开篇到顾美泉杀人逃亡的情节发展过程,丁玲描写了一个从学徒做起,逐渐成长为每月二十五元工资的勤恳的铁匠一步步走向堕落和暴力杀人的过程。在这个过程中,除了一笔带过的外国东家外,导致顾美泉人生发生巨大变故和最终悲剧的人都是与顾美泉处于同一阶层的劳工大众。小说中最大的矛盾冲突也即顾美泉杀人这一暴力事件的起因,源于劳工大众内部的日常生活矛盾,尚不涉及左翼文学所意在表现的阶级矛盾,更无直接涉及反帝的宏大主题。

三、现实主义的限制与探索

然而,创作《法网》时的丁玲,早已经是左联的成员,并主编左联的重要刊物《北斗》。此外,就在《法网》完成的同一个月(1932 年 3 月),丁玲加入了中国共产党。此时左联的创作要求中最为突出的是“文艺大众化”。1931 年 11 月,左联执委会在《中国无产阶级革命文学的新任务》中明确提出文学的大众化是确定中国无产阶级革命文学新路线时要面对的“首先第一个重大问题”[②],并对作家的创作提出了具体的要求和指导,要求作家要“描写工人对资本家的斗争,描

① 丁玲:《法网》,《丁玲全集》(第三卷),第 489 页。

② 陈瘦竹主编:《左翼文艺运动史料》,南京大学学报编辑部出版 1980 年版,第 161 页。

写广大的失业，描写广大的贫民生活"[①]。在1932年3月由左联秘书处扩大会议通过的《关于左联目前具体工作的决议》中再次强调，作家的创作"应该有计划地进行，适合当前斗争的需要"，"表现革命战斗的英雄"，"文艺的大众化"，"赶紧抓住阶级斗争中的广大的伟大的题材"，并且要"在反对和肃清一切非无产阶级意识的斗争过程中，研究普罗文艺的理论和技术，创造劳动群众的文学的语言——锻炼出更锐利的文艺武器"[②]。可以想见，作为左联的重要成员，丁玲的创作自然也不能脱离这一路线。因而，在这一历史背景下重审杨邨人对《法网》的评价："这一篇作品论技巧是成功的，论思想那就越出轨道了。"[③]其中所谓的思想"越出轨道"，显然是指丁玲在小说的前半部中并没有明确地将小说中无产阶级工人顾美泉的逐渐堕落，沦为杀人逃犯等一系列惨剧的根源归结为阶级压迫。相反，丁玲在现实主义的创作风格中突出了人物自身思想和性格的复杂和矛盾之处，并使之成为了造成其命运悲剧的主要原因。显然，以现实主义的风格叙述冲突、描写暴力的《法网》的前半部分与左联的要求存在一定的距离。于是，丁玲在小说的后半部分，即第七、八、九三节，开始扭转前半部分的思想脉络，努力为顾美泉的暴力杀人行为寻找更深层次、也更符合革命文学要求的根源，即阶级矛盾，也以此为顾美泉的暴力行为提供合理性。这一转变，必然导致小说美学风格的变化。

丁玲以顾美泉第一人称叙事的手法，特别是内心独白的方式，描写了顾美泉对自己杀人行为的忏悔和对其根源的思考，他将一切悲

① 陈瘦竹主编：《左翼文艺运动史料》，第163页。
② 陈瘦竹主编：《左翼文艺运动史料》，第179页。
③ 袁良骏编：《丁玲研究资料》，天津人民出版社1982年版，第257页。

剧的根源都归结到了资本家对他的剥削之上。“关阿小什么事呢?他那里有权力来开除他,陷害他,这完全是那些剥削他们的有钱有势的人呀! 他和阿小原来是兄弟,是站在一块的,应该一起去打敌人,然而他不懂,却把阿小当作敌人了。”①小说对顾美泉的这段思想活动的描述是至关重要的,通过类似“幡然醒悟”的思想变化,顾美泉将自己所遭受的苦难和所犯罪恶的根源一概归咎于“剥削他们的有钱有势的人”,这就将顾美泉与于阿小之间的私人矛盾上升或转化成了阶级矛盾,从而实现了小说主题的根本性变化,符合了左联所提出的“描写工人对资本家的斗争”的创作要求。顾美泉在给于阿小的信中更为详细地表达了对自己杀人行为的根源的发掘或“辩解”,“杀死你老婆的虽说是顾美泉,但是顾美泉是因为失了业,找不到饭吃才失错干出来的”,“我更恨那个使我们这样悲惨的势力!”由此他希望得到于阿小的原谅:“我希望你不要一眼认定我是你的仇人,我们原来是弟兄,都是贫苦的弟兄啊!”②显然,顾美泉的思想巨变和语言都带有浓重的罗曼蒂克的色彩,所体现出的思想认识深度和意识形态政治理论水平并不符合一个生活困苦且备受阶级压迫的无产阶级铁匠的身份。

除了生硬而理想化地描绘顾美泉的思想变化之外,丁玲在小说结尾部分也放弃了现实主义创作原则对细节的追求。她笼统而抽象地叙述了顾美泉极具戏剧性的从失业铁匠到抗日义勇队员的身份变化,为小说增添了反帝的思想元素,试图借民族主义之力进一步为顾美泉之前的杀人行为提供正面理解的砝码。最终,顾美泉也在正义

① 丁玲:《法网》,《丁玲全集》(第三卷),第492页。

② 丁玲:《法网》,《丁玲全集》(第三卷),第493页。

行为的洗礼中“渐渐快乐起来，充实起来，终竟把那杀人的事，犯罪的事业忘去了”①。甚至，为了把顾美泉杀人的根源更有力地导向阶级矛盾，丁玲还描写了另一当事者于阿小的思想转变，其中顾美泉的信发挥了巨大的作用，“这封信写得很明白，于阿小很懂得。他把这朋友完全原谅了。”②同样是“顿悟”式的思想转折，于阿小也将杀妻之仇转化成了阶级矛盾。双管齐下，《法网》的思想主题终于回到了左联所主张的文学创作路线的正轨之上。

小说的结局是悲剧性的，除了惨遭砍杀的小玉子外，顾美泉最终被绳之以法，遭到枪决；阿翠病死狱中；于阿小缴纳不出答应给侦缉队的赏钱而被抓入狱。然而，回顾小说情节的展开和发展，该小说颇有些“名不副实”。正如前文所述，《法网》的主题往往被解读为描写工人与资本家之间的阶级斗争或资产阶级法律对无产阶级的压迫。然而，实际上，阶级之间的矛盾冲突在小说中并没有得到细致的描述，而法律在小说中也不占有重要的地位。吊诡的是，丁玲对法律的描写颇具正面意义。顾美泉在杀人后从汉口逃到了上海，最终仍然被抓伏法，抓捕和审判过程并没有表现出法律的不公和对无产阶级的剥削；于阿小缴不出悬赏钱而被抓，也并非毫无根据。总体看来，暴露小说中的法律不公不义之处是无辜的阿翠遭到长期非法关押，最终导致她病死牢中。然而丁玲对此却并未给予足够的重视，未能深入揭露无产阶级在资本主义法律体系中的弱视地位及所受苦难，反而让小说匆匆收尾。其实，该小说后半部分的叙述节奏陡然加快，顾美泉逃亡后的一系列遭遇都没有得到细致的表述，与小说前半部

① 丁玲:《法网》,《丁玲全集》(第三卷),第 494 页。
② 丁玲:《法网》,《丁玲全集》(第三卷),第 496 页。

对事件细节孜孜追求的叙事风格大相径庭。综上所述,《法网》的叙述手法、美学风格和思想主题的变化都透露出丁玲思想上的矛盾和困惑之所在。即,在现实主义美学原则之下,丁玲笔下的无产阶级或劳工大众并非完美无缺,日常生活的矛盾也会导致类似顾美泉那样的杀人暴力行为的发生;而左翼的政治立场和左联具体的创作纪律则要求丁玲以特定的无产阶级革命意识形态来规范或审视自己的创作,将日常生活矛盾转化为阶级斗争。这不但导致了小说叙述过程中的节奏突变,更重要的是,现实主义创作原则在小说后半部遭到了抛弃,未能一以贯之。按照韦勒克的理解,现实主义的"核心被包含在几个简单的观念中。艺术应当是现实世界的真实再现,因此作家应当通过细致的观察和小心的分析研究当代的生活风习,作家在这样作的时候应当是冷静的、客观的、不偏不倚的,这样,过去被广泛地用来说明一切忠实地再现自然的文学的术语现在变成了与特定的作家相联系的,一个团体或一个运动的口号"①。小说后半部中细节的大量缺失和思想的生硬转变都表明丁玲有意地偏离了小说开始时的现实主义轨道,其创作思想不断受到政治意识形态的有力"纠正"。正如南帆所论,在20世纪20年代末至20世纪30年代初期,"'现实主义'逐渐增添了某些前所未有的内涵。尤为重要的是,这种美学范型毫不掩饰地卷入了政治。"换言之,"现实主义不仅具有真实的维度,同时具有政治的维度,而且,后者是前者的保证"②。丁玲在小说

① R·韦勒克:《批评的诸种概念》,丁泓等译,四川文艺出版社1988年版,第219页。

② 南帆:《现实主义、结构的转换和历史寓言》,载胡星亮编《中国现代文学论丛(第四卷·1)》,上海人民出版社2009年版,第7页。

前半部中以丰富的细节建构起来的现实真实，在后半部中被政治真实所取代。而在左翼意识形态的理解框架中，政治真实的正确性具有不可置疑的权威性。套用安敏成（Marston Anderson）对现实主义的阐释，《法网》突显了丁玲创作中的“现实主义的限制”。此外，从丁玲自身的创作轨迹来看，梅仪慈认为，在丁玲逐渐走上革命的创作道路上，她需要做的是要不断试探政治导向的边界并探寻在这一边界内部从事创作的新方式。① 显然，创作于 1932 年的《法网》表明，此时的丁玲仍然处于在左翼文学道路上不断探索的阶段，但她显然已经取得了相当重要的成果。

原刊于：《东吴学术》2017 年第 6 期，题目为《现实主义的探索与限制——读丁玲〈法网〉》

① Yi-tsi Mei Feuerwerker, *Ding Long's Fiction: Ideology and Narrative in Modern Chinese Literature*, Cambridge, Massachusetts, Harvard University Press, 1982. p. 69.

第四章

作为精神资源的鲁迅

“以鲁迅为精神资源”这一表述在鲁迅研究中并不陌生。朱寿桐认为:“鲁迅,其实已经超越了一般文学研究对象的范畴,成为我们这个民族、这个时代的一种多面体的精神资源。新世纪的鲁迅研究似乎可以跳出具体的鲁迅解读,在较为宏观的鲁迅认知意义上确认鲁迅作为现代精神资源主体的价值。”①这不但已经成为鲁迅研究中的重要研究课题,同样也是一种阅读、研究鲁迅的重要范式。对此,中国大陆与海外的鲁迅研究者,面对各自不同的文化语境,提出了不同的解决办法。例如,在大陆学界,王得后长期关注鲁迅研究中的“人学”问题,就鲁迅的“立人”思想进行了深入研究,认为“立人”就是革新人类生存的根本观念②,从而从鲁迅出发,就人的存在问题进行了深入思考。王富仁则就“鲁迅与中国文化”这一问题展开讨论,并指出鲁迅研究中存在着两种倾向,即一方面有学者强调鲁迅的反传统

① 朱寿桐:《鲁迅精神资源的确认》,《鲁迅研究月刊》2002 年第 6 期,第 4 页。

② 王得后:《立人:革新生存的根本观念》,《鲁迅研究月刊》1998 年第 1 期,第 8 页。

的价值和意义，而另一方面则有学者认为鲁迅对中国文化的发展起到了严重的破坏作用。就此，王富仁提出："要克服鲁迅研究中的这诸种矛盾，首先要从思考我们的文化历史的观念入手。"①进而对当下研究中研究者所秉持的文化历史观念进行了反思。不难看出，这些研究都坚持了"以鲁迅为精神资源"这一基本理念，并试图在鲁迅思想中找到思考或回答当下学术研究及其他社会文化问题的精神资源。而在海外鲁迅研究界，"鲁迅本土化研究"，正是在回答"如何以鲁迅为精神资源"这一问题的过程中取得的重要收获，黄英哲就是其中的代表学者之一。

在中国现代文学研究领域，黄英哲的研究成果丰硕，特别是他关于许寿裳的研究尤其令人瞩目。他与日本鲁迅研究界著名学者北冈正子等人编订的《许寿裳日记》先后在大陆和台湾出版，在史料方面对中国现代文学研究加以补充完善；由黄英哲与陈漱渝、王锡荣主编的《许寿裳遗稿》也已于 2010 年由福建教育出版社出版；而早在 2001 年，彭小妍、黄英哲编译的《刘呐鸥全集·日记集》就已由台湾省原台南县文化局出版，对研究新感觉派文学帮助甚大。此外，黄英哲关于许寿裳、鲁迅及中国现代文学研究其他问题的研究论文也多次发表于《鲁迅研究月刊》等学术刊物。黄英哲以其博士论文为主体加以修订而成的『台湾文化再构筑 1945—1947の光と影：鲁迅思想受容の行方』曾由日本创土社于 1999 年出版，后来作者进一步加以修订完善，以《"去日本化""再中国化"：战后台湾文化重建（1945—1947）》（以下简称《重建》）为名在台湾出版中文本，受到学界关注。

① 王富仁：《鲁迅与中国文化（一）》，《鲁迅研究月刊》，2001 年第 2 期，第4－5 页。

北冈正子在为该书所作的序中评价道:“从同样作为一个鲁迅研究者的角度来看,我想强调的是,这段鲁迅思想对‘文化再构筑’有所影响的史实发现,也为到目前为止的鲁迅研究成功地开拓新的视野。”① 然而,大陆的中国现代文学研究界,特别是鲁迅研究界,似乎并未给予此书足够的重视。

黄英哲《重建》一书虽为台湾史或台湾文学研究专著,但鲁迅在全书中占有重要乃至核心位置,正如有论者指出:“鲁迅思想在台湾的发扬及台湾同胞的接受方式可以说是本书的主轴,以许寿裳主导的台湾省编译馆及台湾同胞对鲁迅思想的吸收为重点。”②该书以丰富的史料为基础,详细论述了在1945年台湾光复至1947年,这一时间段内中华民国政府在台湾文化重建方面所制定的相关政策的主要内容及其“去日本化”“再中国化”的文化策略及实践活动。特别是以许寿裳为主导的“台湾省编译馆”的一系列文化重建活动尤为引人关注,成为战后台湾文化重建的核心部分。黄英哲在书中指出,许寿裳赴台后,以在台湾介绍鲁迅为切入点,构想在台湾掀起一个“新的五四运动”,“宣扬民主、科学的五四中国新文化运动精神,以肃清日本文化影响”。③ 他在书中详细列出了许寿裳在台湾时期的重要著作以及演讲活动,并特别列出了他关于鲁迅的著述活动。其中,“许寿裳在台期间,五回的演讲中有两回是关于鲁迅,37篇的著作中有

① 北冈正子:《序》,《“去日本化”“再中国化”:战后台湾文化重建(1945—1947)》,许时嘉译,台北麦田出版2007年版,第8页。

② 参见许雪姬:『评台湾文化再建筑1945—1947の光と影:鲁迅思想受容の行方』,《国史馆馆刊》,2000年12月。

③ 黄英哲:《“去日本化”“再中国化”:战后台湾文化重建(1945—1947)》,台北麦田出版2007年版,第158页。

16篇是关于鲁迅的，由此可知鲁迅的研究及其思想的传播介绍，可以说是许寿裳在台的演讲与著作活动的中心"[①]。在此基础上，黄英哲指出："许寿裳赴台湾两年之后，两年不到的时间之著述远胜于之前的十年，《鲁迅的思想与生活》的一半内容、《我所认识的鲁迅》的三分之一内容、《亡友鲁迅印象记》的三分之二内容是在台湾写成的。许寿裳在台湾如此积极地讲演鲁迅、书写鲁迅，绝对不是偶然的，而是与台湾文化重建的构想有密切关系。"[②]以许寿裳《鲁迅的精神》一文为例，黄英哲分析认为，许寿裳在台湾所极力介绍、宣传鲁迅的思想和精神的主旨之一在于指出"战后台湾最需要的是民主、科学、道德实践、中国民族主义，这些精神可以集中从鲁迅身上学到。许寿裳明显的意图透过鲁迅思想的传播，使得过去鲁迅曾经扮演过重要角色的五四新文化运动能够再度在台湾掀起，达成台湾文化重建目的。"[③]许寿裳宣传介绍鲁迅的另外一个重心则在于"改造国民性"这一问题。这一方面是源于"改造国民性"是鲁迅和许寿裳二人在日本留学时期就达成的共识；另外，这与许寿裳对第二次世界大战后台湾乃至整个中国社会的认识有关。黄英哲论述道，即使在抗日战争胜利后，许寿裳仍然不忘昔年少时代和鲁迅之间的共识，中国国民性还是需要改造，重建战后"新邦"，"爱与诚"依然是需要的。这种信念与前面举出的许寿裳战后初期在台湾的言论之思想基调，基本上是

① 黄英哲：《"去日本化""再中国化"：战后台湾文化重建（1945—1947）》，第149页。

② 黄英哲：《"去日本化""再中国化"：战后台湾文化重建（1945—1947）》，第157页。

③ 黄英哲：《"去日本化""再中国化"：战后台湾文化重建（1945—1947）》，第160页。

一致的。对许寿裳而言,从日本异民族统治摆脱后的台湾文化重建与抗日战争胜利后的中国国民性之改造,是密切相连的紧急课题。[①]可以看出,鲁迅是许寿裳在台湾从事台湾文化重建活动的思想基础。这也在一定程度上反映了许寿裳对鲁迅在整个新文化运动中的地位及角色的认识。

另外,黄英哲在书中还梳理了截至1949年,鲁迅思想在台湾传播的两次高潮[②]。第一次是20世纪20年代,台湾虽然处于日据时期,却也受到五四新文化运动的影响,在张军我等人的大力推动下,鲁迅作品及其思想传入台湾;第二次在第二次世界大战后初期,以龙瑛宗、杨逵、蓝明谷三人为代表,在台湾大力传播鲁迅思想。而在《重建》一书的第七章,黄英哲对版画家黄荣燦在战后台湾传播鲁迅思想的历史进行了梳理,资料翔实,别开生面,令人印象深刻。然而,与此同时,台湾也存在着反对或敌视鲁迅的势力。其中,以陈果夫、陈立夫为首的国民党内部的一些力量则在台湾宣扬三民主义,"强调三民主义是战后台湾最需要注入的新精神,扬言要'党化新台湾'"[③]。加之后来发生的"二二八事件"、陈仪离职、撤废编译馆等事件的发生,"以鲁迅为思想为媒介的'新五四运动'并没有在台湾发生,导致他

① 黄英哲:《"去日本化""再中国化":战后台湾文化重建(1945—1947)》,第161-162页。

② 松永正义认为鲁迅在台湾的传播有三次高潮,即20年代、1945年至1949年以及70年代。参见松永正义:《鲁迅在台湾》,林初梅译,收于李勤岸、陈龙廷主编,《台湾文学的大河:历史、土地与新文化——第六届台湾文化国际学术研讨会论文集》,高雄春晖出版社2009年版,第349-365页。

③ 黄英哲:《"去日本化""再中国化":战后台湾文化重建(1945—1947)》,第176页。

(许寿裳)的构想成为泡影。”①

值得注意的是，黄英哲在书中并非只是罗列这些历史事实，而是在其论述中突出了无论是许寿裳还是黄荣燦等人，都并非简单的“搬运工”，更非“文化掮客”，而是切实地立足台湾地区的文化语境与文化脉络，以鲁迅为思想资源，在认识台湾地区文化语境的特殊性的基础之上，从鲁迅的思想中汲取营养，并将其融入到重构台湾地区文化框架的历史实践之中。许寿裳依托台湾省编译馆及相关的政治文化制度，试图以鲁迅为思想资源的战后台湾文化建构实践虽然遭到了严重的挫折而失败，但鲁迅及其思想却逐渐深植于台湾文化脉络中。从赖和到柏杨、陈映真，再至蓝博洲，台湾左翼作家无不从鲁迅思想中有所裨益，这一方面已有学者撰文论述。② 更为重要的是，正是因为鲁迅及其思想的引入，才使得台湾的思想资源更为丰富，文化版图也更为多元。

黄英哲对许寿裳、黄荣燦等人在台湾传播鲁迅的研究与当下新兴的对“文学与空间”关系的研究颇有相通之处。空间理论背后有极其深入而复杂的哲学与文学理论的发展脉络，具体到文学研究领域的空间批评来说，这种研究范式不满足于长期以来充当文学研究主轴的时间维度，而将研究的视野拓展到空间维度。这一研究所关注的一个重要部分，正如范铭如所说，即侧重理论、文本、文化在传播、旅行、翻译前后的轨迹和动态过程，强调任何文化特征和历史发展都

① 黄英哲，《“去日本化”“再中国化”：战后台湾文化重建（1945—1947）》，第 179 页。

② 参见蔡辉振：《鲁迅对台湾新文学发展的影响探究》，《鲁迅研究月刊》2007 年第 5 期；曾健民：《谈“鲁迅在台湾”——以一九四六年两岸共同的鲁迅热潮为中心》，《鲁迅研究月刊》2010 年，第 3 期。

不是由封闭的地方或单一群族自身聚居的形式，而是包括住民的移入移出，与外地、外人和异文接触互动后交互渗透调整后的综合型产物。当文本和论述逾越原本空间的脉络和局限进入其他空间语境时，不同空间文化的媒合对于流动中的文本和论述会在引介、诠释和应用上激发某种程度的偏重与质变，甚或连带引发对区域文化的冲击。① 例如，台湾学者范铭如在《京派、吴尔芙、台湾首航》一文中探讨了吴尔芙、凌叔华、林海音以及西方文学、中国现代文学以及台湾文学之间的地缘文学谱系问题。她没有将研究的重点放在一般比较文学研究中常用的影响研究上，即并不意在研究吴尔芙如何影响了凌叔华，或凌叔华又如何影响了林海音、张秀亚，而意在探访林海音与张秀亚的文本里到底移植了什么京派及女性文学的特质，以及两者被译介到台湾文坛之后再接受与阐释上的落差与促使此转化的可能理由。② 范铭如的研究揭示了文学从西方到中国大陆再到台湾，从中国现代文学时期到台湾文学发展时期，在相当长的一段时间内所做的空间旅行。黄英哲的研究虽然没有特别强调空间批评这一研究范式或理论资源，但其研究在叙述脉络与阐释思路上与后者确有相通之处，同时，二者研究的重心均不在原初文本上，而在于文学与思想的"本土化"过程及其影响方面。

黄英哲在书中对历史事件的叙述突出了许寿裳等人以鲁迅为思想资源的文化重建策略和实践。同时，立足于一个异于中国大陆文化语境的"异域"文化视角，将鲁迅放置在台湾文学、文化乃至历史的发展脉络中去阐释，这已经有别于既有的绝大多数鲁迅研究的范式，

① 范铭如：《文学地理：台湾小说的空间阅读》，台北麦田出版2008年版，第33页。

② 范铭如：《文学地理：台湾小说的空间阅读》，第33页。

而是一种本土化的鲁迅研究策略。这提醒我们应该注意到在这些“异域新邦”,作为精神思想资源的鲁迅是如何被人们在本土化的视野下阅读、借用、整合与反思的。尤其是在本土化的过程中,鲁迅作为精神思想资源如何介入本土文学场域内既有的思想结构与问题结构,以及如何在异域的本土化语境中转化、生根,这些问题的复杂性和重要性都要超过简单的译介过程而值得更多地关注与思考。① 显然,“鲁迅的本土化”这一问题的提出及其研究应该成为鲁迅研究中的应有之义,特别是针对“如何以鲁迅为精神资源”这一问题,有着重要意义。即,在不同文化语境中,回答“如何以鲁迅为精神资源”这一问题的有效途径之一就是进行鲁迅的本土化研究。

实际上,“鲁迅的本土化研究”早在“鲁迅与东亚”这一研究议题被关注时就已经被连带提及。早在1999年,东京大学召开了“1999东亚鲁迅学术会议”,来自中国大陆、中国香港、中国台湾、韩国、新加坡、澳洲以及日本各地一百多位鲁迅研究者参加了这次会议。② 与会学者纷纷从各自视角出发对鲁迅在不同国家、地区的影响及研究状况进行了交流讨论。不少学者更是立足本土立场和研究视野,对鲁迅的“本土化”进行了论述。如清水贤一郎的《日本“名人”访鲁迅——关于战前日本报刊传媒中的鲁迅形象(1920—1936)》、金时俊的《流亡在中国的韩国知识分子和鲁迅》、胡从经的《鲁迅·胡适·许地山——1930年代香港新文化的萌发与勃兴》等,实际上都是围

① 对于“文学场域与本土问题结构”问题,参见郑国庆:《现代主义、文学场域与张诵圣的台湾文学研究》,《厦门大学学报》(哲学社会科学版)2008年第6期。

② 西海枝裕美:《“1999东亚鲁迅学术会议”综述》,《鲁迅研究月刊》2000年第12期,第68页。

绕"鲁迅的本土化"进行的研究。这一会议为开拓鲁迅研究中的以鲁迅为精神思想资源的"本土化研究"助力不少,并可以此为契机,将鲁迅的本土化研究拓展到世界范围内。这必将大大丰富鲁迅研究的维度和内容,同时也可以在异域中发现鲁迅思想中的不同面向与价值所在。

然而,令人遗憾的是,时至今日,以"如何以鲁迅为精神资源"为基本问题的鲁迅本土化研究并不丰富。这一方面与鲁迅及其作品在海外各地的传播、研究水平参差不齐有关;另一方面,这与当下海外鲁迅研究界的研究现状与研究范式紧密相关。首先应该认识到的是,海外研究者们的研究不可谓不深入,也取得了大量的重要成果。以近年来出版的海外鲁迅研究相关著作为例,张钊贻的《鲁迅:中国"温和"的尼采》(北京:北京大学出版社,2011)在"鲁迅与尼采"这一论题下开掘颇深,从总体上梳理了鲁迅与尼采在思想上的关联,并在尼采思想的视野下对鲁迅的《野草》《伤逝》等创作进行了分析,特别是就《查拉图斯特拉如是说》与鲁迅的创作在内在精神方面的联系进行了阐释。白培德(Peter Button)的《中国文学和审美现代性中对"真实"的形构》(*Configurations of the Real in Chinese Literary and Aesthetic Modernity*,Brill,2009)一书,也把鲁迅及其《阿Q正传》作为全书的重要内容进行讨论,并就阿Q作为"典型"的问题、鲁迅对卢那察尔斯基的接受问题,以及社会主义现实主义与德国浪漫派、德国唯心主义哲学的关联问题都做了深入而具有创造性的阐释。可以看出,这些研究都是鲁迅研究界乃至中国现代文学研究领域取得的重要成果。与此同时,我们也要看到,这些研究大多侧重于理论阐释,在愈发精巧、细致地阐释鲁迅的同时也容易让宏大的理论话语遮蔽、整合乃至“收编”鲁迅，并将鲁迅推向历史的深处，从而并未就“鲁迅作为精神资源”及“鲁迅的本土化研究”等问题给予足够的关注，这也就导致鲁迅研究这一版图有所缺失。稍显不同的是，由中岛利郎编辑的《台湾新文学与鲁迅》（台北前卫出版社，2000）一书中收集了陈芳明、中岛利郎、下村作次郎等日本、中国台湾学者的研究，这一系列研究突出了鲁迅研究中的台湾视角，但因为篇幅等方面的原因，虽然体现了台湾本土化的研究特色，却并不系统，且个别研究因为意识形态的偏颇引发了争议。①

因此，在提倡鲁迅研究视角多元化的同时，我们应该重新认识到鲁迅作为精神资源主体的重要意义，并在立足于不同文化语境的基础上，对既有的鲁迅研究进行反思。同时，以鲁迅为精神资源，不仅仅是第二次世界大战后台湾文化重建所尝试秉持的策略，同样应该成为今天中国大陆及其他海外鲁迅研究者在思考其本土化问题时都会裨益良多的重要维度。我们期待像黄英哲《“去日本化”“再中国化”：战后台湾文化重建（1945—1947）》这样的研究著作能更多一些，继而也期待真正以鲁迅为精神资源的鲁迅本土化研究能更为丰富、深入。

原刊于：《鲁迅研究月刊》2015 年第 11 期，题目为《以鲁迅为精神资源与本土化研究——读黄英哲〈“去日本化”“再中国化”：战后台湾文化重建(1945—1947)〉》

① 参见朱立立，《对“鲁迅与台湾文学关系”相关论述的质疑与批评——以陈芳明〈鲁迅在台湾〉一文为主要辨析对象》，《福建师范大学学报（哲学社会科学版）》2007 年第 1 期，第69 －73 页。

第五章

中国左翼文学研究的苏联视角

斯大林研究是苏联史、国际冷战史、政治学等领域的重要课题。近年来，随着大量苏联历史档案的解密，与斯大林相关的研究成果日益丰硕。然而，斯大林与文学之间长达数十年的复杂关联却尚未得到充分研究，甚至可以说"'斯大林与文学'似乎在某种程度上还是一个新课题，或者说是一个'冷门'"。① 对于中国新文学而言，从1929年斯大林实际介入苏联文学事务开始至1953年斯大林去世，这一时间段涵盖了左翼文学发生和发展的主潮。在此期间，斯大林对苏联文学产生了重要影响，而随着大量的苏联文学作品、理论和政策被译介到中国，斯大林对中国左翼文学也产生了直接或间接的影响。因此，考察斯大林与文学之间的历史关联，理解斯大林的文学思想，总结斯大林对苏联文学的影响，将对中国左翼文学研究产生积极的推动作用。张捷著《斯大林与文学》（中国青

① 张捷：《斯大林与文学》，中国青年出版社2014年版，第1页。

年出版社,2014)一书在掌握大量第一手档案历史资料和苏联文学研究最新成果的基础之上,对“斯大林与文学”这一课题进行了全面深入研究,在左翼文学理论、文学政策和作家作品研究等多个方面为我们提供了新的思路,也强调了苏联视角之于中国左翼文学研究的重要性。

斯大林的文学思想及其基本观点是《斯大林与文学》一书考察的重点。20 世纪 30 年代,从苏联引入的“唯物辩证法的创作方法”(或“唯物辩证主义创作法”)和“社会主义现实主义”两个概念先后对中国左翼文学产生了重要影响。然而,近年来对“社会主义现实主义”的研究多集中在探讨该理论在中国的译介和影响,并重新对其理论内涵进行辨析和反思,而较少关注该理论在苏联语境的形成过程。在《斯大林与文学》中,张捷详细叙述并分析了“社会主义现实主义”这一创作方法的形成过程,并揭示了斯大林在其中发挥的关键作用。一般认为,“唯物辩证法的创作方法”或“唯物辩证主义创作法”由拉普(俄罗斯无产阶级作家协会)提出,在一段时期内对苏联文学产生了广泛影响,并传播到中国,一度成为左联认可的创作方法。随着形势的发展,斯大林认为拉普已经无法承担新的历史使命。1932 年 4 月 23 日,联共(布)中央做出了《关于改组文艺团体》的决议,决定解散拉普,并筹备苏联作家协会,并召开第一次苏联作家代表大会。张捷指出,这一决议最终是由斯大林做出的,而且,在上述决议公布后,联共(布)中央政治局成立了一个由斯大林、卡冈诺维奇、波斯特舍夫、斯捷茨基和格隆斯基组成的委员会，以处理拉普解散事宜，并筹备相关会议。① 斯大林在该委员会中发挥了主导性作用。在与格隆斯基的谈话中，斯大林明确提出了将“社会主义现实主义”作为苏联文学的创作方法，并指出了该方法的优点，即“如果我们把苏联文学的创作方法称为社会主义现实主义，您以为如何？第一，在于它简短（总共只有两个词）；第二，好理解；第三，指出了文学发展的继承性（在资产阶级民主的社会运动时期出现的批判现实主义文学过渡到、转变为无产阶级社会主义运动阶段的社会主义现实主义文学）”。② 随即，格隆斯基通过讲话和文章等形式传达了“社会主义现实主义”作为苏联文学基本创作方法这一思想。其中，1932 年 5 月 29 日的苏联《文学报》上题为《着手工作吧》的社论是关于该创作方法的最早的披露。③ 当年 10 月 29 日至 11 月 3 日，在莫斯科举行的全苏联作家同盟组织委员会第一次会议上，委员会书记长吉尔波丁作了题为《苏联文学十五年》的报告，对“唯物辩证法的创作方法”提出了严厉批评。④ 根据这一报告，周扬写成了前述《关于“社会主义的现实主义与革命的浪漫主义”——“唯物辩证法的创作方法”之否定》一文，把苏联文学动态及时地在左翼文学阵营内传播，促使左翼文学创作方法的更替。毫无疑问，斯大林是“社会主义现实主义”这

① 张捷：《斯大林与文学》，中国青年出版社 2014 年版，第 66 页。

② 张捷：《斯大林与文学》，第67 – 68 页。

③ 张捷：《斯大林与文学》，第 69 页。

④ 侯敏：《从“唯物辩证法”到“社会主义现实主义”——苏联文学创作方法的演变与争论》，《汉语言文学研究》2018 年第 2 期。该文对苏联文学创作方法的变化历程进行集中考察，并已经注意到了张捷对“社会主义现实主义”产生过程的研究（张捷：《“社会主义现实主义”是如何确定为苏联文学的基本创作方法的》，《文艺理论与批评》2013 年第 3 期），但二者有关高尔基对社会主义现实主义的看法存在不同论述，兹不赘述。

一文学创作方法产生过程中的关键人物。对这一问题,以往的研究论述多趋于模糊,未做明确表述。[①]

斯大林与“同路人”作家的关系是张捷在《斯大林与文学》中着重考察的另一重点。《斯大林与文学》对斯大林与“同路人”作家的交往情况进行了整体性考察,在了解“同路人”作家们对斯大林个人的看法之外,也在不同程度上揭示了他们对新政权的认识。张捷着重考察了斯大林与布尔加科夫、皮利尼亚克、爱伦堡、左琴科、列昂诺夫五位“同路人”作家的交往。其中,斯大林曾先后十五次观看了布尔加科夫的话剧《土尔宾一家人的日子》,并肯定该剧产生了良好的社会影响。[②] 但是,该剧还是在 1929 年 3 月遭到了禁演。然而,布尔加科夫遭遇的最大打击却来源于他以斯大林参加巴统工人示威游行为依据创作的剧本《巴统》(1939)未获得官方认可。张捷分析道,斯大林本人对《巴统》是肯定的,该剧不能上演另有原因。一方面,作为“同路人”的布尔加科夫并未获得当时苏联文学界主流的认可,如果《巴统》上演,则必然会让布尔加科夫收获巨大的荣誉,而在正统派看来,这份荣誉本应由“自己人”获得。另一方面,从政治上考虑,斯大林作为苏联领袖,有关他的剧本应由革命作家创作,否则不能为斯大

---

① 常见的苏联文学史著作,如[苏]季莫菲耶夫著《苏联文学史》(水夫译,作家出版社 1957 年版)、[苏]科瓦廖夫编《苏联文学史》(张耳等译,天津人民出版社 1982 年版)、叶水夫主编《苏联文学史》(中国社会科学出版社 1994 年版)均没有论及“社会主义现实主义”的确切提出者。反而在中国新文学研究中“社会主义现实主义”的起源往往被论及。例如,温儒敏曾指出“斯大林肯定‘社会主义现实主义’这一口号”(《新文学现实主义的流变》,第 23 页);李今在对 20 世纪三四十年代的苏联文学翻译史的研究中指出,格隆斯基在苏联作家协会召开前曾广泛征求各方面的意见,“最终由斯大林确定了把苏联文学的创作方法称为‘社会主义现实主义’的提法”。(李今:《二十世纪中国翻译文学史. 三四十年代·俄苏卷》,百花文艺出版社 2009 年版,第 111 页)。

② 张捷:《斯大林与文学》,中国青年出版社 2014 年版,第 268 页。

林带来足够多的光彩。[①] 爱伦堡与斯大林的交往则因为他的犹太人身份而更加复杂。张捷指出,爱伦堡在斯大林时期虽然受到过批判,但是安然无恙并得以被多次重用,其原因在于斯大林对其文学才华和国际影响力的重视。而且,爱伦堡本人具有敏锐的政治嗅觉,进退有度,也是他免遭厄运的重要原因。[②] "同路人"作家在苏联时期的不同命运遭遇,使得"同路人"作家内部的复杂性浮现出来。"同路人"作为一个外延粗糙的政治概念,不能也不应该遮蔽作家之间的个体差异。

斯大林对苏联文学制度的建立产生过重要影响。如前所述,苏联作家协会由斯大林亲自拍板决定成立,以统一领导苏联文学。因此,斯大林对这一机构的人员、机制、运作都十分关注。其中,斯大林对以其名字命名的"斯大林文学奖"格外重视,曾多次参与该奖的评审工作。张捷根据西蒙诺夫[③]的回忆《我这一代人的看法——关于斯大林的思考》等材料,描述了斯大林参与评奖的部分情况。斯大林本人对文学的评价尤其看重"真实性"。在 1948 年的"斯大林文学奖"评奖过程中,斯大林肯定了爱伦堡的小说《暴风雨》对中间人物的书写很真实。因此,原本只被评为二等奖的《暴风雨》被最终授予了一等奖。[④] 实际上,"斯大林文学奖"对中国新文学来说并不陌生。1951 年,丁玲的小说《太阳照在桑干河上》、周立波的小说《暴风骤雨》、丁毅和贺敬之的歌剧《白毛女》都获得了"斯大林文学奖"。此

---

① 张捷:《斯大林与文学》,第 277 页。

② 张捷:《斯大林与文学》,第294 - 295 页。

③ 西蒙诺夫(1915—1979)是苏联作家,曾任苏联作协副总书记等职务,并曾担任苏联《文学报》等刊物的主编。

④ 张捷:《斯大林与文学》,第 175 页。

外，周立波还作为中苏合拍电影《解放了的中国》的文学顾问获得了该奖。刘白羽作为中苏合拍电影《中国人民的胜利》的文学顾问也获得了斯大林文学奖。在当时，这对于中国作家来说既是文学荣誉，也是政治荣誉。正如丁玲在授奖仪式上所说："我们想着，在我们的名字后边有斯大林同志的签名，我们意味着斯大林同志知道了我们"。在谈及获奖原因时，丁玲说道："《真理报》已经指出了，说我们是由于都忠实地描写了他们本国劳动人民的生活及其争取自由与幸福的斗争的缘故。"①显然，这符合斯大林对文学"写真实"的要求。《斯大林与文学》中对斯大林亲自参与评奖并强调文学的真实性等历史史实的梳理，让我们对丁玲等人获奖的原因和意义有了更明确和深入的了解。

除此之外，张捷在书中还论及了斯大林与文化的民族形式、文化的阶级性、肃反运动对作家的迫害等多个重要问题。客观来说，《斯大林与文学》旨在以斯大林为中心考察他与文学之间的历史联系，而非以文学为中心。因而，该书对文学本身——尤其是对具体文本的论述相对较少。同时，由于该书并非文学研究专著，因而该书没有在文学史的发展演变视野中审视斯大林与文学的历史关联，也没有把与苏联文学存在千丝万缕联系的中国左翼文学和"十七年文学"纳入到比较研究视阈之中。不过，正如张捷在"结束语"中所说，"斯大林与文学"这一课题仍有不少尚未解决的难题，如斯大林文学思想与马克思列宁主义文学思想之间的异同，以及斯大林文艺政策的评价问题等都还没有得到系统研究。从左翼文学研究的立场出发，斯大林

① 丁玲：《丁玲全集》（第七卷），河北人民出版社 2001 年版，第294－295 页。

文艺思想如何进入中国左翼文学话语,苏联文艺政策与“左联”,以及苏联文艺体制与新中国文艺体制之间的关系等问题,虽“耳熟能详”甚至“老生常谈”却并未得到完整的梳理与研究。有理由相信,上述问题的解答都有赖于苏联视角在左翼文学研究中的进一步合理运用。

原刊于:《中国现代文学研究丛刊》2019 年第 2 期,题目为《左翼文学研究的苏联视角——读张捷〈斯大林与文学〉》

第六章

左翼文学研究中的“世界视野”

在中国左翼文学研究中引入“世界视野”，关注中国左翼文学形成与发展过程中的世界资源，并在一种“世界文学”的观念之下重审中国左翼文学的历史价值，已经成为近十年来中国左翼文学研究领域的一种新动向。这种新的变化源自于研究者对中国左翼文学与20世纪世界左翼文艺思潮之间联系的高度重视。从已经取得的成果来看，“世界视野”下的中国左翼文学研究在欧洲左翼文艺与中国左翼文学关系研究、鲁迅研究以及华语左翼文学研究等多个领域呈现出颇具启发性的发展态势。然而，由于这一研究动态在方法和理论上仍处于探索阶段，因而在如何准确定义“世界视野”，如何处理“世界视野”与中国本土的传统、经验与立场的关系等问题上都对研究者提出了严峻挑战。本文将在介绍相关代表性研究成果的基础之上，就其研究方法和理论背景进行梳理，进而在总体上评价“世界视野”之于左翼文学研究的重要性。同时，本文还将就“世界视野”下的左翼文学研究所面临的理论与方法困境展开反思，以期将对于这一研究新动向的思考推向深处。

一、中国左翼文艺思潮的世界背景

作为世界左翼文艺思潮的重要组成部分,中国左翼文学①发生和发展的理论与历史资源具有鲜明的国际性和多元性,这就要求中国左翼文学研究必须具备一定的“世界视野”。在中国现代文学研究史上,中国左翼文学与异域文学思想的关系很早便受到了研究者的关注,其中又以俄苏和日本的左翼文艺思潮对中国左翼文学的影响最受重视。20 世纪 90 年代初期,艾晓明著《中国左翼文学思潮探源》在这一领域进行了颇具开创性的研究。然而,伴随着学术成果的不断累积,这一研究思路的局限性也日益明显。这主要体现在既有研究过于强调俄苏和日本的影响因素,从而相对忽视了其他国际左翼文艺思潮之于中国左翼文学的重要性。因而,要进一步突出中国左翼文学资源的丰富性和复杂性,就需要研究者在研究视野上加以开拓,将包括欧洲左翼文艺在内的世界左翼文艺思潮纳入中国左翼文学研究的范围内,从而对既有研究中偏重俄苏和日本的传统进行更新和平衡。

在拓展中国左翼文学研究视野方面,香港学者邝可怡对中国现代

---

① 关于“左翼文学”的基本内涵,本文借鉴张大明对“广义左翼文学”概念的理解框架,即广义的左翼文学包含革命文学、普罗文学、狭义左翼文学三个发展阶段。所谓“狭义左翼文学”具体的起始时间是另一颇具争议的问题。张大明将狭义的左翼文学的起始时间确定为 1929 年秋至 1932 年底。其他学者则持不同看法,如桑逢康、黄淳浩均认为,左翼文学的文学史分期应以左联的成立与解散为主要标志。(参见张大明:《中国左翼文学编年史》,社会科学文献出版社 2013 年版。)此外,程凯认为应该将 20 世纪 20 年代以鼓动革命为目的的文学言论称为“革命文学”,将三四十年代以对抗资产阶级政权、宣扬无产阶级革命或其他革命理念为特征的文学实践称为“左翼文学”,尤以“左联”为其代表。(参见程凯:《寻找“革命文学”、“左翼文学”的历史规定性》,《郑州大学学报(哲学社会科学版)》2006 年第 1 期。)因此,综合上述观点,本文将 20 世纪三四十年代作为左翼文学发展的主要阶段,并且把 20 世纪 20 年代的革命文学和普罗文学也纳入左翼文学的范围。

派与欧洲左翼文艺关系的研究做出了有益尝试。邝可怡著《黑暗的明灯:中国现代派与欧洲左翼文艺》(以下简称《黑暗的明灯》)围绕1927年至1945年间中国文学现代派与欧洲左翼文艺之间的历史关联展开研究,致力于"揭示中国现代性发展的混杂性(hybridity)和异质性(heterogeneity)特点"①。虽然从研究的出发点而论,《黑暗的明灯》一书最初并未将中国左翼文学单独作为研究重心,但这并不妨碍其对左翼文学研究领域具有重要的启示意义。因为,在从中国现代派的翻译实践探讨跨国现代性的复杂性这一研究过程中,邝可怡将欧洲左翼文艺纳入中国现代派研究的视阈中,为中国左翼文学研究提供了新的研究思路。这在一定程度上突破了前述中国左翼文学研究中过度依赖俄苏与日本文艺资源的状况,进而以中国现代派与欧洲左翼文艺之间的历史关联为切入点,探究欧洲左翼文学(特别是法语左翼文学)进入中国文坛的主要路径及其在中国的接受过程,有助于彰显20世纪二三十年代中国左翼文学作为世界左翼文艺思潮之一的历史意义。

对于中国现代派作家的翻译和文学创作活动,邝可怡指出,他们一方面试图摆脱苏联或日本无产阶级运动影响下的中国左翼文学的主流范式,另一方面则积极引入欧洲诸国不同倾向的左翼文艺思潮,在参照之下提出反思性的论述。② 作为中国现代派的代表性作家,戴望舒的翻译和创作活动是邝可怡的主要研究对象。不同于以往研究多关注戴望舒与法国左翼文人的交往活动,邝可怡对于戴望舒的研究主要围绕戴望舒在1934年对旅法俄裔学者高力里(Benjamin

① 邝可怡:《黑暗的明灯——中国现代派与欧洲左翼文艺》,商务印书馆(香港)有限公司2017年版,第iv页。

② 邝可怡:《黑暗的明灯——中国现代派与欧洲左翼文艺》,第14-15页。

Goriély,1898—1986)的《俄罗斯革命中的诗人们》(*Les Poètes dans la révolution russe*,1934,下文简称"《诗人们》")一书的翻译活动展开。从主要内容来看,高力里此书讨论了1927年至1932年期间的苏联文学发展历程。不过,不同于当时苏联文坛的主流观点,高氏此书"不仅向西欧读者评述革命时期的俄国文学,更力图通过意象派、未来派和初期无产阶级作家群的写作,探讨个人主义(l'individualisme)和个人性(l'individualité)的矛盾概念、个人主义和革命的微妙关系,以及个人主义进入革命后集团主义社会的独有形态"①。同样值得注意的是,高力里在写作此书时面对的欧洲法语左翼文坛(包括法国和比利时)形势错综复杂。高力里曾在法国左翼作家巴比塞创办的国际左翼文学刊物《世界》担任编辑,但是该杂志在普罗文学等议题上与苏联文坛的主流观点并不一致;另一方面,比利时法语左翼作家们与比利时共产党关系疏远,他们更关注文学本身而不愿涉足政治。这都削弱了苏联文艺思想在欧洲法语左翼文学中的影响力。然而,这也给了高力里一个难得的契机,让他可以在当时众声喧哗的欧洲法语左翼文坛接触持不同立场的左翼文人,从异于苏联文坛主流叙述的角度观察1927年至1932年的苏联文学。因此,与当时苏联国内和被译介入中国左翼文坛、追求规范与整体性的苏联文学史著作相比,《诗人们》一书带有鲜明的异质性。

对于戴望舒来说,翻译这样一本"非主流"的著作,体现了他对中国左翼文学发展的独特思考,即戴望舒对彼时中国左翼文学仅仅从苏联和日本输入左翼文艺资源感到不满,并试图通过翻译高力里的

① 邝可怡:《黑暗的明灯——中国现代派与欧洲左翼文艺》,第34-35页。

法文著作为中国左翼文学引入新的左翼文艺资源，从而使得中国左翼文学的世界文学资源更显丰富，为其发展创造更多的可能性。归根结底，戴望舒及现代派作家们的文化政治诉求与左联中人有着显著的差异，双方的分歧主要在于文学的政治性与阶级性。戴望舒与现代派作家对俄苏文学的积极推介并不出于政治诉求，而是基于向中国文坛介绍世界文艺思潮的考量。正如施蛰存所说，“比较左派的理论和苏联文学，我们不是用政治的观点看。而是把它当一种新的流派看”，“在 20 年代初期到 30 年代中期，全世界研究苏联文学的人，都把它当作 Modernist 中间的一个 Left Wing(左翼)”。① 换言之，在戴望舒、施蛰存等现代派看来，俄苏文学是作为世界文艺思潮之一而存在的，其政治性、阶级性并非他们关注的重点，这与左联的立场大相径庭。从 1928 年的“革命文学”论争开始，中国左翼作家就已经将阶级性视作文学的核心要素。《创造月刊》《文化批判》《太阳月刊》等左翼刊物对梁实秋等人的批判充分体现了左翼理论家对文学阶级性的捍卫与坚守。左联成立后，左翼理论家对文学阶级性的强调更是有增无减，并在 20 世纪 40 年代的“延安文学”上得到了更为集中、明确的贯彻和体现。而现代派所译介的左翼文学因其阶级性与政治性的淡化而没有受到主流左翼论述的认可，相反被归入了“现代主义”的阵营，并在 20 世纪 40 年代成为了与左翼文学所代表的现实主义美学相对立的另一种美学风格，甚至是另一种意识形态取向。

从个案研究的角度来看，邝可怡围绕戴望舒经由法文译介《诗人们》所展开的研究，对中国现代派研究而言是一个有益的补充；从左

① 施蛰存:《沙上的脚迹》，辽宁教育出版社 1995 年版，第179 - 180 页。

翼文学研究的整体来看,以戴望舒为代表的现代派作家试图接引欧洲左翼文艺资源参与中国左翼文学发展的努力长期被排斥在既有研究的论述框架之外,邝可怡的研究可谓一次重要的开拓。同时,这也表明,中国左翼文学的丰富性还有待于进一步探索和发现,而这有赖于研究视野的拓展与“世界视野”的引入。①

二、鲁迅与世界文学

作为中国左翼文学的旗帜性作家,鲁迅具有开阔的世界文学视野,从 20 世纪初编译《域外小说集》开始,他对俄、日及中东欧文学保持了长久的热情。因此,深入挖掘鲁迅与世界文学之间的历史关联是鲁迅研究的应有之义。需要注意的是,鲁迅研究在中国现代文学研究中自成体系,“世界视野”的引入能否切实有效地推动鲁迅研究,尤其是“世界文学”②这一理论论述与研究方法,能否突破既往研究

---

① 近年来,法国左翼作家安德烈·马尔罗以中国革命为题材的文学创作也日益受到关注,为从“世界视野”认识中国左翼文学和中国革命提供了新的思路。一方面,研究者对马尔罗的小说《征服者》《人类的状况》与蒋光慈、茅盾等创作的革命文学作品进行了比较研究;另一方面则还重点关注了马尔罗笔下的中国革命对于欧洲乃至全人类的重要意义。刘海清认为,“30 年代中国左翼作家相近题材的作品关注的是中国红色革命理想的实现,而马尔罗的起点则是对人类生存境遇的思考,他坚持在文学作品虚构的形式中实现一种克服人类自身命运的宏伟企图”。(参见刘海清:《论马尔罗笔下的东方世界》,《文艺理论与批评》2010 年第 5 期。)

② 据方维规的研究,“世界文学”这一概念发源于 18 世纪的德国,自 20 世纪 90 年代以来成为欧美文学理论界讨论的焦点话题。“世界文学”理论浪潮的兴起和发展,最初是为了应对比较文学研究中所难以摆脱的“欧洲中心主义”以及“重理论、轻文本”等弊病。随着关于“世界文学”的讨论不断深入,涌现出了大卫·达姆罗什(David Damrosch)、弗兰克·莫莱蒂(Franco Morreti)、帕斯卡尔·卡萨诺瓦(Pascale Casanova)等一批研究者,出版了诸多代表性研究成果,包括 David Damrosch, *What is World Literature*? Princeton and Oxford: Princeton University Press, 2003; Franco Morreti, *Distant Reading*, London: Verso, 2013; Pascale Casanova, *The World Republic of Letters*, Malcolm DeBevoise, trans, Cambridge: Harvard University Press, 2007。(参见方维规:《何谓世界文学》,《文艺研究》2017 年第 1 期。)

中常采用的影响研究与平行研究范式，需要研究者谨慎思索。近年来，大卫·达姆罗什（David Damrosch）对“鲁迅与世界文学”表现出了浓厚的兴趣。在讨论“世界文学”与“国族建构”之间的关系时，达姆罗什将鲁迅的小说作为重要的例证，以说明世界文学有力地参与了现代中国的国族建构。一方面，达姆罗什强调了鲁迅在白话小说的创作过程中积极吸收了包括俄国作家果戈里的作品在内的异域文学资源；另一方面，鲁迅对欧洲现代主义中“含混”（ambiguity）的吸收和借鉴所产生的影响要更为深远。达姆罗什认为，鲁迅不仅将“含混”运用于小说《狂人日记》的创作，使得该小说充满了复杂的歧义性，“还将‘含混’变得更为现代”。[①] 不过，欧美文学参与现代中国的“国族建构”并非新论，宋炳辉著《弱势民族文学在现代中国》即考察了近现代中国对东欧文学的译介，以表明外国文学（尤其是“弱小民族文学”或“弱势民族文学”）在中国现代民族主体意识建构过程中所发挥的重要作用。[②] 同时，鲁迅与欧洲文学之间的关联也早已被研究者注意。据王富仁的研究，早在1922年，周作人在《晨报副刊》连载的《自己的园地（八）》中就对《阿Q正传》与俄国、日本、波兰文学的关系进行了初步讨论，是“第一次从比较文学的角度论述鲁迅的小说”。[③] 80年代早期有关“鲁迅与存在主义”的讨论则进一步将鲁

① ［美］大卫·达姆罗什：《世界文学与国族建构》，载方维规主编，《思想与方法——地方性与普适性之间的世界文学》，北京大学出版社2017年版，第8页。

② 参见宋炳辉：《弱势民族文学在现代中国——以东欧文学为中心》，北京大学出版社2017年版。

③ 王富仁：《中国鲁迅研究的历史与现状》，福建教育出版社2006年版，第19页。

迅研究的视阈扩大。[①] 因此,从达姆罗什的尝试来看,"世界文学"的理论论述与研究范式对鲁迅研究的助力尚不显著。

在特定的"世界文学"理论体系之外,近年来围绕鲁迅与世界文学的研究,已有学者开辟出了新的道路,他们在文本研究的基础上,深入探求鲁迅在思想层面对世界文学的接受与转化。近十年来,鲁迅与俄苏文学的关系仍是学者们探究的重点。[②] 孙郁著《鲁迅与俄国》围绕鲁迅的藏书、翻译、收藏、写作,对"鲁迅与俄国"这一问题展开了综合研究。其中,孙郁对鲁迅与果戈里、爱罗先珂、迦尔洵、阿尔志跋绥夫、托尔斯泰、高尔基等俄国作家的关系逐个进行了考察,以探究这些俄国作家如何进入鲁迅的视野,并内化于鲁迅的思想。既往有关鲁迅与俄苏文学的研究多侧重后者对鲁迅创作的影响,并多将讨论的重点置于具体文学作品的形式、创作方法与思想主题等问题,却没有从整体上把握鲁迅思想中的"俄国问题"。《鲁迅与俄国》则在既有研究的基础上,侧重于考察俄苏作家与文学所裹挟的思想与鲁迅思想的交融与交锋。[③] 日本学者中井政喜在《鲁迅探索》中以

① 有关"鲁迅与存在主义"的研究及论争,可参见徐岱、潘禾:《鲁迅与存在主义》,《外国文学研究》1981 年第 3 期;徐强:《比较中的相似和等同——对〈鲁迅与存在主义〉的异议》,《外国文学研究》1982 年第 4 期;闵抗生:《鲁迅不是存在主义者》,《外国文学研究》1983 年第 1 期。以上文章围绕"鲁迅是不是存在主义者""鲁迅与萨特""鲁迅与存在主义"等问题展开论述与争鸣。

② 鲁迅与德语文学的关系也受到研究者重视。熊鹰对鲁迅的德语藏书进行了考察,指出德国学者谢来尔著《文学通史》和瑞克阑姆出版社(鲁迅称之为"莱克朗氏")的"万有文库"对鲁迅的影响尤为显著。其中,瑞克阑姆出版社的"万有文库"以德语翻译出版了大量北欧及俄国文学作品,这成为了鲁迅了解世界文学的一个重要渠道,同时也对鲁迅的"弱小民族"文学观产生了重要影响。参见熊鹰:《鲁迅德文藏书中的"世界文学"空间》,《文艺研究》2017 年第 5 期。

③ 参见孙郁:《鲁迅与俄国》,人民文学出版社 2015 年版。

鲁迅与《工人绥惠略夫》(俄国作家阿尔志跋绥夫著)的“邂逅”为中心,阐释1920年前后鲁迅思想的变化及其发展的可能性。中井政喜认为,鲁迅与《工人绥惠略夫》的“邂逅”为鲁迅提供了对中国的人道主义和理想主义展开反思的契机。[①] 鲁迅通过翻译《工人绥惠略夫》认识到了理想主义和人道主义在现实面前的无力,而且往往造成改革者或革命者自身的痛苦。因而,要实现国民精神上的变革,就不能从过去鲁迅所抱持的理想主义和人道主义出发,而应该从现实出发,“从现实本身重新汲取人道主义,并加以发展”。[②] 然而,当时中国社会无望的现实又让鲁迅感到绝望,尤其是在写作《娜拉走后怎样》的1923年,鲁迅思想中绥惠略夫式的厌世个人主义表现得尤为明显。不过,中井政喜认为:“身在绝望之中的这一年对于鲁迅来说也许是一种拯救。”[③]因为,1923年以后,鲁迅开始重新活跃起来。例如,从1924年开始,鲁迅成为了《语丝》的重要撰稿人;在1925年,鲁迅创办并主编了《莽原周刊》。鲁迅的文学活动表明他在重新审视现实之后,开始了“韧性的战斗”。[④] 此外,中井政喜还考察了“1920年前后鲁迅的民众观与《工人绥惠略夫》”以及“《工人绥惠略夫》与《孤独者》”等相关问题。中井政喜围绕鲁迅与《工人绥惠略夫》的研究深

---

① [日]中井政喜:《鲁迅探索》,卢茂君、郑民钦译,知识产权出版社2017年版,第50页。

② [日]中井政喜:《鲁迅探索》,第62页

③ [日]中井政喜:《鲁迅探索》,第65页。

④ [日]中井政喜:《鲁迅探索》,第79页。“韧性的战斗”源自鲁迅在《娜拉走后怎样》(1923)中所说:“对于这样的群众没有法,只好使他们无戏可看倒是疗救,正无需乎震骇一时的牺牲,不如深沉的韧性的战斗”。(鲁迅:《鲁迅全集(第一卷)》,人民文学出版社2015年版,第171页。)于是,面对“永远是戏剧的看客”的中国群众,鲁迅从培养文学青年等方面人手,以对抗令人束手无策乃至绝望的现实。

入到了鲁迅思想发展的历史脉络之中，是对异域文学资源在鲁迅思想中内化过程的探究，而且这一研究进一步发掘了鲁迅与俄国文学在思想层面上的联系。

另外，在"鲁迅与俄国"这一问题之中，托洛茨基是不可忽视的关键性人物。围绕"鲁迅与托洛茨基"的研究，对于理解鲁迅后期的思想，尤其是认识他与左翼文学之间的关系有重要意义。另一位日本学者长堀祐造的著作《鲁迅与托洛茨基》以鲁迅对托洛茨基《文学与革命》的阅读与接受为中心，深入探究了鲁迅对托洛茨基文艺理论的接受问题。长堀祐造认为，托洛茨基对鲁迅的意义，其核心在于同路人作家论，并在此基础上提出了"同路人鲁迅"的观点。[①] 长堀祐造指出，在 20 世纪 20 年代后半段至 20 世纪 30 年代初期，鲁迅并没有自认为"革命人"，而是在托洛茨基有关"同路人作家"的理论阐发中找到了自己的位置。显然，"同路人鲁迅"的提出，意在对"革命人鲁迅"予以修正与校准，在日本鲁迅研究历程中自有其脉络可寻。自竹内好的"启蒙者鲁迅"与"文学者鲁迅"至丸山升的"革命人鲁迅"，再到长堀祐造提出的"同路人鲁迅"，日本学者对鲁迅的认知愈发完善精准，形成了独特的鲁迅研究传统。

整体看来，孙郁、中井政喜、长堀祐造的研究并不着眼于宏大理论的提出和建构，而是从鲁迅思想中与欧洲（主要是俄国）文学的相关处入手，以详细的思想溯源和历史考证揭示了鲁迅与欧洲文学之间的关联。这对于中国左翼文学作家研究具有一定的示范性。在鲁迅之外，包括瞿秋白和茅盾在内诸多重要的左翼文艺理论家和作家

---

① ［日］长堀佑造：《鲁迅与托洛茨基—〈文学与革命〉在中国》，王俊文译，人间出版社 2015 年版，第 76 页。

都在翻译方面用力颇深,他们左翼文艺思想的形成也明显受到了来自异域文学思想的影响,同时多有创发,可以与诸种援引的资源构成对话关系。[①] 因而,既有必要在世界视野下对左翼作家驳杂的思想脉络予以考证和梳理,探寻其世界文学的思想资源;又需要将中国左翼作家置于世界文学格局之中,发掘他们与异域思想之间所发生的互动与共振。惟其如此,中国左翼文学本身具有的世界文学面向才能得以彰显,而世界文学的论述体系也会因中国左翼文学的"加盟"而愈加注入生机与活力。

三、华语左翼文学

随着研究视野的不断拓展,中国大陆之外地区的左翼文学,特别是世界各地的"华语左翼文学"[②]也逐渐被研究者纳入到研究视阈之中。近年来,已有研究者从不同国家和地区的文学史中发现并剥离出了"华语左翼文学"生成和发展的历史脉络,并尝试将这类左翼文学与中国大陆的左翼文学统而观之。

在海外华语左翼文学研究领域,黄万华关注到了以 1929 年春至 1930 年夏的《叻报》发表的一系列作品为代表的马来西亚华语左翼文学和以黄运基的《奔流》《狂潮》为代表的美国华文左翼文学。黄万华认为兴盛于 1928 年至 1936 年间的中国左翼文学运动本来就是当时世界革命文学思潮的产物,因此,将同时期世界范围内的左翼华

---

① 相关研究可参见张历君:《现代君主与有机知识分子——论瞿秋白、葛兰西与"领袖权"理论的形成》,《现代中文学刊》2010 年第 1 期;陈晓兰:《文学中的巴黎与上海:以左拉和茅盾为例》,广西师范大学出版社 2006 年版。

② 此处所用"华语左翼文学"仅作为一种描述性概念使用,泛指中国大陆以外用中文写作的左翼文学。

文文学思潮纳入我们的考察视野，会拓展和加深我们对左翼文学思潮的认识。[①] 谢诗坚在其博士论文《中国革命文学影响下的马华左翼文学（1926—1976）》中，分别论述了革命文学、抗战文学、“十七年文学”和文革文学对马华左翼文学的发生、发展、终结的长期影响。谢诗坚认为，中国革命文学与马华左翼文学的源头相同，都是苏联的“无产阶级革命文学”，而随着中国革命的发展而形成的毛泽东文艺思想逐渐成为中国革命文学与马华左翼文学共同的思想理论源泉。换言之，“中国革命文学一直是马华左翼文学的直接的思想资源。”[②] 对中国革命文学与马华左翼文学的历史关联做整体研究，无疑是对中国左翼文学史叙述的有力延展与充实。

香港学者陈国球指出：“香港的文化政治境况和地理位置，有利于各种思潮的流进流出。”[③]其中，左翼文学在20世纪三四十年代的香港文坛占据了重要位置。在为《香港文学大系（1919—1949）·评论卷一》所撰写的《导言》中，陈国球对20世纪30年代香港驳杂的文艺思潮进行了爬梳，并着重介绍了戴隐郎和李南桌两位左翼文艺理论家。戴隐郎出生于新加坡，先后成为马共和中共党员，并参加过抗日战争。1934年，戴隐郎曾在香港发表了《论象征主义诗歌》一文，以阶级观点批判象征主义诗歌的个人主义思想。相比之下，李南桌在《广现实主义》和《再广现实主义》等文章中对现实主义的思考显得更为深邃。陈国球认为：“李南桌从现代文学思潮最为主流的‘现

① 黄万华：《左翼文学思潮和世界华文文学》，《文史哲》2007年第2期。

② 谢诗坚：《中国革命文学影响下的马华左翼文学（1926—1976）》，厦门大学博士论文，2007年，第4页。

③ 陈国球：《香港文学大系（1919—1949）·评论卷一》，商务印书馆（香港）有限公司2016年版，第54页。

实主义'出发,同是左翼思维方式,却能打开'现实'的通道……李南桌以他宽广的胸怀和视野,在香港这个文化平台,把左翼文艺论述带到一个新高点。"①李南桌的"广现实主义"理论所针对的是抗战初期文艺界充斥的机械、教条的现实主义。这种现实主义理论要求作家在创作中只能塑造非黑即白、非忠即奸、公式化、脸谱化的人物,且只有描写抗战烽火才被算作"抗战文艺",对作家产生了严重的束缚。在李南桌的论述中,现实主义不仅仅是一种美学风格和创作手法,更是一种认识论,即"广现实主义是站在哲学的高度,从认识论本身出发、以全方位的'现实'作为参照,来构建广现实主义理论基础的"。②因此,在创作过程中,"广现实主义"并不规定作家具体的创作方法,而强调作家发挥主体性,突出创作个性,乃至"每个作家都有他自己的'主义'",而"现实包括一切"。③ 与抗战初期文艺界多机械地运用现实主义进行公式化创作相比,李南桌对"现实""现实主义"等概念的思考是对现实主义理论的重要开拓,有效解除了创作方法与内容对作家们的束缚。

抗日战争结束之后,香港迅速成为了重要的左翼文艺阵地。林曼叔曾对郭沫若、茅盾、夏衍等左翼作家抵港后香港左翼文艺呈现的繁荣景象进行过描绘:"他们在港重整荒废已久的香港文坛,他们办学校,办报纸,办杂志,搞出版,香港文坛出现前所未有的活跃景象。夏衍主持《华商报》,茅盾等主编的《小说》和《野草》,司马文森、陈残

① 陈国球:《香港文学大系(1919—1949)·评论卷一》,第 59 页。

② 皮友来:《广现实主义:对现实特质的一种思考——评李南桌的"广现实主义"理论》,《中国现代文学研究丛刊》1988 年第 4 期,第 160 页。

③ 李南桌:《广现实主义》,《李南桌文艺论文集》,生活书店 1939 年版,第 4 页。

云主编的《文艺生活》《大众文艺丛刊》,达德书院编的《海燕》等,还有陈实、华嘉等创办《人间书屋》,为香港文学史写下重要的一页,同时也是中国文学史重要的一页。也可以说,在当时,香港是除了延安以外另一个重要的左翼文艺运动的中心。"①因而,左翼文学成为了20世纪40年代香港文坛的主潮。林曼叔梳理了这段时期内香港文坛主要的文艺运动,包括"左翼文艺运动的展开及文艺统一战线建立""对'反动文艺'的斗争""文艺大众化与方言文学的讨论""关于新诗创作的讨论"等,而这些运动无一例外都是左翼文艺运动。对此,林曼叔总结道:"40年代的香港左翼文艺的理论建设,为中共政权落实文艺为政治服务的文艺政策打下基础。"②陈国球和林曼叔对香港左翼文学与文论的整理和研究既凸显了香港作为一个独特文化空间的存在,又表明了香港左翼文学之于华语左翼文学的特殊意义。

另外,徐秀慧对1925年至1937年之间的无产阶级文学理论,特别是"文艺大众化"理论在中国大陆、台湾地区和日本的传播与实践进行了考察。其研究表明,在殖民语境之下,台湾的"文艺大众化"运动不仅要处理阶级问题,还要兼顾民族主义的诉求,即面对日益被日本同化的台湾社会,民族文化倾覆的危机使他们在思考"文学大众化"课题与文学的阶级性问题的同时,不得不思考中华文化传承的困境,从而使得台湾的"文学大众化"论述在阶级性的考虑外,还带有中华民族意识的特殊性。③ 台湾地区特殊的殖民地情形使得无产阶级

---

① 林曼叔:《香港文学大系(1919—1949)·评论卷二》,商务印书馆(香港)有限公司,2016年,第44-45页。

② 林曼叔:《香港文学大系(1919—1949)·评论卷二》,第66页。

③ 徐秀慧:《无产阶级文学的理论旅行(1925—1937)——以日本、中国大陆与中国台湾"文艺大众化"的论述为例》,《现代中文学刊》2013年第2期。

文学理论不得不为了因应殖民语境而迅速本土化，与反帝反殖的民族主义相结合，从而为世界左翼文学提供了独特的文学经验。正如徐秀慧所论，台湾的左翼文学作家“在阶级论述之外，提出了反思继承民族文化遗产的重要性，而避免了用俄共、欧洲经验为中心的马列主义的准则来衡量东方境内的革命实践路径”①。

长期以来，华语左翼文学研究多由各华语区域的“在地”学者进行，分属“台湾文学”“香港文学”“东南亚文学”等不同领域。而且，随着海外华文文学、华语语系文学、华人文学等概念的提出与理论建构，华语左翼文学如何因应不同文化政治脉络促生的宏大文学史叙述，强调自身的左翼立场与传统，日渐成为一个棘手问题。如前所述，近十年来已有不少学者在华语左翼文学研究领域用力颇深，并尝试与各华语地区的文学研究传统积极展开对话。不过，从上述研究可以看出，对世界范围内的华语左翼文学的研究目前还多是星星点点的孤岛式研究，尚未与作为主体的关于现代中国左翼文学的研究形成有机整合，所以其面貌仍稍显支离破碎，有待提升与统筹。2013年5月，“现代中国的左翼国际主义”研讨会在香港中文大学召开。按照会议主席李欧梵的阐述，“左翼国际主义”（Left Cosmopolitanism）主要侧重文学、艺术和文化，区别于以政治为主要关切的“国际主义”（Internationalism）。同时，现代中国的“左翼国际主义”既包括戴望舒、施蛰存等所谓“现代派”文人从法国引入的欧洲左翼文艺，也

① 徐秀慧：《无产阶级文学的理论旅行（1925—1937）——以日本、中国大陆与台湾“文艺大众化”的论述为例》，《现代中文学刊》2013年第2期。

包括瞿秋白等中国留俄学生向国内译介的俄苏文艺理论。[①] 与会学者从“左翼国际主义”的视角出发，对蒋光慈、田汉、瞿秋白等人的作品进行了全新解读，揭示了现代中国左翼文学的国际主义面向。这次会议的召开对于在世界视野内重新理解中国左翼文学具有引领意义。需要指出的是，严格来说，中国左翼文学与国际主义或世界主义(Cosmopolitanism)的关系问题并非近年来才被学者所关注。20 世纪 60 年代，美国学者列文森曾在《革命与世界主义》中论及中国左翼作家以马克思主义文艺理论为指导，持续性地翻译、阐释了大量西方文学作品。列文森指出，中国译者侧重“现实主义”“人民”“爱国主义”在文学作品中的表现。以此为选译标准，哥尔多尼、菲尔丁、莎士比亚、莱辛、梅里美、雨果等作家的作品译介活动从 20 世纪二三十年代一直持续到 20 世纪五六十年代，形成了一个特殊的文学世界主义脉络。[②] 总而言之，中国左翼文学本身拥有的世界属性亟须得到更多的关注与发掘。

四、小结

通过上述对既有研究的梳理和总结可见，近十年来“世界视野”下的中国左翼文学研究取得的成果有目共睹。首先，新的研究已经突破了既有学术框架，为中国左翼文学勘定了新的异域资源。通过对现代派作家，尤其是对戴望舒的翻译实践进行考察，邝可怡的研究强调了中国左翼文学发展中的欧洲左翼文艺这一重要思想资源。其

---

① 李欧梵有关“左翼国际主义”的论述，可参见李欧梵：《三十年代中西文坛的“左翼”国际主义》，《关东学刊》2018 年第 3 期。

② Joseph R. Levenson, *Revolution and Cosmopolitanism: The Western Stage and the Chinese Stages*, Berkeley: University of California Press, 1971, pp. 10 – 18.

次，围绕鲁迅与欧洲文学的关系所展开的研究，其关注的对象超越了中国现代文学史的涵盖范围，呈现出更加国际化的面貌。此外，将世界范围内，尤其是香港、台湾和马华文学中的华语左翼文学纳入到中国左翼文学的研究视野中，也有效开拓了左翼文学研究的空间范围。

然而，“世界视野”下的左翼文学研究也面临着多方面的挑战与困境。其一，上述对戴望舒和鲁迅的研究都属于个案研究，这也基本上代表了将“世界视野”引入中国左翼文学研究领域之后的主要实现方式。个案研究的重要性基于研究者所选取的研究对象的高度代表性。正如社会学研究者所指出的，“所谓代表性，指的是样本的一种属性，即样本能够再现总体的属性和结构的程度。所以，样本的代表性高，把对样本的研究结论推论到总体的可靠性程度就高；样本的代表性低，把对样本的研究结论推论到总体的可靠性程度就低”①。如果说以戴望舒作为中国现代派作家的代表具有较为充分的理由，那么以鲁迅作为左翼作家群体的代表就值得仔细推敲，即鲁迅的特殊性决定了鲁迅研究在研究方法上的创新也许不能被简单地推广到其他左翼文学研究领域。

其二，“世界文学”及与之相关的文学理论所指向或规定的“世界”概念与左翼文学本身所具有的“世界视野”并不完全一致。如前所述，中国左翼文学是作为20世纪20至40年代世界左翼文艺思潮的一部分而存在的。这一历史规定性决定了左翼文学的世界视野有其具体的历史意涵。质言之，左翼的“世界视野”在具有“世界文学”的异质性、多元性与包容性等品格之外，尤其强调其阶级性的属性。

---

① 王宁：《代表性还是典型性？——个案的属性与个案研究法的逻辑基础》，《社会学研究》2002年第5期。

从20世纪30年代中国左翼作家联盟与国际革命作家联盟的交往来看,无产阶级属性是双方互动的政治基础。例如,在《世界各国作家对中国焚书坑儒的抗议信》中,共有来自11个国家的44位作家的联署签名,包括法国作家巴比赛、苏联作家高尔基、绥拉菲摩维支、肖洛霍夫、A.托尔斯泰等人,这些作家绝大多数都是无产阶级作家。该抗议书主要针对国民党当局对中国左翼文学作家及相关活动的镇压,尤其针对"左联五烈士"一案对国民党政府提出严厉批判和严正抗议。由中国左翼文化总同盟(简称"文总")发出的《文总致全世界著作家的信》表示:"越过重重的海洋,越过一切民族的界限,在全人类广大的解放运动中,我们要求和你们更紧紧地握手!"①这充分表明左翼文学和左翼作家理解中的"世界"概念具有鲜明的无产阶级历史规定性。此外,在组织层面上,中国"左联"之所以和国际革命作家联盟发生关系,更深层的原因在于中国"左联"是中国共产党领导的革命文艺组织,而那时的中国共产党则受命于第三国际的领导。当时,参加"左联",形同于参加中国共产党领导的革命。② 因而,左翼文学自身规定的"世界视野"与自18世纪以来欧洲源自施勒策尔、维兰德、歌德等人且与民族文学颇有渊源的"世界文学"所指向的"世界视野"之间存在较大差异,不能被等而视之。甚至,在某种意义上,强调阶级性的左翼文学所想象的"世界视野""世界文学"与"民族文学"是相对立的。这种差异性是研究者在引入"世界视野"或挪用

① 转引自孔海珠:《"文总"与左翼文化运动》,上海人民出版社2016年版,第198页。

② 参见孔海珠:《中国左翼文学的产生是一种国际现象》,《学术研究》2006年第8期。

“世界文学”理论话语时所需要特别予以注意的。

另外,无论是从中国左翼文学走向世界左翼思潮,还是从世界左翼思潮回望中国左翼文学,两种不同的研究思路都要求研究者对二者间的关系进行明确定义和阐释。因而,世界与中国、西方与东方、中心与边缘等一系列看似老生常谈却又实则悬而未决的问题便接踵而至,需要小心应对。实质上,无论是面对何种“世界”的定义,对于中国左翼文学研究而言,关键要立足于中国左翼文学的历史主体性。换言之,在“世界视野”下,从不同角度切入中国左翼文学研究的目的并非仅在于求大、求新、求异,而在于希望描绘出中国左翼文学更为复杂的历史图景,并界定其在世界左翼文艺浪潮中应有的历史位置,从而提炼与锻造出宝贵的文学资源与历史经验。

把“世界视野”引入中国左翼文学研究,是对左翼文学研究视野的开拓,也在促使研究者对既有研究方法和范式进行更新。同时,这也是对中国左翼文学的历史特殊性的积极回应。显而易见,研究方法和范式的形成与有效性必须通过长期大量的研究实践,特别是高水平研究成果来验证。就此来说,“世界视野”下的左翼文学研究还远未成熟,仍需要研究者不断探索和完善。

原刊于:《文艺理论与批评》2019 年第 4 期,题目是
《近十年左翼文学中“世界视野”的引入与反思》

下编

翻译文学

第一章

鲁迅对卢那察尔斯基剧作《浮士德与城》的接受

1930 年,柔石根据英译本转译的卢那察尔斯基戏剧《浮士德与城》作为《现代文艺丛书》之一种,由上海神州国光出版社出版。作为丛书编者,鲁迅为之作了《〈浮士德与城〉后记》(以下简称《后记》)。鲁迅认为《浮士德与城》不仅是卢氏"俄国革命程序的预想",甚至是"作者的世界革命的程序的预想"。① 更重要的是,鲁迅借此剧阐释了卢氏对无产阶级文化的认识,即"新文化仍然有所传承,于旧文化也仍然有所择取"。② 鲁迅还认为,卢氏的《艺术论》《艺术之社会的基础》《文艺与批评》等理论著作,"其中所说,可作含在这《浮士德与城》里的思想的印证之处,是随时可以得到的"。③ 总而言之,

① 鲁迅:《〈浮士德与城〉后记》,《鲁迅全集》(第 7 卷),人民文学出版社 2005 年版,第 372 页。

② 鲁迅:《〈浮士德与城〉后记》,第 373 页。

③ 鲁迅:《〈浮士德与城〉后记》,第 374 页。

鲁迅认为卢那察尔斯基的革命思想，及其主要的马克思主义文论观点都体现在戏剧《浮士德与城》中，该剧的重要性不言而喻。然而，对于这样一部重要的剧作，既有研究相对较少。本文首先将对柔石所依据的英译本做简要介绍，进而结合戏剧《浮士德与城》的戏剧情节，探究卢那察尔斯基在创作该剧时的复杂思想。在此基础之上，本文将指出鲁迅在接受该剧时所做的取舍，并尝试探讨其缘由。

一、《浮士德与城》简介

《浮士德与城：一部为读者的剧本》（俄文篇名为 *фауст и город. драма для чтения*，英文篇名为 *Faust and the City：a drama for the reader*）初稿完成于1908年，1916年定稿，1918年在彼得格勒（今圣彼得堡）出版，内有插画家谢尔盖·切洪宁（Sergey Chekhonin）所作插画两幅。[①] 鲁迅藏书中有此书初版本。该剧与另一部神话剧《麦奇》（*The Magi*，又译《东方三博士》）完成时间相近，后与《贤人华西里》（*Vasilisa the Wise*）共同收入英文戏剧集《卢那察尔斯基戏剧三种》（*Three Plays of A. V. Lunacharsky*），于1923年在英国伦敦出版，译者为马格努斯（L. A. Magnus）与瓦尔特（K. Walter）。[②]

关于《浮士德与城》的主题，在1918年的俄文初版本“代序言”（vmesto predisloviia）中，卢那察尔斯基做了明确说明，即该剧所涉及

① 鲁迅对《浮士德与城》中的插画十分喜爱。据1930年6月18日的《鲁迅日记》，“下午往春阳馆照插画一枚”，即为《浮士德与城》的插画专门去照相馆照相。1930年6月22日，《鲁迅日记》记有，“取《浮士德与城》插画之照片，即赠内山、雪峰、柔石及吴君各一枚。”参见鲁迅：《日记十九》，《鲁迅全集》（第16卷），人民文学出版社2005年版，第201页。

② Anatoly Vasilievich Lunacharsky. *Three plays of A. V. Lunacharsky*. Trans. Lenonard Magnus，K. Walter. London：G. Routledge & Sons，1923.

的主要问题是“天才，一方面会导致开明专制，另一方面则会导向民主”。(genius, with its drive to enlightened absolutism, on the one hand, and democracy on the other.)①

具体来看，《浮士德与城》是一部包括“序幕”在内的十二幕戏剧。戏剧叙述浮士德公爵(Duke Faust)带领人民建立托洛志堡城(Trotzburg)，并成为该城唯一的统治者。就在此时，在恶魔梅菲斯托男爵(Baron Mephisto)的怂恿下，浮士德的儿子浮士都拉(Faustulus)绑架了泥水匠华哈夫(Wahrhaft)的女儿、汉斯(Hans)的妹妹奥德鲁达(Otruda)。当工人领袖加伯列(Gabriel)与斯各忒(Scott)陪同华哈夫、汉斯等人前来向浮士德指认浮士都拉为绑架奥德鲁达的凶手时，浮士都拉矢口否认，而浮士德则试图通过法律的方式来解决这一问题，并表示裁判官会秉公执法。梅菲斯托看出浮士德有向平民妥协让步的可能，转而试图说服浮士都拉取而代之。梅菲斯托巧舌如簧，他在浮士都拉面前历数浮士德的诸多缺点，并鼓吹浮士都拉高贵的血统与杰出的才能。就在他们密谋宫廷政变的时候，工人武装暴动发生了。义勇军与浮士都拉的军队发生了冲突，解救出了奥德鲁达，而汉斯却被浮士都拉枪杀。怒不可遏的暴动力量夺取了托洛志堡的几处主要阵地，激进的斯各忒与谦和的加伯列被推举为护民官。经过曲折的谈判，他们最终说服了浮士德退位，还政于民。然而，在梅菲斯托的支持下，浮士都拉却拒绝了父亲的决定，试图做最后的反抗。梅菲斯托四处联络大主教、大法官、商人群体，试图借他们之手

① 原载于“Vmesto Predisloviia,” Faust i gorod (1918)，转引自 A. L. Tait. “Lunacharsky: Nietzschean Marxist?”, *Nietzsche in Russia*. Ed. Bernice Glatzer Rosenthal. New Jersey: Princeton University Press, 1986. p. 281.

推翻立足未稳的民主政权,却都失败了。最终,梅菲斯讬拉着浮士都拉等人共赴地狱。浮士德退位后化名明西尔·达福(Mijnheer Dampfer)过着独居生活,内心趋于平静,并发明了他梦寐以求的永动机(Perpetuum)以取代人的劳动。面对梅菲斯讬的一再劝说与蛊惑,浮士德认清了梅菲斯讬的魔鬼面目,不再执着于追求权力与名誉,而甘愿做托洛志堡的普通公民。在戏剧的最后,加伯列说服斯各忒一起辞去了护民官的职位,让人民重新选举新的护民官,打消了民众对他们二人是否推行独裁的顾虑。浮士德也真正认识到了人民与民主的力量,并收获了托洛志堡人民永恒的爱戴,最终在加伯列的怀中去世。

可以看出,剧中的核心人物浮士德是一个开明君主的形象,在面对武装暴动时,他为了顾全托洛志堡的利益选择向人民交出权力。在美国学者戴安德(Anatoly Detwyler)看来,卢那察尔斯基在《浮士德与城》中所描绘的浮士德身上有激烈的矛盾冲突,"浮士德究竟是一个尼采式的被启蒙了的个体的人物,还是一个为社会价值牺牲自身利益的英雄?最终浮士德为了城邦的幸福,放弃了自己的君主利益,以社会主义英雄的面貌出现。由此,卢那察尔斯基以戏剧的方式,探索了一个天才领导的自相矛盾:浮士德一方面当了专制政治性的支配者,但另一方面又有启蒙的智识,而他的政治理想趋向于民主政治。"①戴安德对《浮士德与城》思想的阐释与前述卢氏在"代序言"中的"夫子自道"完全吻合。同时,需要注意的是,卢氏对工人运动领袖加伯列的塑造也颇费笔墨。加伯列能在革命成功之后,功成身退,

① 戴安德:《鲁迅外文藏书提要(一则):〈浮士德与城:一部为读者的剧本〉》,《鲁迅研究月刊》2012 年第 3 期。

在放弃个人权利的同时也铲除了托洛志堡滋生寡头政治的可能性,成为了真正的民主主义者。甚至,如果从推翻君主制、建立人民民主政权的阶级革命角度审视《浮士德与城》,则该剧中最引人注目的角色反而应该是工人领袖加伯列而非浮士德。

显然,创作于20世纪初期的《浮士德与城》体现了卢那察尔斯基对即将到来的俄国革命的思考与期待。如前所述,在为柔石译《浮士德与城》所写的《后记》中,鲁迅指出:"这剧本,英译者以为是'俄国革命程序的预想',是的确的。但也是作者的世界革命的程序的预想。"①鲁迅做如此表述的根据为英译者在"导言"(Introduction)中对《浮士德与城》的介绍,"Next came Faust and the City, a remarkable forecast of the course of the Russian Revolution, finally recast in 1916, but written in 1908."②鲁迅所引用的是署名"开时"对该"导言"的摘译,即"其次为'浮士德与城',是俄国革命程序的预想,终在1916年改定,初稿则成于1908年。"③实际上,英译者的这一观点又来自于卢氏自己的表述。在英译本"导言"之后的"作者自序"(Author's Preface)中,卢那察尔斯基介绍了《浮士德与城》的创作背景及其与歌德《浮士德》第二部分的关联性,并指出,"有些朋友认为我的作品展现了俄国革命的生动画面。无论如何,我认为最好声明,从1916年12月以来,这部作品未经任何改动"。(原文为 Some friends acquainted with my production think it represents a lively picture of the Russian

① 鲁迅:《〈浮士德与城〉后记》,《鲁迅全集》(第7卷),人民文学出版社2005年版,第372页。

② Lunacharski. *Three Plays of A. V. Lunacharski*, L. A. Magnus and K. Walter, trans, London: Geogre Routledge & Sons LTD, 1923, viii.

③ 鲁迅:《〈浮士德与城〉后记》,第371页。

Revolution. In any case I think it advisable to state that from December, 1916, there has not been the slightest modification of the text.)①显然，卢氏也同意友人的意见，即《浮士德与城》是俄国革命的"生动画面"或"预想"。

不过，需要特别注意的是，卢氏在该剧中所表现出的对革命的"预想"却与俄国革命的现实情形大相径庭。在戏剧中，浮士德的形象并非沙俄皇帝那般的独裁者，而是思想开明、体恤人民、具有潜在民主意识的君王。正如工人领袖加伯列所说，"假如没有旁的可选择，什么都比君主政体好，但是这位浮士德不仅是君主，不仅头上有王冠；他是一切人里面的最伟大的最开化的人，而且是爱我们的。这里的王冠不过是一个障碍物。他的权力——这是天才的权力。现在，我触到这个问题上了：我们不要这种权力，因为我们要求自由。自由是比浮士德更伟大。"②实际上，在整部戏剧中，浮士德并未犯下任何大的过错。托洛志堡的工人暴动的起因是魔鬼梅菲斯讬与浮士德之子浮士都拉的绑架民女事件。另外，在暴动的过程中，以加伯列与斯各忒为代表的工人群体也并未对浮士德怀有恨意，更没有直接暴力攻击浮士德。恰恰相反，革命结束后，托洛志堡仍然将浮士德视为崇敬的伟人与该城的开创者，并刻石碑以为纪念，以拉丁文题写着"Vrbl Favstae Favstoqve Vrbano"③(大意为"浮士德之城")。因此，托洛志堡的工人暴动并非直接源于独裁君主与平民劳工之间的矛盾。

---

① Lunacharski. *Three Plays of A. V. Lunacharski*, L. A. Magnus and K. Walter, trans, London: Geogre Routledge & Sons LTD, 1923, xi.

② A. V. 卢那卡尔斯基:《浮士德与城》，柔石译，神州国光出版社 1930 年版，第 86 页。

③ A. V. 卢那卡尔斯基:《浮士德与城》，第 218 页。

阅读剧本可知，魔鬼梅菲斯讬对极端个人主义与至高权力的追求，与平民阶层的反独裁、求民主的愿望之间的冲突导致了托洛志堡民主革命的爆发。在“序幕”中，梅菲斯讬一面称赞浮士德为圣人，另一面却将其称为“目空一切的无头脑的矮子”。[1] 因为在梅菲斯讬看来，世界上生命的存在大多缺乏理性，更缺乏生存的价值，他们是“堕落的，无用的渣滓，地球上的寄生虫”。[2] 只有将浮士德说服，使其被真正的“理性”所支配，才能统治庸庸众生。实际上，在梅菲斯讬的认识中，拥有至高理性的他自己才是真正意义上的统治者，也只有他才配得上掌握最高权力，包括浮士德在内的其他人只不过是他实现目的的工具和手段而已。梅菲斯讬称自己是一个理想主义者，“在破坏中他创造着”，其目的就是“破坏的创造”，[3]说服并操纵浮士德的最终目的也就是实现这种“破坏的创造”。当他发现浮士德并非施行专制独裁的最佳人选时，靡菲斯托转而蛊惑浮士都拉，并怂恿其绑架民女，从而制造了人民与浮士德/统治阶级之间的矛盾。

由上可见，《浮士德与城》中存在一种极端个人主义与集体主义的矛盾冲突，而坚信“不断在破坏中创造”的梅菲斯讬身上透露出鲜明的尼采“超人”哲学气质。对此，已有西方学者详细讨论了尼采对卢那察尔斯基的影响，并认为至少在十月革命之前，卢氏可以被认为是一位“尼采式的马克思主义者”（Nietzschean Marxists）。[4] 全面论述卢那察尔斯基与尼采的关系已超出本文范围，但是，为了准确理解

① A. V. 卢那卡尔斯基：《浮士德与城》，第 4 页。

② A. V. 卢那卡尔斯基：《浮士德与城》，第 4 页。

③ A. V. 卢那卡尔斯基：《浮士德与城》，柔石译，神州国光出版社 1930 年版，第 6 页。

④ George L. Kline："Nietzschean Marxism" in Russia. *Demythologizing Marxism*. Ed. Frederick J. Adelmann, S. J. The Hague: Martinus Nijhoff. 1969. p. 166 – 183.

卢氏在创作《浮士德与城》时的复杂思想状态，仍有必要简述卢氏思想的形成历程及其与尼采思想之间的关联。

二、卢那察尔斯基与尼采

1875 年，卢那察尔斯基生于沙俄乌克兰基辅。在他的青少年时期，马克思主义在俄国知识界逐渐流行开来，而民粹主义思想却逐渐没落。受普列汉诺夫的影响，卢那察尔斯基的思想很早便倾向于马克思主义。[①] 1892 年，卢那察尔斯基加入了马克思主义政党俄国社会民主党。但是，马克思主义并非青年卢那察尔斯基思想的唯一来源。1894 年至 1895 年，卢那察尔斯基在瑞士苏黎世大学学习哲学，并深受德国哲学家理查德·阿芬那留斯（Richard Avenarius，1843—1896）的经验批判主义哲学的影响。1900 年，卢那察尔斯基在莫斯科发表题为《作为道德主义者的亨利克·易卜生》（Henryk Ibsen as a Moralist）的演讲时第一次提到了尼采，以论述世纪末时期社会道德规范的不稳定性。[②] 1915 年至 1917 年，卢那察尔斯基暂居瑞士，他与瑞士诗人、1919 年诺贝尔文学奖得主卡尔·施皮特勒（Carl Spitteler，1845—1924）过从甚密，而后者深受尼采的影响。卢那察尔斯基曾将施皮特勒的诗作译为俄文，并在 1916 年完成了一篇名为《卡尔·施皮特勒》的文章，认同施皮特勒将个人主义与社会主义相综合的观点。[③]

---

① 帕夫洛夫斯基：《卢那察尔斯基》，陈日山、李钟铭译，黑龙江人民出版社 1984 年版，第 6 页。

② A. L. Tait. "Lunacharsky：Nietzschean Marxist?", *Nietzsche in Russia*. Ed. Bernice Glatzer Rosenthal. New Jersey：Princeton University Press，1986. p. 278.

③ A. L. Tait. "Lunacharsky：Nietzschean Marxist?", *Nietzsche in Russia*. Ed. Bernice Glatzer Rosenthal. New Jersey：Princeton University Press，1986. p. 286.

实际上,卢那察尔斯基对尼采的兴趣体现了 19 世纪末 20 世纪初期俄国社会思想界的一个普遍现象。从 19 世纪 90 年代开始,尼采对俄国知识界的影响越来越大。1892 年,关于尼采研究的第一篇俄语论文在莫斯科的刊物《哲学与心理学问题》(*Voprosy filosofii i psikhologii*)发表,此后几年,有关尼采思想的研究不断涌现。同时,尼采的著作也相继被译为俄文。其中,1900 年,十卷本《尼采选集》俄文版出版;从 1908 年开始,俄文版《尼采全集》也陆续问世。尼采思想对青年知识分子的影响尤为显著。有研究指出,在世纪转折时期,很多年轻的俄国知识分子既被马克思主义吸引,同时也被尼采主义吸引。① 1903 年前后,"尼采式马克思主义"(Nietzschean Marxism)在俄国出现,主要代表人物是沃尔斯基(Stanislav Volski)、卢那察尔斯基、波格丹诺夫、巴扎罗夫。与其他受到尼采与马克思双重影响的青年思想家一样,困扰卢那察尔斯基等人的一个关键问题就是个人与集体的关系问题。其中,青年卢那察尔斯基推崇个人主义胜过集体主义。另外,尼采对卢那察尔斯基的影响主要集中在伦理与社会理论方面。有研究者认为,卢那察尔斯基的伦理与社会理论,在本质上是尼采式的、反康德主义的。② 例如,在十月革命之前,卢那察尔斯基在许多问题上与当时的马克思主义者(如普列汉诺夫)存在分歧,并曾反驳了普列汉诺夫坚持的经济决定论(economic determinism)。有研究甚至认为,十月革命之前的卢那察尔斯基的思想是马

---

① George L. Kline. "Nietzschean Marxism" in Russia. *Demythologizing Marxism*. Ed. Frederick J. Adelmann, S. J.. The Hague: Martinus Nijhoff. 1969. p. 168.

② George L. Kline. "Nietzschean Marxism" in Russia. *Demythologizing Marxism*. Ed. Frederick J. Adelmann, S. J.. The Hague: Martinus Nijhoff. 1969. p. 175.

克思、阿芬那留斯、尼采三人思想的一种综合。①

显然,马克思与尼采之间的思想鸿沟是巨大的,其中一个重要矛盾正是令卢那察尔斯基等人困惑的如何理解个体与集体的关系问题。对此,卢那察尔斯基试图进行某种调和,以解决个体与集体,或精英知识分子与无产阶级之间的矛盾,并在1909年提出了"超个人主义者"(ultra-individualist)这一概念。按照他的解释,"超个人主义者"需要具有以下品性:"对任何将自己提升到最高层次的力量表示深切的同情和钦佩;有时会沉迷于未来人类之美、兄弟情谊之美、工作延续之美;具有一种建设永恒文化大厦的动力,因为创造宏大事物的乐趣超越了在个人能力极限范围内完成一件小事情的乐趣"。②可以看出,卢氏所谓的"超个人主义者"既有尼采"超人"的影子,也有集体主义的色彩。有研究者分析道,卢那察尔斯基的"超一个人主义者"概念的思想来源是"作为文化理想但适应了社会主义目的尼采式'超人';高尔基的'大写的人'(1909年时,卢那察尔斯基与高尔基都住在意大利的卡普里岛);以及作为自然科学家的恩斯特·马赫对酒神狄奥尼索斯的思索"。③ 换言之,卢氏提出的"超个人主义者"的概念是将英雄个体或精英知识分子的自我实现,融入到集体或社会主义的事业之中,使二者相得益彰,相互成全。

---

① A. L. Tait. "Lunacharsky:Nietzschean Marxist?", *Nietzsche in Russia*. Ed. Bernice Glatzer Rosenthal. New Jersey:Princeton University Press,1986. p. 279.

② Lunacharsky. "Meshchanstov i individualism" (1909). 转引自 A. L. Tait. "Lunacharsky:Nietzschean Marxist?", *Nietzsche in Russia*. Ed. Bernice Glatzer Rosenthal. New Jersey:Princeton University Press,1986. p. 81.

③ A. L. Tait. "Lunacharsky:Nietzschean Marxist?", *Nietzsche in Russia*. Ed. Bernice Glatzer Rosenthal. New Jersey:Princeton University Press,1986. p. 281.

《浮士德与城》恰恰就创作于卢那察尔斯基提出“超个人主义者”概念前后。对于这位才华横溢的艺术家与政治家来说，戏剧是表现思想的一种重要艺术形式。卢那察尔斯基一生创作了超过70部戏剧，并对德国剧作家理查德·瓦格纳的戏剧情有独钟。自然地，以戏剧这种艺术形式表达自己的思想，是卢氏所擅长且经常采用的方式。因而，从《浮士德与城》中，读者可以清晰地辨识出卢氏的折中主义或调和主义论调，即梅菲斯托所代表的极端个人主义与加伯列所代表的集体主义或民主主义的冲突是《浮士德与城》中思想冲突的实质；浮士德是这两种思想冲突、较量、拉扯的对象；独裁者浮士德的退位标志着集体主义与民主的胜利，而他在戏剧结尾时被重新推上神坛，则不乏个人主义“复辟”的意味。换言之，浮士德先“退位”后“封圣”是集体主义与个人主义较量的一种折中结果。

三、鲁迅对《浮士德与城》的接受

如前所述，对于戏剧《浮士德与城》，鲁迅同意英译者的观点，即该剧是卢那察尔斯基对俄国甚至世界革命程序的“预想”，并联系卢氏在《实证美学的基础》中的论述，延伸讨论了革命发生之后的新旧文化关系问题。然而，鲁迅始终未对《浮士德与城》中鲜明的“超个人主义”思想或卢氏在马克思与尼采之间的折中思想做特别阐释。鲁迅在接受卢氏戏剧时做出这种取舍的原因存在多种可能性。

首先，在1930年前后，鲁迅所能接触到的有关卢氏早期思想的材料相对有限。虽然卢那察尔斯基是被鲁迅论述最多的俄苏文艺理论家之一,[1]而且鲁迅在《〈浮士德与城〉后记》中也提到"Lunacharski的文字,在中国,翻译要算比较地多的了",[2]但是实际上,鲁迅所接触到的关于卢氏早期(十月革命之前)生平与思想的介绍或研究材料相对较少,主要有三种。第一种为柔石译《浮士德与城》的正文前所附日本学者尾濑敬止(Ose Keishi,1889—1952)的《作者小传》(鲁迅译,1930年)。实际上,此文还曾以《作者传略》为名,出现在易嘉(瞿秋白)翻译的另一部卢氏戏剧《解放了的董·吉诃德》的正文之前。作为鲁迅所编"文艺连丛"之一种,易嘉的译本于1934年由上海联华书局出版,比柔石的译作晚出四年。作为该剧最早的中译者,鲁迅为易嘉的译本写了《后记》,并解释了卢氏创作此剧在用意,并未对卢氏的生平作新的补充说明。[3] 由此可见,在这四年之中,鲁迅并未接触到比尾濑敬止的文章更好的卢氏生平介绍,故而沿用旧文。第二种为尾濑敬止的《为批评家的卢那卡尔斯基》(鲁迅译),此文收入鲁迅翻译的卢那察尔斯基文艺论集《文艺与批评》(1929)。鲁迅在《文艺与批评·译者附记》中说明道,"在一本书之前,有一篇序文,略述作者的生涯,思想,主张,或本书中所含的要义,因为只读过这位作者所著述的极小部分。现在从尾濑敬止的《革命露西亚的艺术》中,译一篇短文放在前面,其实也并非精良坚实之作。——我恐怕他只依据

---

① 李春林:《角色同一与角色分裂——鲁迅与卢那察尔斯基》,《鲁迅研究月刊》2011年第1期。

② 鲁迅:《〈浮士德与城〉后记》,《鲁迅全集》(第7卷),人民文学出版社2005年版,第374页。

③ 鲁迅在《〈解放了的堂·吉诃德〉后记》(1933)中曾提及自己对该剧所进行的翻译尝试。参见鲁迅:《〈解放了的堂·吉诃德〉后记》,《鲁迅全集》(第7卷),人民文学出版社2005年版,第424－425页。

了一本《研求》,——不过可以略知大概,聊胜于无罢了。”[①]可见,在尽可能的范围内,鲁迅并未找到一种对卢氏生平与思想做相对完善介绍的著作,只好以尾濑敬止的文章做“聊胜于无”的补充。已有研究者对鲁迅译《为批评家的卢那卡尔斯基》的底本进行了考证,即尾濑敬止的文章『評論家としてのルナチャスキィー』,收入尾濑敬止著『革命ロシアの芸術』(即《革命俄国的艺术》,実業之日本社,东京,1925 年)。[②] 上述两篇尾濑敬止的文章,其重点都是介绍卢氏与无产阶级革命与艺术的关系,对他早年思想的形成过程并未多做介绍,对其思想中的非马克思主义因素几无涉及。第三种是 1923 年出版的英文版《卢那察尔斯基戏剧三种》的英译者所撰写的“导言”(Introduction)。这一“导言”的重点是介绍卢氏的戏剧成就,虽然对他早年的求学生涯有所介绍,提及他与阿芬那留斯等人的交往,却并未对他的早期思想做细致介绍,而是简而言之“他原先便是一个布尔塞维克,那就是说,他是属于俄罗斯社会民主党的马克思派的”。[③] 总体来看,鲁迅在当时所获得的有关卢氏传记的材料均把他视为俄苏马克思主义文艺理论家,而对他十月革命之前思想的多元复杂性(尤其是其中的尼采元素)未加关注,这或许在一定程度上影响了鲁迅对卢氏的了解。

---

① 鲁迅:《文艺与批评·译者附记》,《鲁迅全集》(第 10 卷),人民文学出版社 2005 年版,第 328 页。

② [日]芦田肇,张欣译:《鲁迅、冯雪峰对马克思主义文艺理论的接受(一)——水沫版、光华版〈科学的艺术论丛书〉版本、材源考》,《中国现代文学研究丛刊》1993 年第 2 期。

③ 鲁迅:《〈浮士德与城〉后记》,《鲁迅全集》(第 7 卷),人民文学出版社 2005 年版,第 369 页。英文原文为:From the first he was a Bolshevik;that is to say he joined the Marxian section of the Russian Social Democrats。参见 Lunacharski. *Three Plays of A. V. Lunacharski*, L. A. Magnus and K. Walter, trans, London:Geogre Routledge & Sons LTD, 1923, v.

其次，包括鲁迅在内，20 世纪 30 年代初期的左翼文学阵营整体上对于俄苏文学与文论的关注重点在于革命与无产阶级文化问题，而非理论家个人的思想发展历程。在鲁迅翻译卢氏的《艺术论》（1929）、《文艺与批评》（1929）与蒲力汉诺夫的《艺术论》（1930）以及柔石在翻译《浮士德与城》（1930）时，恰逢革命文学论争以及左联成立前后，左翼阵营内部在有关革命文学或无产阶级文学的理解上存在分歧，其中创造社后期成员冯乃超等人站在阶级革命立场上对鲁迅所做的意识形态批判尤为猛烈。鲁迅在《三闲集·序言》中表示："我有一件事要感谢创造社的，是他们'挤'我看了几种科学底文议论，明白了先前的文学史家们说了一大堆，还是纠缠不清的疑问。并因此译了一本蒲力汉诺夫的《艺术论》，以救正我——还因我而及于别人——的只信进化论的偏颇。"①因此，鲁迅在阅读卢那察尔斯基等俄苏文艺理论家的理论著作以及文艺作品时，他所关注的重点是无产阶级革命与无产阶级文艺问题，而非这些理论家思想的形成历程。对于鲁迅来说，无论是卢那察尔斯基抑或是蒲力汉诺夫，最重要的是他们同为俄苏马克思主义文艺理论家，而至于他们之间的差异，尤其是他们的文艺思想在形成过程中所汲取的差异化思想资源或非马克思主义元素，则尚不构成鲁迅的重要关切点。实际上，自 1917 年至 1929 年，卢那察尔斯基长期担任苏联人民教育委员会（Narkompros）委员，主管苏联全国的文艺和教育事业。考虑到卢那察尔斯基的这一显要政治地位，鲁迅、冯雪峰等人翻译卢氏的著作时所看重的"不仅在卢那卡尔斯基为科学底社会主义艺术学的理论家，

① 鲁迅：《三闲集·序言》，《鲁迅全集》（第 4 卷），人民文学出版社 2005 年版，第 6 页。

而尤在其为实际底指导者”。[①] 相比于其他理论家的著作，卢氏的著作“对于中国左翼文化运动具有更为强烈的针对性和指导性”。[②] 因此，对于卢那察尔斯基在十月革命之前的思想，尤其是他青年时期对尼采思想的吸收，并未引起鲁迅的重视。

另外，出于对左翼文学发展与政治现实的考量，鲁迅有意回避了对《浮士德与城》中的尼采思想或卢氏“超个人主义”思想的讨论。在30年代，卢那察尔斯基主要是作为文艺理论家与批评家而被中国左翼文坛所接受，而非戏剧家，被译为中文的卢氏戏剧只有《浮士德与城》与《解放了的董·吉诃德》。已有研究指出，“这两部剧作都是根据古典文学文献中的典型人物演绎出来的。它们密切地结合作者本人所焦灼的社会政治问题，同时具有高度的艺术性。尽管如此，因为二者分别发表在1916、1922年，所以在前后的思想变化和风格上也有明显的差异。”[③]按照鲁迅的理解，如果说《浮士德与城》是卢那察尔斯基对“俄国革命程序的预想”，那么《解放了的董·吉诃德》就是在俄国无产阶级革命胜利后，卢氏以戏剧的形式给予俄国革命反

---

① 鲁迅：《艺术论·原序》，《鲁迅译文集》第6卷，人民文学出版社1958年版，第7页。阮芸妍的论文《“实际指导者”视野的引入——鲁迅译卢那察尔斯基〈艺术论〉〈文艺与批评〉》（《文艺理论与批评》2020年第5期）对鲁迅译介卢氏著作的现实意义进行了详细阐释。该文指出，鲁迅重视卢那察尔斯基作为苏联文艺的“实际指导者”这一角色，希望借由对其著作的选译有助于读者对苏联文艺政策制定与实施过程的认识。

② 李今：《二十世纪中国翻译文学史. 三四十年代·俄苏卷》，百花文艺出版社2009年版，第102页。

③ 张芬：《“极自然而必要的夸张”——〈解放了的董·吉诃德〉的翻译与〈采薇〉》，《鲁迅研究月刊》，2012年第12期。另外，关于卢氏《解放了的董·吉诃德》与鲁迅创作的关系，孙郁在论文《鲁迅的暗功夫》（《文艺争鸣》2015年第5期）中认为鲁迅的小说《起死》是对卢氏戏剧《解放了的董·吉诃德》的戏仿；张亮的论文《〈起死〉的潜文本：与卢那察尔斯基〈解放了的董·吉诃德〉的对读》（《中国现代文学研究丛刊》2019年第1期）对这两个文本进行了对读，进一步阐释了鲁迅的戏仿与创作策略。

对者们的"总答案"。[①] 就《浮士德与城》而言,所谓"俄国革命程序的预想",主要是指卢氏在1910年前后对尚未发生的俄国无产阶级革命的爆发、过程与结果的设想。不过吊诡的是,在该剧中,托洛志堡革命的爆发缺乏尖锐的阶级矛盾冲突,无产阶级革命者与开明独裁君主之间的关系也具有鲜明的妥协成分。甚至,在"超个人主义"思想化身的浮士德身上,独裁与民主、个人与集体等冲突关系在戏剧的结尾实现了高度和解。显然,卢氏曾经怀有的这种具有一定阶级调和论与人道主义色彩的"俄国革命程序的预想",与1917年俄国无产阶级暴力革命的现实状况南辕北辙。及至1930年柔石译本出版时,"十月革命"早已尘埃落定,成就斐然的苏联社会主义建设不仅证明了俄国无产阶级革命道路的正确性,也在中国社会掀起了一股"苏联热"。与此同时,前述卢氏对俄国革命所做的预想也已经被历史实践所"证伪",对于中国无产阶级革命来说失去了政治正当性与现实指导意义,变得不合时宜。鉴于此,鲁迅在《〈浮士德与城〉后记》中并没有对卢氏剧中表达的复杂哲学思想或政治意识形态多做分析,而是针对当时左翼文坛关注的无产阶级文化问题,更务实而有选择性地阐发了卢氏对新旧文化之间传承关系的思考。实际上,鲁迅对于卢氏剧作中的意识形态始终采取了非常谨慎的态度,他所关切与探寻的是现实问题的解决道路而非某种主义。[②] 因而,即便《浮士德

---

① 鲁迅:《〈解放了的堂·吉诃德〉后记》,《鲁迅全集》(第7卷),人民文学出版社2005年版,第422页。

② 张芬认为鲁迅与卢那察尔斯基之间的一个区别在于,鲁迅在接受卢氏戏剧《解放了的董·吉诃德》时"有意无意地淡化后者所倚重的意识形态上的评判与建设"。这一点同样适用于鲁迅对《浮士德与城》的接受。参见张芬:《"极自然而必要的夸张"——〈解放了的董·吉诃德〉的翻译与〈采薇〉》,《鲁迅研究月刊》2012年第12期。

与城》中所蕴含的尼采思想或卢氏提出的“超个人主义”是为鲁迅所熟悉或理解的，鲁迅也并没有就这一点多做论述。

四、小结

在诸多俄苏马克思主义文论著作中，鲁迅最早自己动手翻译的专著是卢那察尔斯基的《艺术论》与《文艺与批评》。因此，卢氏对鲁迅左翼文艺思想的影响历来受到研究者的重点关注，相关研究也取得了可观的成果。① 但是，对于鲁迅如何接受卢氏戏剧《浮士德与城》的研究却并不充分。本文认为，该剧体现了1908年前后卢那察尔斯基在思想上试图综合尼采与马克思的努力。不过，他在剧中表达的“超个人主义”思想并引起中国译介者们的重视。对于《浮士德与城》，鲁迅有选择性地接受与阐发，不但折射出背后复杂的文化与政治背景，甚至揭示出鲁迅思想发展脉络中的一个现象，即在1930年前后，尼采元素在鲁迅思想中已经难觅踪迹，更不会与之产生共鸣。

在探究鲁迅与尼采学说之间的关系时，学者张钊贻曾指出，“从正统马克思主义的角度看，鲁迅充满尼采色彩的文艺运动，是与共产主义截然对立的；但从不是那么正统的马克思主义角度看，即使鲁迅是个马克思主义者，两者（鲁迅与尼采——引者注）仍在五个方面可

① 李春林的论文《角色同一与角色分裂——鲁迅与卢那察尔斯基》（《鲁迅研究月刊》，2011年第1期）是其中的代表作。李春林对鲁迅与卢那察尔斯基在文艺观上的相似与差异进行了详细论述，阐述了卢氏对鲁迅在唯物史观、具体文艺观点等方面的影响。此外，张直心对鲁迅与卢那察尔斯基、普列汉诺夫（又译蒲力汉诺夫）在文艺思想上的异同进行了辨析，指出相比较于普列汉诺夫，鲁迅与卢氏更强调文艺创作上的主观主义，且二人的思想与气质也更为契合。（《客观主义还是“阶级的主观主义”？——鲁迅与普列汉诺夫、卢那察尔斯基文艺思想再思辨》，《中国现代文学研究丛刊》，2016年第9期）

以找到共同点”,即“浪漫主义”“人的解放”“进化论”“反传统和反资本主义”“精英思想”。[1] 这些共同点在某种程度上也适用于卢那察尔斯基与尼采之间的比较。因此,不妨借用张钊贻的表述方式,鲁迅是中国“温和”的尼采,而1910年前后的卢那察尔斯基则或可被视为俄国“温和”的尼采。[2] 因此,本文围绕鲁迅对卢氏戏剧《浮士德与城》的接受所做的考察,不仅有助于深化对鲁迅与卢那察尔斯基之间复杂关系的理解,同时也能对准确把握二者思想各自的发展历程有所裨益。

原刊于:《鲁迅研究月刊》2022年第11期,题目为
《论鲁迅对卢那查尔斯基剧作〈浮士德与城〉的接受》

---

① [澳]张钊贻:《鲁迅:中国“温和”的尼采》,北京大学出版社2011年版,第297-299页。

② 张钊贻在研究中也指出了俄国马克思主义团体“前进”的成员,包括卢那察尔斯基、波格达诺夫、高尔基等人都是试图将尼采与马克思主义相融合的俄国思想家。参见[澳]张钊贻:《鲁迅:中国“温和的尼采”》,北京大学出版社2011年版,第300页。

第二章

"离散者"奥尔金《俄国文学指要》的汉译

1917 年"十月革命"之后，俄国的社会情形与文学活动受到中国先进知识分子的高度关注，他们从新闻报道、游记、演说等多种途径获取有关俄国的知识。至 20 世纪二三十年代之交，"出版界掀起了一股红色出版潮"，①有关苏俄文学理论的著作被大量汉译，促进了中国左翼文学的发展。这些著作的作者主要分为两类，一类是苏俄理论家，例如卢那察尔斯基、蒲力汉诺夫、托洛茨基等；另一类则是日本学者，如昇曙梦、藏原惟人、尾濑敬止等。这些文学理论著作基本都属于马克思主义文艺理论，都强调文学的阶级性，以及文学与无产阶级革命之间的紧密关联。然而实际上，在"十月革命"发生后不久，美籍俄裔学者 M. J. 奥尔金关于俄国文学与革命的著作就已经受到了沈雁冰、郑振铎等人的关注，成为他们了解俄苏文学与革命的一个重要知识来源。与上述两类作者相比，一方面，奥尔金美籍俄裔知识分子的"离散者"

① 李今：《二十世纪中国翻译文学史. 三四十年代 · 俄苏卷》，百花文艺出版社 2009 年版，第 81 页。

身份较为特殊;另一方面,他虽然是俄苏革命的热烈支持者,但在讨论俄国文学时却能抽身于喧嚣的阶级革命之外,并未过度强调俄国文学的政治意识形态特征,而尤为关注俄国文学与19世纪末20世纪初期俄国社会的密切关系。这为20世纪二三十年代的中国知识分子提供了一种稍稍异于阶级化文学理论之外的俄国文学史叙述,同时也为他们认识俄苏社会与文学提供了一个相对客观的视角。

一、奥尔金是谁?

美籍俄裔犹太作家、记者、社会活动家莫伊萨耶·约瑟夫·奥尔金(Moissaye Joseph Olgin,1878—1939)的原名为 Moyshe Yoysef Novomiski,M. J. Olgin 为其笔名。1878年,奥尔金出生于沙皇俄国(现乌克兰基辅)的一个犹太人家庭;1900年进入基辅大学学习,并开始参与地下革命运动;1907年至1909年在德国海德堡大学学习;1910年回到俄国成为了革命与工人运动刊物的作家与编辑;1913年曾在奥地利维也纳暂居;一战爆发后,身在德国的奥尔金无法回到俄国,转而前往美国;1917年出版畅销书《俄国革命的灵魂》(*The Soul of the Russian Revolution*);1918年凭借这本对俄国问题的研究著作而在哥伦比亚大学获得博士学位;[①]1919年开始在纽约新学院大学(the New School for Social Research)教授俄国史;1920年前往德国和苏俄旅行;1932年起,奥尔金成为苏联《真理报》(*Pravda*)的特约通讯记者。同时,他还为美国的意第绪语(Yiddish)报纸《犹太前进日报》(*Forverts* 或 *The Jewish Daily Forward*)等刊物撰稿。奥尔金熟练掌握

① Robert J. Kerner,"Bibliography of American Doctoral Dissertations on Slavonic Studies, 1914—1924",*The Slavonic Review*,Vol. 3,No. 9 (Mar.,1925),p. 747.

英语、俄语、德语、法语、波兰语、希伯来语、意第绪语等，曾出版《俄国文学指要》(*Guide to Russian Literature, 1820—1917*, New York: Harcourt, Brace and Howe, 1920)，《为什么是共产主义》(*Why Communism? Plain Talks on Vital Problems*. New York: Workers Library Publisher, 1932)，《马克西姆·高尔基：作家与革命者》(*Maxim Gorky: Writer and Revolutionist*. New York: International Publisher, 1933)等英文著作，并用英文翻译了恩格斯和列宁的多本著作。此外，奥尔金还创作有大量意第绪语著作。奥尔金对俄国"十月革命"和苏联采取支持态度，他是坚定的斯大林主义者，反对托洛茨基主义。奥尔金对马克思主义有较深入研究，曾撰写名为《俄国马克思主义的起源》(*The Origins of Marxism in Russia*)的论文。1922 年，奥尔金还参与创办了美国左翼报纸《明日自由》(*Morgen Freiheit*)，以意第绪语发行，并一直担任该报编辑至 1939 年去世。

除此之外，奥尔金在社会活动领域也非常活跃。他是美国犹太文化协会(The Jewish Culture Association in America)活跃的成员之一，也是积极的工人运动者和社会主义运动家，同时还是美国共产党(前身为美国工人党)成员，并曾代表该政党多次参加美国国会选举，却无果而终。奥尔金大力支持美国国内的工人运动，尤其是少数族裔工人运动。他曾指出："人类不应因种族不同而分裂，而只应该被区分为压迫者与被压迫者。黑人劳工的权利与同样遭受压迫的白人农民、工人的权利密不可分。"①值得一提的是，奥尔金也十分关注和支持中国革命。1933 年 1 月 18 日，奥尔金在纽约参加了"中国人民

① Anthony Dawahare, *Nationalism, Marxism, and African American Literature between the Wars: A New Pandora's Box*, Jackson: University Press of Mississippi, 2003, p. 78.

之友”（Friends of the Chinese People）组织的一次集会，声援中国人民的抗日战争以及争取民族独立解放的抗争运动。①

二、《俄国文学指要》的汉译

奥尔金在 1920 年出版的《俄国文学指要》中对 1820 至 1917 年间的俄国文学进行了全面介绍，并对包括普希金、果戈里、高尔基、契诃夫、列夫·托尔斯泰等在内的数十位作家逐一点评，是“十月革命”后较早出版的总结此前一百年俄国文学发展史的英文专著，具有十分广泛且深远的影响力，至今仍以不同形式再版。②《俄国文学指要》全书包括“前言”（Preface）、“民族文学的成长”（The Growth of A National Literature）、“现代主义者们”（The “Modernists”）、“新潮流”（The Recent Tide）、“附录”（Appendix），共五个部分。全书所要回答的一个基本问题，即读者“应该读哪些书才能了解俄国人的性格与生活？”③因此，奥尔金在选取作家时特别强调其作品对底层俄国人日常生活的表现，以及对俄国经济、社会、政治生活的细致观察。在他看来，相比于欧洲其他国家的作家，俄国作家最能表现本国人的精神斗争与日常生活。也因此，19 至 20 世纪的俄国文学，不仅具有艺术价值，同时也是了解俄国社会的可靠资料。具体到对作家的评价，奥尔金强调，一个作家值得被研究，原因在于其作品的原创性、艺术个

---

① Josephine Fowler, *Japanese and Chinese Immigrant Activists: Organizing in American and International Communist Movements, 1919—1933*, New Brunswick: Rutgers University Press, 2007, p. 165 – 166.

② 除各类电子版外，近年仍有纸质版发行，如美国 Palala 出版社 2018 年版。

③ Moissaye J. Olgin, *Guide to Russian Literature, 1820—1917*, New York: Harcourt, Brace and Howe, 1920, p. vi.

性以及与俄国现实的紧密联系。[①] 这样一种高度关注文学与民族国家、文学与现实、文学与精神斗争的文学观念,正契合了20世纪二三十年代的中国左翼文学思潮。

早在1920年,《俄国文学指要》甫一出版便受到了沈雁冰(茅盾)的关注。沈雁冰的译文《安得列夫》刊于1920年《东方杂志》第17卷第10期,内容源自奥尔金著作的第三部分"新潮流"(The Recent Tide)。[②] 但是,对比原文可知,沈雁冰并没有严格按照原文进行翻译,而是对原文段落的顺序进行了调整,并节略了部分内容。奥尔金在原著中先对俄国作家安特莱夫(L. N. Andreyev,1871—1919,又译为"安得列夫"或"安德烈耶夫")的文学思想进行了总结论述,之后又逐一介绍了安特莱夫的二十部作品,其中包括《深渊》(The Abyss,1902)、《雾中》(In the Fog,1902)、《总督大人》(The Governor,1906)等,却唯独不见深受鲁迅重视的《红笑》。[③] 与原著不同,沈雁冰将对安特莱夫几部作品的简要介绍穿插到了对安氏文学思想的论述之中,使得全文篇幅大为缩减。安特莱夫对沈雁冰日后的小说创作有重要影响。研究者吴茂生(Ng Mau-sang)指出,在某种程度上,沈雁冰从安特莱夫的小说中吸收了一些"戏剧技巧"(dramatic techniques)并运用到自己的小说创作实践中。例如,茅盾从安特莱夫那里习得将自己小说的悲剧性设

① Moissaye J. Olgin, *Guide to Russian Literature*, 1820—1917, p. viii.

② 雁冰:《安得列夫》,《东方杂志》第17卷第10期,1920年5月25日,第60－68页。原文见 Moissaye J. Olgin, *Guide to Russian Literature*, 1820—1917, New York: Harcourt, Brace and Howe, 1920, p. 230－239.

③ 鲁迅曾翻译过《红笑》,未能译完。参见鲁迅:《关于红笑》,《鲁迅全集》(第7卷),人民文学出版社2005年版,第125页。关于《红笑》与鲁迅留日时期思想的关联性,参见董炳月:《鲁迅留日时代的俄国投影 思想与文学观念的形成轨迹》,《鲁迅研究月刊》2009年第4期。

定在话语层面，而非人物的行动层面，也非人物内在力量的人格化层面，亦非小说情节逐步发展至某个预先设定的终点。[1] 吴茂生认为茅盾吸收这种小说创作技法并无益处，反而会让小说人物趋于抽象而缺乏现实感。例如，《幻灭》中静女士的思想转变就未免太过突然。实际上，奥尔金也指出，安特莱夫是最早把"图式化"（schematization）引入到俄国文学的作家。因此，他的小说人物往往脱离现实、抽象化，甚至其小说的悲剧性往往停留于想象层面。[2] 不过，奥尔金对安特莱夫的这一批评意见，并没有被沈雁冰翻译出来。这清楚地反映出，沈雁冰并不认同奥尔金的这一看法。然而，无论如何，沈雁冰都十分欣赏奥尔金这篇文章，在译文的尾注中，他赞道："这篇原文把安得列夫的著作介绍得又简又备，据我看，实在是篇妙文。"

在沈雁冰之后，郑振铎主编的《时事新报·学灯》在1921年9月12日和15日连载了《"近代主义派"的俄国文学概观》，译者是"灵"。该文是对奥尔金原著"现代主义者们"（The "Modernists"）部分的"概论"（General Survey）的翻译。此外，奥尔金的这本《俄国文学指要》也受到了远在美国半工半读的张闻天的关注。1923年6月，《少年中国》第4卷第4期刊登了张闻天的文章《科路伦科评传（为〈盲音乐家〉的译稿而作）》。此文为评论俄国作家科路伦科（Vladimir Korolenko，1853—1921，现译柯罗连科）的中篇小说《盲音乐家》（1886）而作，兼论科氏的文学思想。张闻天在文末说明"论科

① Ng Mau-sang, *The Russian Hero in Modern Chinese Fiction*, New York: State University of New York Press, 1988, p. 178.

② Moissaye J. Olgin, *Guide to Russian Literature, 1820—1917*, New York: Harcourt, Brace and Howe, 1920, p. 233.

路伦科的文字甚少,杂志上虽有一二段,但都不详细”。所幸,他在加州大学的图书馆中找到了奥尔金的《俄国文学指南》一书,与其他材料相配合才写就此文。

不仅如此,郁达夫与郑振铎在各自的著作中都曾提到过奥尔金的这本《俄国文学指要》。1926 年,郁达夫的《小说论》由上海光华书局出版,在该书的第二章“现代小说的渊源”中郁达夫纵论欧洲各国小说,并认为“世界各国的小说,影响在中国最大的,是俄国小说”。[①]他在本章开列的参考书中,所开列的唯一一本俄国文学研究著作,就是奥尔金《俄国文学指要》的英文版,即“M. J. Olgin:*A Guide to Russian Literature*”。[②] 显然,该书对郁达夫撰写《小说论》的俄国文学部分至关重要。1927 年,郑振铎在《文学大纲》(四)中的第三十七章“十九世纪的俄国文学”正文后所列举的“参考书目”中也有奥尔金的《俄国文学指要》。不过,郑振铎将其译为《俄国文学指南》。从他所标注的图书信息可知,郑振铎所读的是奥尔金著作的初版本。[③]

如上所述,沈雁冰、郑振铎、郁达夫、张闻天等新文学作家,或翻译,或阅读,都从奥尔金的著作中受益匪浅。可以说,奥尔金的《俄国文学指要》对这一时期新文学作家建构自己的俄国文学观产生了重要影响。

相比沈雁冰等人的零星译介,1927 年至 1928 年间,《青年进步》所刊载的《俄国文学指要》译文的体量更大,内容更为全面。[④] 该刊

---

① 郁达夫:《小说论》,上海光华书局,1931 年,第 30 页。

② 郁达夫:《小说论》,第 31 页。

③ 郑振铎:《文学大纲(四)》,商务印书馆 1927 年版,第 374 页。

④ 《青年进步》于 1917 年在上海创刊,1932 年停刊,主编为范皕诲(1865—1939),该刊是中华基督教青年会全国协会的官方刊物,月刊,每期发行量在 5000 册以上,以城市知识青年为主要读者群。

物素有刊登外国文学作品的传统，曾刊载过多篇托尔斯泰的小说汉译本，而奥尔金的著作则是《青年进步》所刊最重要的俄国文学研究著作。其中，第105期（1927年9月）刊登的部分由何子恒译，①此后第109期（1928年1月）、第113期（1928年5月）和第116期（1928年10月）连载的部分由朱枕梅译。②

译者何子恒在译文前添加了较详细的说明，阐述了自己对俄国文学的基本看法和翻译奥尔金著作的目的。他认为，"俄国的文学是革命精神最丰富的文学"，俄国革命之所以会发生与俄国文学有很大关系。何子恒认为，俄国文学家或俄国知识阶级一向关注平民的生活，"俄国的文学从大体上说，是现实的人生的同情被压迫者的革命文学"。他翻译奥尔金的著作主要有两个目的：其一，为了让中国读者了解俄国文学家或知识阶级对被压迫者的同情，以致造成全俄民众心理发生变化，最终导致革命的发生，由此可见知识阶级对于革命可以发挥重要力量。其二，中国缺乏革命文学，这是知识阶级的责任。此处的"革命文学"主要是指批判现实主义题材作品。需要指出的是，原作者奥尔金在书中并没有使用"革命文学"或 Revolutionary

---

① 何子恒（1897—2007），原名何思恒，字子恒，别名道生，浙江杭县人，其兄为学者何思敬（何畏，1896—1968），其弟为报人何思诚（何西亚，1899—1984）。何子恒从1923年开始为报刊撰稿，曾任上海《时事新报》编辑、《民国日报》副刊《现代青年》主编、《申报》特约评论员、《大美晚报》和英商上海《泰晤士报》翻译，曾创办英文研究社教授英文，并在我国第一次采用国际音标和录音的教学法。何子恒翻译出版了中国第一部《希腊哲学史》（上海光华书局，1926），著有《日美问题》（商务印书馆，1937年）等。（参见蒋豫生：《塘栖续事》，中国轻工业出版社，2014年。）

② 朱枕梅（1897—1976），字梅吉，别署孔章，上海金山人，毕业于上海第三师范学校，曾在《民国日报》《时事新报》等报纸发表文章，1924年加入国民党，1925年夏任上海《时事新报》编辑、主笔，后一直在报界活跃。曾任南京《中央日报》编辑，云南《民国日报》总编辑等职务。

Literature 这样的概念，而且，《青年进步》所刊载的何子恒译文来自原书的第一部分，原题为“民族文学的成长”（The Growth of A National Literature），而非专门论述革命文学的章节。

对比原书可知，何子恒和朱枕梅合力节译了奥尔金原书的前两部分，即“民族文学的成长”与“现代主义者”。其中，严格来说，何子恒的译文并非对奥尔金著作第一部分“民族文学的成长”的全译，而是节译加意译。奥尔金在原著第一部分对 32 位俄国作家及其主要作品进行了逐一介绍和评价，并有一个“概论”（General Survey）。何子恒并没有完整翻译奥尔金的“概论”，而是稍作整体介绍后快速地进入对具体作家的介绍。何子恒选译了奥尔金讨论普希金（A. S. Pushkin）、格里薄哀杜夫（A. S. Griboyedov，现译格里鲍耶陀夫）、李门托夫（M. J. Lermontov，现译莱蒙托夫）、倍林斯基（V. G. Byelinsky，现译别林斯基）、歌郭里（N. V. Gogol，现译果戈里）、阿史特洛夫斯基（A. N. Ostrovsky，现译奥斯特洛夫斯基）、周尼希夫斯基（N. G. Chernyshevsky，现译车尔尼雪夫斯基）、皮萨里夫（D. I. Pisarev，现译皮萨列夫）的章节，而且省略了原著对很多作品所做的具体分析。实际上，按照原书顺序，从普希金到皮萨里夫，奥尔金共介绍了 11 位俄国作家，而何子恒只选译了其中 8 位，省略了奥尔金对柯尔特佐夫（A. V. Koltzov）、阿克萨科夫（S. T. Aksakov）、列舍特尼科夫（F. M. Reshetnikov）的评论。何子恒并未说明这种取舍的原因，或许是考虑到这三位作家在中国的知名度较小的缘故。因为，从作品来说，后三位作家与其余八位作家的创作主题并没有本质的区别，他们都对下层民众的生活给予了高度的同情和关注，都属于批判现实主义题材。

朱枕梅接续了何子恒的翻译。在第109期刊登的朱译第一部分，翻译了奥尔金有关杜格尼夫(I. S. Turgenev，现译屠格涅甫)、嘉尔洵(V. L. Garshin，现译迦尔洵)、福斯恩兴(A. A. Foeth-Shenshin)、沙罗尧甫(Vladimir Solovyov，现译索洛约夫)、乌斯奔斯基(G. I. Uspensky，现译乌斯宾斯基)、米基哈罗夫斯基(N. K. Mikhaylovsky，现译米哈伊洛夫斯基)、契克夫(A. P. Chekhov，现译契诃夫)，共7位作家的论述。省略了涅克拉索夫(N. A. Nekrasov)、冈察洛夫(I. A. Gontcharov)、拉特孙(S. J. Nadson)、丘特切夫(F. I. Tyutchev)、阿列克谢·托尔斯泰伯爵(Count Alexey Tolstoy)、陀思妥耶夫斯基(F. M. Dostoyevsky)、托尔斯泰(L. N. Tolstoy)、尼古拉·列斯克夫(N. S. Lyeskov)、谢德林(M. E. Saltykov-Shchedrin)、雅库波维奇(P. Yakubovitch)、马明·西比里亚克(D. N. Mamin-Sibiryak)、鲍伯里金(P. D. Boborykin)、米哈伊洛夫斯基(N. G. Garin-Mikhaylovsky)、柯罗连科(V. G. Korolenko)，共14位作家。至此，奥尔金原书的第一部分译完。

第113期所刊朱枕梅译文是对原书第二部分“现代主义者”的翻译。译文主要包括“概论”(General Survey)和有关白而蒙(K. D. Balmont，现译康斯坦丁·巴尔蒙特)、马来异考夫斯基(K. D. Merezhkovsky，现译德米特里·梅列日可夫斯基)两位作家的论述，忽略了勃留索夫(V. Bryusov)。第116期刊朱枕梅译文第三部分，接续上文，翻译了奥尔金论梭洛古勃(F. Sologub)、华林斯基(A. Volynsky，现译沃林斯基)、勃洛克(A. Block)、衣凡诺夫(V. Ivanov，现译伊万诺夫)、白以里(Andrey Bely，现译安德烈·别雷)。

何子恒与朱枕梅节译的《俄国文学指要》刊出时，恰逢“革命文学论争”时期。文坛上(特别是左翼文学内部)关于革命文学的概念内涵、文学形式、创作方法等问题并不清楚。虽然奥尔金在《俄国文学指要》中论述的并非中国左翼阵营所亟需的革命文学,而是俄国批判现实主义作品,但是正如前述何子恒所说明的,奥尔金的《俄国文学指要》仍然可以为当时追求革命文学的作家们提供有力的借鉴参考。值得一提的是,这样一种有助于左翼文学发展的著作汉译本,却是由一份基督教背景刊物《青年进步》所刊出的,足见当时左翼思潮的文化影响力之广,渗透力之强。

有趣的是,何子恒的大哥何畏(何思敬,1896—1968)也曾翻译过奥尔金的《俄国文学指南》。学者何思敬早年留学于日本东京大学,与郭沫若、郁达夫、成仿吾等人交好,1921 年加入创造社,并以“何畏”的笔名在创造社刊物上发表文章。《创造季刊》第 1 卷第 4 期(1922 年 2 月)刊登了何畏的译文《俄罗斯文学便览》,标注“原著 Moissaye J. Olgin”。实际上,该文是何畏翻译自奥尔金《俄国文学指南》的第一部分“国民文学的成长”的“概论”(General Survey)。与何子恒相比,何畏的翻译水平高出一截,更为准确可靠。成仿吾在何畏译文后添加了两段说明,写道“原文简洁明快,俄罗斯文学的真髓,可以一读了然,何君的译文译甚忠实,一读此篇,就可以使我们兴起的地方一定不少,所以我急于把他登出”。而且,成仿吾还对奥尔金的原著进行了简要介绍,评价很高,“一种作品的真价,我们可以由他们本国人口里听出来,只此一端,已非别的俄国文学史所可企及”,由此期望何畏能尽快将全文译出。

三、奥尔金其他著作的译介

据笔者目前掌握的资料,奥尔金著作的汉译始于 1918 年。由学者汪彭年、汪馥炎等人创办的《戊午》杂志[①]在第 1 卷第 2 期刊登了奥尔金的文章《俄国新政府首领屈禄子吉小史》(邵镆译)。[②] 文章标明原作者是“美国亚细亚杂志欧金 Moissaye J. Olgin”,所谓“屈禄子吉”即托洛茨基。译文为文言,介绍托洛茨基的生平,并对托氏的人格多有赞许,“氏之政策之价值若何,姑且不论,唯其人之志,始终不移,而行为正直光明,此则吾人所感断言者也”。原文是奥尔金为托洛茨基文集《我们的革命》(*Our Revolution*)所写的《列奥·托洛茨基生平简表》(*Leon Trotzky*:*Biographical Notes*),译者采用意译的方式译成。[③]

1936 年第 4 卷第 14 期《新中华》刊登了张易的译文《高尔基的生活及其著作》(M. J. Olgin 作)。经核对原文,该文并非译自奥尔金在《俄国文学指南》中对高尔基的介绍,而是译自奥尔金的另一本书《马克西姆·高尔基:作家与革命者》(*Maxim Gorky*:*Writer and Revolutionist*)[④]。但是,该期《新中华》出版于 1936 年 7 月 25 日,此前不久,高尔基已经于 1936 年 6 月 18 日去世。因此,作者在译文的结尾添上了一句“不幸这颗巨星现在却坠陨了”,以为悼念。

奥尔金的文学作品也被中国文学界关注。《群鸥》第 1 卷第 1 期

---

① 《戊午》,英文名为 *The Steed*,意为“坐骑、战马”,1918 年 4 月创刊于上海,编辑者为戊午杂志社,主编为汪彭年,撰稿人有汪馥炎、邵镆、德彰、江夏生等。

② 邵镆,江苏常熟人,1920 年毕业于上海圣约翰大学,曾任《万航周报》(1916)编辑,曾在《万航周报》《约翰生》(*St. John's Echo*,1899—1937)等杂志发表文章,参见《约翰年刊》1920 年 2 月所刊邵镆毕业照及简介。

③ Leon Trotzky, *Our Revolution*:*Essays on Working-Class and International Revolution, 1904—1917*, Moissaye J. Olgin trans, New York: Henry Holt and Company, 1918, p. 3 – 27.

④ Moissaye J. Olgin, *Maxim Gorky*:*Writer and Revolutionist*, New York: International Publishers, 1933.

(1936 年 12 月 9 日)刊登了渥丹的译文《春天里》,标明“犹太 Olgin 作”[①];《大公报》(1937 年 1 月 10 日)刊登了作家姚雪垠(1910—1999)翻译的《春天里》,也标明“犹太 Olgin 作”。对比两份译文的内容可以判定是同一作品的两个译本。与其说《春天里》是小说,不如说它是抒情杂文。该文写道,在“五一”节的时候,监狱中发生了纪念活动,囚犯们不惧敌人的淫威,挂出红旗,大声歌唱,并高喊口号“五一节万岁!”需要指出的是,《群鸥》创刊号上也刊登了姚雪垠的作品,因此,姚雪垠接触到奥尔金的《春天里》或许与渥丹的译文有关。此外,《中国青年》1926 年第 6 卷第 4 期刊登了署名“纯生”的译文《玛秀拉——新俄的少女》(M. J. Olgin 作);《知识世界》1935 年第 2 卷第 7 期刊登了署名“石甫”的译文《在汽车王国里》(M. Olgin),注明译自“Za Industrizatsin”;《知识世界》1935 年第 2 卷第 11 期刊登了石甫翻译的奥尔金的另一篇文章《被忘记的人们》,注明“译自苏联 Izvestia 美国通讯”。需要说明的是,《玛秀拉——新俄的少女》是一篇散文,通过“我”对玛秀拉的观察和采访,形塑了一个苏联无产阶级知识女青年的清新形象;后两篇文章都是介绍美国社会的情况。其中,Izvestia 即苏联《消息报》,可以推断《被忘记的人们》与《在汽车王国里》是奥尔金作为通讯作者向《消息报》的供稿。

奥尔金的著作还曾以其他形式在中国传播。在 20 年代初期,奥尔金的著作已经进入了中国大学的图书馆,得以有机会与青年学生、教师相遇。1921 年 12 月 26 日,《北京大学日刊》(*The University Daily*)上刊出一则“图书部典书启事”,催促借书人归还奥尔金的 *The*

① 《群鸥》,月刊,1936 年 12 月 9 日创刊,由群鸥月刊社编辑,主要编者有沈藕舍、李静、王玉萍等,是一份左翼文学刊物。

Soul of Russian Revolution 一书。经查,北京大学图书馆所藏的版本是奥尔金著作 1917 年的初版本。而且,该书为李大钊担任北京大学图书馆主任时所购买。[①] 或许,李大钊已经注意到了奥尔金这位身份特殊的俄国问题专家的著作。1921 年 12 月,上海的英文报纸《大陆报》(*The China Press*)也曾以英文刊登了奥尔金的文章《俄国革命的现状》("The Russian Revolution Today"),介绍俄国国内的情况。

四、小结:"离散者"知识的跨境传播

综上所述,出生于俄国却远居美国纽约的"离散者"奥尔金的相关著作已经成为当时中国知识分子了解俄国文学、革命与社会现实的一个重要知识来源。[②] 奥尔金独特的人生经历与文化背景,让他的作品成为一战后美国(乃至整个英语世界)知识界了解俄国 19 至 20 世纪初期文学史,乃至了解俄国革命的重要窗口。沈雁冰、郑振铎等中国知识分子纷纷阅读并译介奥尔金的《俄国文学指要》,整体上都属于 20 世纪二三十年代中国现代文学史上俄国文学热潮的一部分。同时,作为"离散者"的奥尔金在美国撰写的俄国文学史研究专著,经由中国译者的汉译与读者见面,并为 1928 年前后中国左翼文学思潮推波助澜,这既是 20 世纪世界文学知识跨境传播的一个典型事件,也尝试开辟了中国文学接受俄国文学与文论资源的一条特殊路径。

令人稍感遗憾的是,在 20 世纪二三十年代,中国译者们对奥尔

---

① 邹新明、陈建龙:《从北京大学图书馆〈1919 ~ 1920 年西文图书登录簿〉看李大钊对马克思主义的引进与传播》,《大学图书馆学报》2019 年第 5 期。

② 此处的"离散"(diaspora)主要指奥尔金寓居异域,又与俄国(或苏联)保持密切联系,而不涉及他的犹太族群认同等问题。

金的生平资料掌握尚属有限，对其特殊的犹太裔身份以及他与俄国革命之间复杂的历史关联也并未多做介绍。但是，奥尔金本人对苏联抱有深厚的感情，他也被美国左翼人士认为是沟通两国的重要桥梁。在20世纪二三十年代，奥尔金等俄裔美籍左翼人士曾多次访问苏联，返美后通过报刊等媒介积极介绍苏联的社会情形。接替奥尔金成为《明日自由》编辑的佩萨克·诺威克（Pesach Novick，1891—1989）在评价奥尔金时曾说道："苏联是奥尔金的出生地，他在那里度过了青少年时期，也正是在苏联，奥尔金经历了第一次暴风雨般的斗争。美国是他选择的家园……他深切地了解并且热爱这两个国家，因此他是两国之间合适的中间人。"①

原刊于：《文化与诗学》2021年第2辑，题目为
《另一种来自俄国的声音——离散者奥尔金及其
〈俄国文学指要〉在中国》

① Daniel Soyer, "American Jews Visit the Soviet Union in the 1920s and 1930s", *Jewish Social Studies*, Vol. 6, No. 3 (Spring-Summer, 2000), p. 131 – 132.

第三章

朱维之译叶芝剧作《心欲的国土》考论

学者朱维之(1905—1999)在比较文学研究领域著作等身,为学界所重视。同时,朱维之还是一位重要的文学翻译家。他熟练掌握英语、希伯来语、俄语、日语等多种语言,译作颇丰。但是,其译作迄今尚未受到足够的关注。1928 年,朱维之译爱尔兰作家叶芝(W. B. Yeats)的戏剧《心欲的国土》刊于中华基督教青年会刊物《青年进步》第 117 期,这是该剧最早的汉译本。该译本与学者赵澧在 20 世纪 80 年代的译本因所据底本不同,因而在内容上多有差异。本文将简述叶芝《心欲的国土》的创作与修改情况,继而考证朱维之翻译时所据英文版本,并结合该剧的思想主旨,探究朱维之的翻译动因与思想关切。

一、《心欲的国土》简介

1927 年冬至 1929 年春,朱维之曾在上海青年协会书局书报部工作,任编译员。[①] 该书局最重要的出版物是中华基督教青年会的机关刊物《青年进步》(英文名为 *Association Progress*)。杂志为月刊,自1917 年创刊至1932 年因上海"一·二八"战事停刊,一直由青年会资深报人范皕诲担任主编。[②]《青年进步》发行量较大,月均五千册以上,十五年间共发行超过七十五万册,受众广泛,在青年群体中的影响力尤为可观,曾在受青年学生欢迎的杂志中排名第一。[③]

1928 年11 月,第117 期《青年进步》刊登了署名"爱尔兰夏芝作,朱维之译"的剧本《心欲的国土》。夏芝,即叶芝(William Butler Yeats,1865—1939),《心欲的国土》原名 *The Land of Heart's Desire*,创作于1894 年。该剧的主要内容为,美莲(Maire Bruin)沉迷于阅读一本爱尔兰古书而疏于家务,因此受到公婆及哈特神父(Father Hart)的批评,只有丈夫宣儿(Shawn Bruin)维护她。该古书讲述爱尔兰王的女儿在五月节前夜听到一阵歌声,并在其导引下进入仙境。美莲对此自由美好的仙境神往不已,神父却劝她要笃信上帝,不要被迷惑。晚餐过后,仙童突然降临,令众人大惊失色,唯独美莲对仙童的到来感到惊喜。最终,在仙童的引导下,美莲的灵魂放弃了爱情与家人,摆脱了尘世的束缚,随仙童而去。

爱尔兰民族主义是叶芝作品的重要精神内涵。他在晚年诗作中写道,"我属于爱尔兰,那神圣的国土爱尔兰"(I am of Ireland/and the

---

① 孟昭毅:《朱维之先生与比较文学》,《中国比较文学》2005 年第3 期。

② 范皕诲(1865—1939),名祎,字子美,号皕诲,江苏苏州人,曾协助晚清来华传教士林乐知(Young John Allen,1836—1907)编辑《万国公报》,后长期在青年会书报部工作。

③ 赵晓阳:《青年协会书局与中国基督教文字事业》,中国社会科学院近代史研究所编:《中国社会科学院近代史研究所青年学术论坛》(2004 年卷),社会科学文献出版社2005 年版,第419 -420 页。

Holy Land of Ireland)。[①] 在其创作早期,叶芝投入了相当多的精力去搜集整理爱尔兰民间神话传说,并于 1888 年首次将其结集出版,名为《爱尔兰童话与民间故事集》(*Fairy and Folk Tales of the Irish Peasantry*)。[②] 在叶芝看来,爱尔兰民族精神正蕴藏在这些民间童话与传说故事之中,这一精神的核心是爱尔兰凯尔特人对自然与自由的热爱。在 1897 年的论文《文学中的凯尔特因素》("The Celtic Element in Literature")中,叶芝在法国学者勒南(Ernest Renan)与英国文学家马修·阿诺德(Matthew Arnold)的基础之上,进一步强调了爱尔兰凯尔特文化(尤其是民间文学)对英语文学的影响,包括莎士比亚、济慈在内的伟大作家们均从爱尔兰民间文学中汲取灵感,挪用意象。此外,在叶芝看来,几个世纪以来,爱尔兰凯尔特语(Celtic)一直都贴近欧洲文学的主流,将勃勃生机(the vivifying spirit)注入其中。甚至,叶芝相信,在瓦格纳(Richard Wagner)、易卜生(Henrik Ibsen)、莫里斯(William Morris)等人所提倡的斯堪的纳维亚传统(the Scandinavian tradition)之外,爱尔兰凯尔特神话(the Gaelic legends)将是现代世界艺术的另一个精神源泉。[③] 因此,在其早期剧作《心欲的国土》中,美莲象征着现代爱尔兰人,仙童与仙境象征着古老的爱尔兰文化与民族精神。在戏剧的结尾,美莲的灵魂挣脱世俗世界中的亲情、爱情以及基督教神学的羁绊,随仙童飘然而去,只在人间留下一副僵死的

---

① W. B. Yeats. *The Collected Poems of W. B. Yeats*. Eds, Richard J. Finneran. New York: Palgrave Macmillan, 1989. p. 267.

② W. B. Yeats. *Fairy and Folk Tales of the Irish Peasantry*, Landon: Walter Scott Ltd, 1888.

③ W. B. Yeats, *The Collected Works of W. B. Yeats* (*Volume* Ⅳ), eds. Richard J. Finneran and George Bornstein, New York: Scibner, 2007, pp. 317 – 319.

躯壳，这表明叶芝创作此剧的目的在于唤醒人们对爱尔兰古老文化的热情，期望爱尔兰民族精神的复归。学者赵澧认为，该剧虽然没有直接写爱尔兰民族解放斗争，但代表了当时爱尔兰人民渴望民族独立和解放的思想。[①] 作为19世纪末兴起的爱尔兰文艺复兴运动的旗帜性人物，叶芝的这一剧作对于当时的爱尔兰独立运动起到了推波助澜的作用。

然而，这部戏剧的演出却略有波折。在赞助人安妮·霍尼曼[②](Annie Horniman)的资助下，1894年3月29日，该剧与爱尔兰剧作家约翰·托德亨特(JohnTodhunter)的戏剧《叹息的喜剧》(*A Comedy of Sighs*)在英国伦敦大道剧院(The Avenue Theatre)同一天上演。有趣的是，在日后被誉为19世纪英国最伟大插画艺术家之一的比亚兹莱(Aubrey V. Beardsley)所绘的海报上，大道剧院的主角显然是托德亨特，叶芝及其作品只能算是"新人新作"，仅被称为"一部新的原创戏剧"("A New and Original Play")，对其内容并无介绍，似乎演出方对其成功与否也并无把握。果不其然，叶芝的作品没有受到观众的青睐，甚至引起了观众的"聒噪和某些恶意"("a rowdy and hostile reception")。[③] 但无论如何，两部剧从1894年3月29日开始同天上映，一直连演到4月14日。此后，同样在安妮·霍尼曼的赞助下，1894年4月21日，叶芝的这一剧作又与另一位爱尔兰剧作家萧伯纳

① [爱尔兰]威·勃·叶芝，赵澧译：《心愿之乡》，《世界文学》1981年第4期。

② 安妮·霍尼曼(Annie Horniman，1860—1937)是英国著名的剧院赞助人和剧院经理。除了赞助叶芝、萧伯纳等人的戏剧演出之外，她还于1904年资助创办了爱尔兰都柏林的艾比剧院(The Abbey Theatre，又名爱尔兰国家剧院)，叶芝等多位爱尔兰剧作家的戏剧曾在该剧院上演。

③ John S. Kelly，*A W. B. Yeats Chronology*，New York：Palgrave Macmillan，2003，p. 33.

(George Bernard Shaw)的《武器与人》(*Armsand the Man*)同时在大道剧院上演。相比之下,萧伯纳的这部喜剧要受欢迎得多,甚至成为了萧氏最成功的早期戏剧之一。①

尽管如此,这部《心欲的国土》是叶芝最早被专业团队上演的剧作。从日后叶芝对该剧的多次修改可以看出,他对这部剧作深爱有加,投入了大量心血。同时,随着时间的推移,文学批评家们也给予了该剧很高的评价。1923 年,叶芝获得诺贝尔文学奖,评委会给叶芝的颁奖词中提到了这部剧作,高度称赞了该剧的艺术水准:"更令人心醉的是他在《心愿之乡》(1894)中的艺术,它具有游仙诗的一切魔力和春天的全部清新,曲调清晰又好似梦幻。从戏剧角度上讲,这部作品也实属他的上乘之作。"②

二、底本问题

目前,在朱维之的译本之外,该剧的常见汉译本是由外国文学研究家赵澧翻译的《心愿之乡》(以下简称赵译),刊于 1981 年第 4 期《世界文学》③,后被国内出版的叶芝作品集收录。④ 据赵澧的介绍:"本剧最初于 1894 年在伦敦阿文弩剧院演出,后经过叶芝较大的修

---

① 此剧是萧伯纳首部获得公演的剧作,后收入萧伯纳的戏剧集 *Plays: Pleasant and UnpleasantVol*. 2, London: G. Richards, 1898.

② [爱尔兰]叶芝:《叶芝抒情诗全集》,傅浩译,中国工人出版社 1994 年版,第 629 页。

③ 赵澧(1919—1995),籍贯四川,早年毕业于中央大学外文系,后赴美国华盛顿大学留学,专攻莎士比亚研究,先后任教于四川大学、中国人民大学。著有《莎士比亚传论》(中国人民大学出版社 1991 年版)等。

④ 目前,尚无中文版《叶芝全集》出版,比较重要的叶芝作品集是由王家新选编的《叶芝文集》(全三册)(东方出版社 1996 年版),其中《叶芝文集卷一·朝圣者的灵魂:抒情史·诗剧》中收录的《心愿之乡》即为赵澧的译本。

改，于1912年2月22日在都柏林阿比剧院演出。这里的译文所根据的便是伦敦欧内斯特本恩公司出版的‘艾塞克斯文库’中的修订本。”①“埃塞克斯文库”（Essex Library）由伦敦的Ernest Benn出版公司于1929年至1932年出版，共52册，由爱德华·霍克（Edward G. Hawke）主编。该套丛书主要包括19至20世纪英语文学作品，除叶芝外，还包括乔治·威尔斯（H. G. Wells）的《琼和彼得》（*Joan and Peter*）、约瑟夫·康拉德（Joseph Conrad）的《奥尔迈耶的愚蠢》（*Alamyer's Folly*）、乔治·摩尔（George Moore）的《伊维琳·伊尼丝》（*Evelyn Inness*）等。该套丛书所收录的叶芝作品书名为*The Land of Heart's Desire and The Countess Cathleen*，即《〈心愿之乡〉与〈凯瑟琳伯爵小姐〉》，出版于1929年。赵澧所依据的正是这个版本。

朱维之没有说明在翻译时所用的英文底本为哪种。但是，将其译文与赵澧的译文进行比较，可以发现双方的译文差异明显。因此，朱译的底本应与赵译所依据的“埃塞克斯文库”版不同。实际上，在收入“埃塞克斯文库”之前，《心欲的国土》或《心愿之乡》（*The Land of Heart's Desire*）还曾以不同形式得以出版。该剧本最早由英国伦敦的T. Fisher Unwin出版社于1894年出版单行本。② 1895年，T. Fisher Unwin在英国伦敦和美国波士顿出版了叶芝的作品集*Poems*，其中包括*The Land of Heart's Desire*和*The Countess Cathleen*（《凯瑟琳伯爵小姐》）两个剧本。*The Land of Heart's Desire*于1911年2月18

① ［爱尔兰］威·勃·叶芝，赵澧译：《心愿之乡》，《世界文学》1981年第4期。

② 该初版本的封面正是由比亚兹莱为该剧首演所设计的海报。同时，T. Fisher Unwin是叶芝作品最重要的出版商之一。

日在都柏林阿比剧院(The Abbey Theatre)首演。[①] 近一年后,1912 年 1 月,叶芝对该剧本进行了全面修订,并对此修订版十分满意。[②] 如赵澧所说,1912 年 2 月 22 日,阿比剧院上演了该修订版。同年 6 月,该修订版由 T. Fisher Unwin 出版社发行。[③] 1924 年,T. Fisher Unwin 出版公司将《凯瑟琳伯爵小姐》与《心愿之乡》(或《心欲的国土》)合并在同一书中单独出版,并直接以 *The Countess Cathleen and The Land of Heart's Desire* 为名。1925 年,T. Fisher Unwin 把两部戏剧的先后顺序对调,重新命名为 *The Land of Heart's Desire and The Countess Cathleen*,将其作为"内阁文库"(The Cabinet Library)中的一卷出版。1926 年,T. Fisher Unwin 出版社与 Ernest Benn 出版社合并。所以,"埃塞克斯文库"版沿用了 T. Fisher Unwin 在 1912 年 6 月出版的修订版。[④]

需要说明的是,收入 T. Fisher Unwin 出版社在 1895 年出版的 *Poems* 中的 *The Land of Heart's Desire* 尚未经修改,与 1894 年初版本相同。因此,仅就文字内容而言,可以作为初版本使用。因而,将朱译本与 1895 年版、1912 年修订版两个英文原版进行比对可知,朱维之所用底本应为 1894 年的初版本或 1895 年版。同时,由于叶芝在

---

① John S. Kelly, *A W. B. Yeats Chronology*, New York: Palgrave Macmillan, 2003, p. 147.

② 叶芝认为修改后的剧本已经足以让他感到满意。原文为:"This winter, however, I have made many revisions and now it plays well enough to give me pleasure." Russell K. Alspach, *The Variorum Edition of the Plays of W. B. Yeats*, London: Macmillan, p. 210.

③ 据 1912 年版的《心愿之乡》的扉页信息,此次出版是该剧作的第 7 个版本。此前,除 1894 年初版本外,在 *Poems* 中曾分别于 1895、1899、1901、1904、1908 年出版。实际上这只统计了该剧在英国的发行,美国版本并未统计在内。

④ Allan Wade, *A Bibliography of the Writings of W. B. Yeats*, London: Hart-Davis, 1968, p. 104.

1912 年修订版中对初版本做了全面修订,改动增删数十处,且朱维之与赵澧均较为忠实地将原文译出,这也就导致了朱译与赵译在内容上存在相应的差异。仅举该剧开篇两处差异及对应的朱译、赵译如下:

其一,在剧本的正文前,作者交代了故事发生的时间、地点、环境等内容,不同版本在此处的表述存有差异。

1895 版:

The scene is laid in the Barony of Kilmacowen, in the County of Sligo, and the time is the end of the Eighteenth Century. The Characters are supposed to speak in Gaelic. ①

1912 版:

The scene is laid in the Barony of Kilmacowen, in the County of Sligo, and at a remote time. ②

朱译:地点——爱尔兰的斯磊戈乡村

时间——18 世纪之末叶

赵译:景设斯利戈郡的基马科温男爵领地内。时间是遥远的古代。

此处,朱译对原文有所删减,但其准确译出的“18 世纪末”这一时间信息只有在 1894 年或 1895 年版本中存在,其他版本中都被作者删除了,这也使得赵译中缺少这一关键内容。

其二,在布景方面,叶芝描述了美莲家庭内部的环境,以及美莲的动作姿态,不同版本对此处的描述差别明显。

---

① W. B. Yeats, *Poems*, London: T. Fisher Unwin, 1895, p. 159.

② W. B. Yeats, *The Land of Heart's Desire*, London: T. Fisher Unwin, 1912, p. 1.

1895 版:

MAIRE BRUIN sits on the settle reading a yellow manuscript. ①

1912 版:

MARY BRUIN stands by the door reading a book. If she looks up she can see through the door into the wood. ②

朱译:美莲坐在高背椅上读着一本黄色的稿本。

赵译:玛丽·布鲁因站在门边读一本书。她抬起头来就可以穿过门看到树林子。

本文无意全面比较各个英文版本在文字上的不同,更无意罗列朱译与赵译由此而造成的差异。实际上,具体到个别语句的翻译,赵译与朱译各有侧重,难言优劣。例如,原剧中有一段女主角的告白,除人物名由 Maire 改为 Mary 外,1895 版与 1912 版在此处的内容一致。原文为:

Father, I am right weary of four tongues:
A tongue that is too crafty and too wise,
A tongue that is too godly and too grave,
A tongue that is more bitter than the tide,
And a kin tongue too full of drowsy love,
Of drowsy love and my captivity.

这是美莲在向哈特神父表达自己对四种人或四种品行的厌恶。两个汉译本对这一段的翻译体现了迥异的美学取向。

---

① W. B. Yeats, *Poems*, London: T. Fisher Unwin, 1895, p. 161.

② W. B. Yeats, *The Land of Heart's Desire*, London: T. Fisher Unwin, 1912, p. 1.

朱译：

美莲 神父呵，我的确厌恶四种语言：

太狡猾而尖利的语言，

太神圣而严厉的语言，

比潮水还泼辣的语言，

迷糊于我爱情的语言，

——迷糊着作我爱情俘虏的语言。

赵译：

玛丽 神父，我真讨厌这四根舌头：

一根是过于奸狡又太聪明，

一根是过于虔诚又太严肃，

一根是比潮水更加刻毒，

一根虽仁慈却有太多爱情，

令人厌烦、令我拘束的爱情。

不难看出，朱译侧重格律与句式的工整，采用了意译的方法；赵译注重对原文的忠实翻译，近乎直译。孰优孰劣，难分伯仲，恰可以为不同审美取向的读者提供不同的阅读选项。

三、文学翻译与民族意识

在确定朱维之与赵澧所依据的翻译底本不同之后，更值得追问的是，朱维之为什么会选择翻译叶芝《心欲的国土》这部诗剧。该剧叙述了美莲的灵魂冲破爱情、金钱等人世间的羁绊和诱惑，尤其是拒绝了基督教的庇护和挽留，最终跟随仙童走向仙境，这与《青年进步》致力于阐扬基督教思想的办刊宗旨相悖，甚至与朱维之本人的宗教信仰存在冲突。朱维之的译作是因何种具体原因而获得了编辑团队的认可,如今已不易考。但是,通过对该剧思想内涵的解析,并结合朱维之对新文学的评论文章,可以推论,《心欲的国土》中深厚的民族意识、叶芝对爱尔兰民间文学资源的化用,以及朱维之对新文学时期戏剧创作的不满,这三重原因共同促使他将该剧译出。

首先,《心欲的国土》中的爱尔兰民族意识吸引了朱维之的注意。叶芝及其作品在五四之后进入中国知识分子的视野,茅盾、郑振铎、王统照等人对叶芝作品的译介均侧重介绍其中蕴含的民族意识。研究表明,正是由于爱尔兰文艺复兴运动振兴民族文学的目标,道出了新文学运动者胸中勃发的民族精神,我国的译者才对叶芝怀有强烈的情感认同,并将他定位为民族主义诗人。① 20 世纪 20 年代的朱维之也格外重视文学与时代、民族之间的关联性。从 1925 年 2 月至 1929 年 3 月,朱维之在《青年进步》共发表了 17 篇作品。其中,《最近中国文学之变迁》与朱译《心欲的国土》同期刊出。朱维之在文中强调了新文学与时代主题之间的密切关联,表现了鲜明的左翼思想倾向。他认为,"今后的文学,愈将接近民众,而为民众的呼声,其声粗犷而洪大,不复作靡靡之音了;愈将接近社会问题;而作积极的呼喊,不复专事吟风弄月,消磨岁月于'衰草''斜阳'之间了"。更重要的是,在朱维之看来,文学的重要性已经超越了艺术的领域,而与整个民族国家的命运相关联,文学之优劣不但可以反映民族国家之强弱,文学还可以作用于民族国家之命运。他在另一篇长文《十年来之中国文学》中呼吁:"我们中华民国在各国有相当的地位,非有几部文学杰作不可;要各国人了解我们民族的伟大,非有文学杰作不可。否

① 王珏:《中国叶芝译介与研究述评》,《外国文学》2012 年第 4 期。

则虽有机关枪可对打,人家看你还是野蛮的呀!”①换言之,文学作品是否契合时代主题、是否体现民族意识、是否反映民族文化,这关乎国家的地位与尊严。作为经历过大革命洗礼的青年,在左翼文艺浪潮中,朱维之热切期望通过文学作品反映时代精神、唤醒民族意识。②

因此,面对爱尔兰民族意识浓厚的《心欲的国土》,朱维之自然能够敏锐且准确地把握其思想内涵。他在“译者识”中介绍叶芝为“爱尔兰文艺复兴运动最有力的人物”,“他的作品多取材于爱尔兰的民间传说和风俗,带着浓厚的地方色彩”。然而,出人意料的是,朱维之对该剧的民族主义色彩似乎欲言又止。他介绍道:“《心欲的国土》(*The Land of Heart's Desire*)有人说是鼓吹爱尔兰革命的;实则其内容没有政治的色彩,只有爱尔兰古代的神仙,居留在基督教帝国的山洞里。有超脱的热望,有美与自由的追求。”这番表述似乎是有意要消解此剧本的民族主义色彩。不过,显而易见的是,朱维之在“译者识”中对剧作的介绍却与剧本内容不符。实际上,叶芝在文中对基督教并没有表现出特殊的青睐,反而将其视作束缚美莲/爱尔兰的力量,甚至借美莲之口对基督教予以批判。此外,剧中的仙童也并非居住在“基督教帝国的山洞”,相反,仙童对耶稣圣像充满了恐惧和厌恶。仙童不但疑惑地发问,“那黑十字架上的怪物是什么?”并惊恐地大喊,“把牠藏起来呀,把牠藏起!”以及“不要使牠出现在视线里或

① 朱维之:《十年来之中国文学》,《青年进步》1927 年第 100 期。

② 在进入青年会书局工作之前,朱维之曾在郭沫若领导下的北伐军总政治部工作,任第三军宣传科长,亲身经历过大革命的高潮与低谷。参见梁工:《朱维之先生与基督教文学研究》,卓新平、许志伟编,《基督宗教研究》(第二辑),社会科学文献出版社 2000 年版,第 491 页。

心里”。[1] 实际上,叶芝并不信仰基督教。叶芝的父亲在中年时期放弃了基督教信仰,叶芝在从事文学创作之初也拒绝了基督教。虽然叶芝并未从学理上论证基督教的无效性,但是他从威廉·布莱克(William Blake)、雪莱(Percy B. Shelley)等诗人那里继承了崇尚想象的精神特质,而基督教却被浪漫主义诗人们认为是一种陈腐的信仰(outworn creed),它钳制诗人的想象力,限制了人类精神(human spirit)的生发。对于叶芝这样具有高度自我意识的个人主义者来说,基督教信仰是不可接受的。[2] 亦有研究指出,“他(叶芝——引者注)不认为基督教是唯一的真理所在,而更醉心于东方的神秘主义;不认为基督教文明能够永世长存,而视之为人类历史循环中的一个段落,而且是不怎么进步的一个段落。作为诗人,他更是兼收并蓄,把基督教圣经及其他文化遗产当作他的‘神话意象库’中的部分素材,随心所欲地拿来加以创造性的运用。”[3]不过,需要指出的是,翻译这一包含反基督教或批判基督教元素的戏剧,并不意味着译者朱维之对基督教的彻底否定。在整部剧作中,基督教元素并非重点,批判基督教也并非本剧的主旨,爱尔兰民族意识才是该剧的思想灵魂。

因此,朱维之在“译者识”中对《心欲的国土》所做的概述与叶芝原意有所违背,或许是碍于自己的宗教信仰,又或是顾及到《青年进步》的出版需要而采取的某种折中处理,然而在客观的阅读效果上却起到了欲盖弥彰的作用。

---

① [爱尔兰]夏芝作,朱维之译:《心欲的国土》,《青年进步》1928 年第 117 期。

② T. McAlindon, “Divine Unrest: The Development of William Butler Yeats,” in *The Irish Monthly*. Vol. 83. No. 968. (April. ,1954), p. 152.

③ 傅浩:《叶芝作品中的基督教元素》,《外国文学》2008 年第 6 期。

其次,叶芝在《心欲的国土》中化用了爱尔兰民间故事和歌谣,这正是朱维之所关注的。在《十年来之中国文学》中,朱维之强调了民间文学,特别是民间歌谣的重要意义。他称赞道:“北京大学的歌谣研究会所收来的山歌童谣已达几千首,里面有价值作品不少,这些是真正的‘国风’了。我们看《各省童谣集》《北京民歌》《吴歌甲集》《歌谣周刊》以及各报上所载的民歌,直可与《国风》《乐府》比拟而无逊色了。”[①]朱维之对民间文学(特别是民间歌谣)的重视,主要源自朱自清的影响。从在北大读书时起,朱自清就非常关注周作人、刘半农等人发起的“北京大学歌谣研究会”及“歌谣运动”。据编者常惠的回忆,朱自清常在《歌谣》的发行处等候新一期杂志出版,以求先睹为快。[②] 此后,朱自清曾在清华大学讲授“歌谣”课程,其讲义后经整理出版为《中国歌谣》一书。[③] 1923 年,朱自清到浙江温州中学任教时,朱维之正在该校就读,得以“亲受教诲”。几十年后,朱维之在纪念朱自清的文章中表示,“这位老师(朱自清——引者注)所给我的影响也特别地大。不但在学校时受他的教诲,离开了学校之后还不断地向他学习”。[④] 朱维之还曾就《圣经·诗篇》请教朱自清,“他说圣经中有不少很好的文学作品,比如《雅歌》就是民间的情歌。他的简单回答肯定了圣经的文学价值,使我放心地把它当做文学著作来

① 朱维之:《十年来之中国文学》,《青年进步》1927 年第 100 期。

② 常惠:《回忆〈歌谣〉周刊》,《民间文学》1962 年第 6 期。

③ 朱自清:《中国歌谣》,作家出版社 1957 年版。

④ 朱维之:《向佩弦先生学习》,载江苏省政协文史资料委员会编,《朱自清》,江苏文史资料编辑部 1992 年版,第 145 页。

研究。”[①]有此渊源，朱维之对民间文学、民间歌谣也就格外关注。因此，叶芝不遗余力地搜集出版爱尔兰民间故事歌谣，并将其化用在《心欲的国土》中，这对于朱维之来说具有特殊的吸引力。

另外，朱维之对自文学革命至1927年间的新文学戏剧创作并不满意。在《十年来之中国文学》中，朱维之逐一点评了胡适、郭沫若、田汉、欧阳予倩等人的戏剧作品。其中虽不无佳作，但在总体上，朱维之认为“近年来戏剧不很发达”。究其原因，他认为一方面是观众与剧院的问题，“看戏的只知有趣，营业者只知道博看官们的欢喜，可以多赚些钱”；另一方面是演员与编剧的责任，“演戏不用剧本，临时发挥，随机应变，聊博一笑而已”。[②] 故而，朱维之将叶芝《心欲的国土》译出，既为青年读者提供了优秀戏剧作品，又为中国现代戏剧的创作提供了可资借鉴的范本。

综上所述，朱维之译叶芝戏剧《心欲的国土》是该剧的第一个汉译本，且由于所依据底本的不同，而与20世纪80年代的赵澧译本多有差异。该剧深厚的民族意识以及叶芝对爱尔兰民间文学资源的巧妙化用，不但与朱维之的文化关怀相契合，也为成长中的中国现代戏剧提供了师法的对象。在多种因素的合力作用下，朱维之将该剧译出，并通过颇具影响力的《青年进步》介绍给青年读者，可谓用心良苦。

原刊于：《汉语言文学研究》2020年第4期

① 朱维之：《自传》（书稿），转引自梁工：《朱维之先生与基督教文学研究》，载卓新平、许志伟编：《基督宗教研究》（第二辑），社会科学文献出版社2000年版，第490页。

② 朱维之：《十年来之中国文学》，《青年进步》1927年第100期。

第四章

《青年进步》刊程小青汉译小说考论

程小青以其侦探小说创作与翻译被文学史家誉为“侦探小说‘中国化’的宗匠”①。不过，在侦探小说译作之外，程小青的“非侦探小说”翻译实践却尚未引起研究者足够的重视，他对柯南·道尔同时期的英国与欧陆文学的关注亦不为人所注意。本文以《青年进步》所刊载的程小青汉译小说作品为主要研究对象，在阅读小说文本，并就其创作、出版、翻译情况做简要探析的基础上，考察程小青的翻译实践与《青年进步》杂志、个人宗教信仰等方面的关联，并对程小青的翻译旨趣进行探索，进而指出程小青对十九世纪西方文学的重视，以有助于深入理解程小青的译作实践与文学史形象。

一、程小青与《青年进步》

以1914年的《灯光人影》为开端，程小青开始了“霍桑探案”系列的创作。由此，程小青的侦探小说译作逐渐受到读者和文艺界的关注。其中，20世纪20年代是程小青侦探小说译作的重要时期，其译作主要刊登于《侦探世界》《新闻报》《礼拜六》等杂志。实际上，就

① 范伯群:《中国现代通俗文学史》(插图本)，北京大学出版社2007年版，第426页。

在忙于创作翻译侦探小说的同时,程小青还翻译了数量可观的非侦探小说,并主要刊登在了基督教杂志《青年进步》上。从 1921 年 7 月至 1927 年 3 月,在近六年的时间内,程小青共为《青年进步》供稿译作 20 篇,含 17 篇小说,2 篇传记,1 篇论文。考察 20 年代程小青的翻译活动可知,虽然程小青在译作侦探小说之外,还曾为《妇女杂志》翻译了近 30 篇与科学相关的短文,内容涉及无线电、光学、发酵等方面的知识,[①]并在他自己主编的《新月》发表了一些旧体诗和杂文;[②]但《青年进步》是此时期内唯一集中连续刊载程小青非侦探文学译作的刊物,值得关注。

然而,因其宗教色彩,《青年进步》(1917—1932)历来较少为现代文学研究者关注。该杂志由中华基督教青年会全国协会主办(简称"青年会"),由青年协会书局出版,主编为范子美[③]。虽然由基督教机构主办,但《青年进步》却并不囿于基督教教义的宣传,而是旗帜鲜明地以现代知识青年为主要读者群体,其内容涵盖基督教思想研究、近现代哲学、儒家经典释读、科学常识、欧美近现代文学、社会学等内容,是一份综合性文化月刊。从 1917 年创刊至 1932 年因上海一·二八事变爆发而停刊,共出版 150 期。对于该刊物的宗旨,范子美阐述为,"《青年进步》的宗旨就是青年的进步","所以,《青年进

---

① 参见 1920 年《妇女杂志》第 6 卷,第 2、3、4、5、6、10、11、12 各期"常识"栏目所刊登的《科学识小》。

② 参见《新月》1925 年第 1 卷第 2、3、4 期,1926 年第 1 卷第 6 期,1926 年第 2 卷第 1 期。《新月》由程小青、钱释云主编,上海新月杂志社发行,1925 年 8 月 15 日创刊,主要刊登小说、杂文,以及电影评论等文章。主要撰稿人有程小青、钱释云、范烟桥、徐卓呆等。

③ 范子美(1866—1939),名祎,字子美,号皕诲,江苏苏州人,青年协会书局出版人、作家、编辑。

步》想把那青年在现时代,怎样立身,怎样处世的方法,采用世界学者的议论,完全介绍于全国青年”。① 其中,文学是《青年进步》实践青年会从“德、智、体、群”四个方面培养青年健全人格的重要工具。《青年进步》从创刊起就对文学投入了相当高的热情,发表了大量新旧体诗歌、小说、散文、游记等作品,因其发行量巨大,从而成为了青年读者文学阅读的重要来源。②

程小青之所以会为《青年进步》长期供稿,首先与他的宗教信仰有关。在现有研究中,研究者对于程小青的宗教信仰的关注尚不多见。范伯群曾指出程小青于 1917 年经人介绍加入了基督教监理会(后改为“中国基督教卫理公会”)。③ 对于程小青经由何人介绍入教,以及他加入教会后的宗教活动等问题则仍有待细致探究。实际上,程小青对自己的基督教信仰并不避讳。1949 年 8 月 1 日出版的佛教刊物《觉讯》④上刊登了程小青致佛教居士尤智表⑤的信《与尤

① 范丽海:《青年进步的宗旨》,《青年进步》第 46 册,1921 年 10 月。

② 据何凯立的研究,《青年进步》创刊 9 个月(1917 年 3 月至 12 月)的发行量为 46975 册,1918 年全年的发行量为 52416 册。学生和各地青年会组织是该刊物的主要订户,后者用该刊物来培训会员和骨干分子。参见[美]何凯立:《基督教在华出版事业(1912—1949)》,陈建明、王再兴译,四川大学出版社 2004 年版,第 231 页。

③ 范伯群:《中国现代通俗文学史》(插图本),北京大学出版社 2007 年版,第 426 页。此外,程小青的女儿程育真为民国时期基督徒女作家,作品有《圣歌》《星星之火》《流泉曲》等,多刊于《万象》《中美周报》《紫罗兰》等刊物。相关研究参见曹晓华:《论基督教文化与程育真的文学创作》,《安庆师范学院学报(社会科学版)》,2012 年第 2 期。

④ 《觉讯》(月刊)由上海市佛教青年会发行,1947 年 1 月 1 日创刊,1949 年 8 月 1 日停刊,共出版 32 期,编辑为丁鸿图。

⑤ 尤智表,字佳章,江苏苏州人,毕业于“交通部上海工业专门学校附中”(交通大学前身),后进入商务印书馆担任编译员。曾赴美国哈佛大学留学,回国后任杭州“中央航校”无线电教官,兼任浙江大学教授。自少年时喜爱佛学,曾发表《一个科学者研究佛经的报告》,载《正信》第 12 卷第 5 期,1946 年 7 月 15 日。

智表居士书(佛教与基督教之比较讨论)》,以及尤智表的回信《答基督徒程小青先生书》。对于基督教,程小青在信中表示,“惟宗教信仰重在专一实践,即对于社会人群之影响,实为首要,神学理论乃属其次。耶稣之‘非以役人乃役于人’之教条,颇得普世信徒之遵行,殊有日益发皇之趋势,十字架象征救人,已成普遍之标识,即可见其一斑”。由此可见,作为基督徒的程小青对基督教社会实践的重视程度远高于基督教神学理论。值得注意的是,程小青在文中所提到的基督教教条“非以役人,乃役于人”正是《青年进步》的主办方中华基督教青年会的神学宗旨。因此,程小青对基督教的理解与中华基督教青年会高度契合,双方对基督教的认识都侧重于以基督教的仁爱精神服务社会、改造社会,而不在于对神学教条的循规蹈矩。

其次,除精神层面的契合之外,程小青作为颇具知名度的作家,备受当时各类报刊媒体与读者的关注。[①] 因此,《青年进步》积极刊登程小青的译作,不无借助其大名从而提升杂志对青年读者吸引力的考虑。虽然依据现有材料来看,程小青与青年会、《青年进步》的历史往来细节尚不明确,但从其长期为《青年进步》供稿,并应邀撰写《青年进步》百册纪念文章可以看出,他与杂志的编辑团队之间保持了长期的交往。[②] 这其中,他与范子美的“同乡之宜”显然发挥了重

---

① 例如,程小青的照片曾是20年代初期各刊物纷纷刊载的热门内容。仅举几例:商务印书馆出版的《小说世界》1925年第12卷第3期;《新月》创刊号,1925年8月15日;由上海大东书局出版,周瘦鹃主编的《半月》第2卷第1期,1922年9月6日;《半月》第2卷第11期“春节号”,1923年2月16日;《半月》第3卷第6号“侦探小说号”,1923年12月8日;等均刊登了程小青的照片,可见程小青在当时通俗小说界的流行程度。

② “本志的编辑先生,因着本志十周年纪念,要出一本特刊,叫我做一篇关于十年来中国小说界的情形的论文……承蒙编辑先生的雅爱,一再敦促,实有欲罢不能之势。”见程小青《十年来中国小说的一瞥》,《青年进步》第100册,1927年2月。

要作用。

二、《青年进步》所刊程译小说

整体来看,《青年进步》所刊程小青汉译小说的宗教色彩并不浓重,只有部分作品属于劝善惩恶主题,意在发挥小说的道德教化功能。这部分作品与程小青的基督教信仰,以及《青年进步》以文学培育青年健全人格的初衷相契合。其余大部分作品出自欧洲名家之手,并无明显宗教思想印记。《青年进步》刊程小青汉译小说共 17 篇(15 部),分别为:

1.《罢工破坏者》,A. S. M. Hutchinson 著,程小青译,第四十五期,1921 年 7 月。

2.《父亲给的汽车》,程小青,第四十八期,1921 年 12 月。

3.《荷尔福特的自由》,程小青,第五十一期,1922 年 3 月。

4.《鱼的故事》,俄国乞呵夫著,程小青译,第五十三期,1922 年 5 月。

5.《盲人乡》(未完),英国威尔士著,程小青译,第五十四期,1922 年 6 月。

6.《盲人乡》(续上册),英国威尔士著,程小青译,第五十五期,1922 年 7 月。

7.《决斗》,莫泊三著,程小青译,第五十六期,1922 年 10 月。

8.《磨坊的被攻》(未完),法国曹拉著,程小青译,第五十九期,1923 年 1 月。

9.《磨坊的被攻》(续),法国曹拉著,程小青译,第六十期,1923 年 2 月。

10.《信箱》,法国摆才痕著,程小青译,第七十一册,1924 年

3 月。

11.《一块面包和一个兵士》,法国考贝著,小青译,第七十三期,1924 年 5 月。

12.《替身》,法国考贝著,程小青译,第七十九期,1925 年 1 月。

13.《父与子》,法国考贝著,程小青译,第八十期,1925 年 2 月。

14.《老爵士的门》,英国斯蒂文森著,程小青译,第八十一期,1925 年 3 月。

15.《笑脸》,程小青,第八十二期,1925 年 4 月。

16.《镜子》,法国门第兹著,程小青译,第八十三期,1925 年 5 月。

17.《预言》,西班牙 Pedro Antonio De Alarcon 著,程小青译,第一〇一期,1927 年 4 月。

需要说明的是,《父亲给的汽车》《荷尔福特的自由》《笑脸》三篇在原刊物中并未标明为译作。但是,根据文章内容来看,小说人物及故事情节均具有浓重的西方背景,不能完全排除为译作。

首先,这些小说多为欧洲近现代文学作品,均由程小青根据英文本译出,其原作者中不乏左拉、莫泊桑、契诃夫等世界著名作家。通过对这些小说的阅读,并对其出版、英译状况进行考察,可以看出,程小青在选译这些文学作品时展现了他对 19 世纪世界文学所持有的开阔视野与浓厚兴趣。

乞呵夫(现译契诃夫)的《鱼的故事》创作于 1883 年,英文译名为 *A Slander*(直译为《谣言》),早期英译本收入英国女翻译家康斯坦斯・加内特(Constance Garnett)翻译的契诃夫小说集《〈盗马贼〉及其他》(*The Horse-Stealers and Other Stories*,1921)。[①] 小说讲述教师挨根衣夫在女儿的婚宴上对一条鱼表现出很高的兴趣,并"合著嘴唇做出一种声音,好像从来没有抹油的车轴榨轧出来的声音一般"。这一声音恰巧被他的同学凡痕克听见,并怀疑他是在和厨娘接吻。挨根衣夫断然否认后却又担心凡痕克会四处散布谣言。于是,挨根衣夫抢先一步,向宾客们解释自己并没有和厨娘有任何私情。结果,弄假成真,亲友和上司都怀疑他与厨娘确有私情。最终,当挨根衣夫得知并非凡痕克传播谣言后,他对散布谣言者的身份百思不得其解。程小青在"译者识"中指出,"此篇从英文重译,描写一种'庸人自扰'的神情,可谓淋漓尽致"。他对契诃夫的评价也很高,"他(契诃夫)虽生长在贫窭人家,然而他的天才极高,用笔也极深刻"。从这一段评语可以看出,程小青对契诃夫精准深刻的讽刺笔法赞叹不绝,该小说也是程小青所翻译的为数不多的俄国小说作品之一。

莫泊三(现译莫泊桑)的《决斗》也创作于 1883 年,法文原名为 *Un duel*,英译名为 *A Duel*,初刊于 1883 年 8 月 14 日的巴黎《高卢报》(*Le Gaulois*),早期英译本收入 1903 年出版的英文十卷本《莫泊桑短篇小说全集》(*The Complete Short Stories of Guy de Maupassant*)的第七卷。[②] 小说中的故事发生在普法战争之后,退役的法国士兵杜蒲斯乘火车从巴黎前往瑞士,在车上他受到普鲁士军官的挑衅,杜蒲斯赢得了两人之间的决斗,击毙了普鲁士军官,维护了自己和法国人的尊严。两个英国乘客全程充当看客,胆小而又滑稽。小说既表现出了

① 1921 年由英国麦克米兰出版公司(The Macmillan Company)在美国纽约出版。

② 这套英语十卷本《莫泊桑短篇小说全集》于 1903 年在美国纽约出版,出版社为 Walter J. Black Inc.

莫泊桑的爱国思想,又饱含象征意味地批判了普鲁士的侵略行径,并对英国在普法战争中的无所作为,甚至在客观上纵容普鲁士侵略的行为予以讽刺。

曹拉(现译左拉)创作于1880年的《磨坊的被攻》同样以普法战争为题材,其法文原名为 *L' Attack du Moulin*,英译名为 *The Attack on the Mill*。① 该小说的英译本最早为《〈磨坊之围〉及其他有关战争的速写》(*The Attack of the Mill and Other Sketches of War*),1892年由英国伦敦威廉·海涅曼(William Heinemann)出版社出版,译者不详。小说写磨坊主兼市长的老茂列亚的女儿佛兰珂哀斯与比利时青年杜密聂克成婚。不料,他们三人被普鲁士军队俘虏,磨坊也被占领。在老茂列亚和佛兰珂哀斯的帮助下,杜密聂克成功逃走,却又因普鲁士人以茂列亚作为人质,不得不返回磨坊。当法国援兵到来的时候,普法双方在磨坊发生了激战。最终,虽然法国军队取得了最终的胜利,但杜密聂克被普鲁士军队枪决,老茂列亚被流弹击中身亡,磨坊也在大火中付之一炬,只剩下佛兰珂哀斯伤心欲绝。与莫泊桑的《决斗》不同,左拉虽然在小说中表现了法国人不畏强敌的爱国战斗精神,但是小说最后的悲剧结尾突显了战争的残酷性,表明了左拉的反战思想。

其次,程小青选译的作品还出自一些在当时的中国文坛来说较为"小众"的作家之手。但是,这些作家多与程小青所熟悉的英国侦探作家柯南·道尔保持了直接或间接的历史关联。

---

① 该小说最早收录于1880年出版的小说集《梅塘夜谭》(*Les Soirées de Médan*)。此小说集由左拉、莫泊桑等六位小说家的中短篇小说组成,其中包括莫泊桑的中篇小说《羊脂球》。

《盲人乡》的作者署名为“威尔士”，即英国小说家赫伯特·乔治·威尔斯（Herbert George Wells，1866—1946），小说英文原名为 *The Country of the Blind*，原刊载于 1904 年 4 月号《海滨杂志》（*The Strand Magazine*，又译《河滨杂志》），①后收入威尔斯 1911 年在苏格兰爱丁堡出版的短篇小说集《盲人乡及其他》（*The Country of the Blind and Other Stories*）。值得注意的是，柯南·道尔曾是《海滨杂志》的重要撰稿人。从 1891 年 2 月至 1916 年 2 月，柯南·道尔在该杂志上共发表小说 121 篇，杂文 70 篇，“福尔摩斯探案”系列小说最早也在该刊物首刊。另外，威尔斯的科幻小说《登月先锋》（*The First Man in the Moon*）从 1900 年 12 月至 1901 年 8 月在《海滨杂志》连载，而接续它连载的正是柯南·道尔的小说《巴斯克维尔的猎犬》（*The Hound of the Baskervilles*），该小说从 1901 年 8 月至 1902 年 4 月在《海滨杂志》连载。② 两位作家之间也保持了长时间的交往。在小说正文前的“译者识”中，程小青介绍威尔斯为“英国现代著名作家之一”，“所著小说，多理想及科学作品”，并介绍《盲人乡》为“不特富于

① 该杂志由乔治·纽恩斯（George Newnes）在英国伦敦创办，月刊，1891 年 1 月创刊，1950 年 3 月停刊，共发行 711 期，主要刊登短篇小说及杂文，并为每篇文章配有插图，是侦探、奇幻类小说的重要刊物。该杂志是柯南·道尔研究的重要材料，相关研究参见［澳］罗伯特·维尔德：《海滨杂志和福尔摩斯》，ellry（刘臻）译，上海谜斗篷出版，2018 年。《海滨杂志》对莫泊桑的小说也十分推崇，曾刊登过莫泊桑的部分短篇小说，如以普法战争为背景的小说《俘虏》（*The Prisoner*），刊于《海滨杂志》第 4 卷第 21 册，1892 年 9 月，第 308 - 314 页，译者不详。另外，20 年代，该杂志曾作为“消闲杂志”而受到周瘦鹃的注意，在《说消闲小说杂志》中，周瘦鹃指出“著名之小说杂志，如《海滨杂志》《伦敦杂志》等，亦无非供人作消闲之品。”（瘦鹃：《说消闲小说杂志》，《申报》1921 年 7 月 17 日，第 18 版。）

② 有关威尔斯与柯南·道尔的关系研究，可参见 J. L. Cranfield. *Arthur Conan Doyle, H. G. Wells and The Strand Magazine's Long 1901: From Baskerville to the Moon*. English Literature in Transition, 1880—1920. 2013, Vol. 56(1), pp. 3 - 32.

想象力，仰且含象征之色彩，盖亦其名作之一也”。此外，威尔斯还受到了程小青之友、“鸳鸯蝴蝶派”作家俞牖云的关注。他曾撰文介绍威尔斯，称其为“科学小说家”，且“其魄力之伟，思想之富，今之世界文豪，鲜有出其右者。”①诚如程小青、俞牖云所说，威尔斯最受研究者关注的是其创作的科幻小说及反乌托邦主题小说，而《盲人乡》则正是科幻与反乌托邦小说的结合。小说写一个英国登山队请挪纳士作为向导，在攀登至顶峰时，挪纳士不幸坠入山谷，却也因此偶然间进入到了宛如世外桃源般的盲人乡。顾名思义，盲人乡里所有的人自出生时均为盲人，且此处与外界隔绝，并不相信人有视觉。乡人将挪纳士有关视觉的言论视为天方夜谭，认为他发了疯，且只有将其眼睛摘除才能治好他的病。最终，虽然留恋盲人乡中少女米第娜的爱情，但挪纳士还是选择了光明，逃离了盲人乡。显然，威尔斯笔下的盲人乡并非真正的世外桃源，其居民愚昧偏执，现代人唯有放弃盲人乡的种种诱惑，逃离此地，才能拥有光明，重回理性。作为空想社会主义的信徒，威尔斯以反乌托邦的手法在高度象征性的叙事中对20世纪初期英国资本主义社会黑白颠倒的荒谬现状提出了严厉批评。小说既展现了威尔斯丰富的想象力和犀利的社会批判力，又不乏趣味性，这或许正是程小青所欣赏的。

《罢工破坏者》是英国作家哈钦森（A. S. M. Hutchinson，1879—1971）1921年的作品，原名为 *The Strike Breaker*，同样刊登于《海滨杂志》（1921年1月）。小说讲述八岁的小女孩露娜以自己的善良感动了舅舅白塞脱，使其答应了罢工工人的要求，从而顺利解决了劳资之

---

① 俞牖云：《英国现代大小说家小传三威尔斯 Herbert George Wells》，《申报》1921年7月17日，第18版。

间的矛盾。哈钦森以儿童的善心作为解决劳资纠纷的钥匙显然具有过分理想化的倾向,但这恰恰符合《青年进步》对小说以道德为主题的要求。哈钦森与柯南·道尔活跃在大致相同的历史时期内,并都受到当时批评界的关注。1923 年,英国作家阿德科克(Arthur St John Adcock,1864—1930)出版了一本名为《现代格拉布街诸神:当代作家印象》(*Gods of Modern Grub Street: Impression of Contemporary Authors*)的书,内容为他对英国当代 32 位知名作家的认识,并配有摄影家赫普(Emil Otto Hoppe)的 32 幅作家肖像照,犹如一本"英国文坛点将录",柯南·道尔和哈钦森均名列其中,受到作者的高度评价。由此也可看出英国主流文学界对他们的认可。

另一篇英国小说《老爵士的门》的作者是英国 19 世纪小说家史蒂文森(Robert Louis Stevenson,1850—1894),他也是柯南·道尔的好友。小说英文原名为 *The Sire de Maletroit's Door*,中文译名为《玛绰伊爵士的门》,创作于 1877 年,初刊于 1878 年 1 月出版的伦敦《圣殿关杂志》(*Temple Bar*)。该小说写青年骑士谈纳司在夜晚误入老爵士梅勒德洛的家门,并在因缘巧合下与其侄女白兰克成婚。该小说的内容颇为离奇,后收入史蒂文森的奇幻小说集《新天方夜谭》(*New Arabian Nights*,1882)。[①] 柯南·道尔对《新天方夜谭》的评价很高。在 1893 年 5 月 30 日致史蒂文森的信中,柯南·道尔曾称赞《新天方夜谭》中的一篇名为《海岸孤亭》(*The Pavilion on the Links*,

---

① 《新天方夜谭》共包括六部小说,分别为《自杀俱乐部》(*The Suicide Club*)、《印度王大钻石》(*The Rajah's Diamond*)、《海岸孤亭》(*The Pavilion on the Links*)、《玛绰伊爵士的门》(*The Sire de Maletroit's Door*)、《诗人维隆的一夜》(*A Lodging for the Nights*)、《六弦琴之恋》(*Providence and the Guitar*)。1882 年由伦敦 Chatto and Windus 出版社出版,在美国则由 Henry and Company 负责出版。

1880）的小说为“世界第一短篇小说”（the first short story in the world），并表示自己对史蒂文森仰慕已久。而在 1890 年写的《史蒂文森先生的小说创作方法》（*Mr. Stevenson's Methods in Fiction*）一文中，柯南·道尔甚至认为《海岸孤亭》是史蒂文森文学天赋的巅峰之作，足以让史蒂文森名留青史。① 作为英国维多利亚时期写作风格兼具浪漫与写实的重要作家，②史蒂文森的作品于 20 世纪初期开始被陆续译介到中国，其中小说集《新天方夜谭》是较早得以汉译的作品之一。③ 1908 年，商务印书馆出版了林纾和曾宗巩合译的《新天方夜谭》（简称林译本），作为“说部丛书初集”的第九十七编。不过，林译本为节译本，并不包括《老爵士的门》。因此，程小青翻译的《老爵士的门》是《新天方夜谭》中单篇小说最早的中译本之一。

《一块面包和一个兵士》《替身》《父与子》均为法国作家考贝（François Coppée，1842—1908）的作品。《一块面包和一个兵士》（*A Piece of Bread*）讲述少年公爵哈笛蒙自愿参军，在军队中因一块面包而结识了自幼孤苦的普通士兵其痕·未克土。在遇到长官查岗时，未克土替熟睡的哈笛蒙站岗，而正值敌人进攻，导致哈笛蒙被射杀。《替身》（*The Substitute*）讲述少年吕土克多次阴差阳错被捕入狱，出逃后假借海员的身份生活。当他看到街上以“悔罪”为内容的标语时

① Barry Menikoff, *New Arabian Nights: Stevenson's Experiment in Fiction*. Nineteenth-Century Literature, Vol. 45, No. 3 (Dec., 1990), p. 342. 该文作者认为，史蒂文森的《新天方夜谭》对柯南·道尔的创作产生了一定的影响，其中《海岸孤亭》的影响最为显著。

② 梁实秋认为，“他的作品具有维多利亚写实的作风，而又有前一时代的罗曼斯的意味，所以称之为写实的浪漫主义者最为恰当”。参见梁实秋：《英国文学史（三）》，新星出版社 2011 年版，第 1309 页。

③ 史蒂文森作品在中国的译介情况，可参见张文哲：《罗伯特·路易斯·史蒂文森作品在中国的译介》，《名作欣赏》2015 年第 12 期。

后，吕土克决定"改变他的旧性"，勤劳于建筑行业，并与纯朴的色文义成为好友。然而，在巴黎居住日久，色文义的性情逐渐堕落，最终他偷盗了公寓主人的三个金币。事发后，吕土克顶替色文义"承认"了偷盗行为，而被判处终身监禁。《父与子》则讲述少年福丘纳吐因可以得到一个五法郎的银币而答应藏匿逃犯東配洛，从而躲过士兵的追查。但是，在更大利益的诱惑下，福丘吐纳出卖了東配洛，他也因此而被正直的父亲麦梯沃枪决。这三个短篇小说有着非常鲜明的道德主题，分别为善良、忏悔、正义，是《青年进步》上比较常见的宗教道德劝说类小说。

值得注意的是，程小青所翻译的英国作家史蒂文森的《老爵士的门》、法国作家考伯的《一块面包和一个兵士》和另一位法国作家门第兹(Catulle Mendès，1841—1909)的《镜子》(*The Mirror*)均被收入美国1910年出版的英文小说集《世界短篇小说》(*International Short Stories*)，[①]且程小青翻译它们的时间相近。因而，有理由相信，程小青是根据此书翻译了这三篇小说。值得一提的是，《世界短篇小说》的第二卷在收录史蒂文森《老爵士的门》的同时，还收录了柯南·道尔的侦探小说《格尔斯索普庄园的秘密》(*The Secret of Goresthorpe Grange*，1883)。[②] 对于从1916年就开始从事柯南·道尔侦探小说翻

① 《世界短篇小说》(*International Short Stories*)共三卷，第一、二卷由威廉·帕顿(William Patten)主编，分别收录18至20世纪初期的美国、英国小说；第三卷由佛朗西斯·雷诺兹(Francis J. Reynolds)主编，收录18至20世纪初期的法国小说。该套小说集由P. F. Collier and Son出版社于1910年在美国纽约出版。

② 该小说1883年12月刊于《伦敦学会》(*London Society*)杂志，初发表时名为*Selecting a Ghost*，副标题为*The Ghost of Goresthorpe Grange*，之后出版时改用*The Secret of Goresthorpe Grange*或*The Secret of Goresthorpe*。

译的程小青来说,《格尔斯索普庄园的秘密》显然是他更熟悉的小说类型。然而,该小说并非常见的"福尔摩斯探案"系列小说,程小青也并未将其译为中文出版。

最后,《预言》的作者为西班牙作家阿拉贡(Pedro Antonio De Alarcon,1833—1891),该小说创作于1853,西班牙语原文名为*La Buenaventura*(直译为《幸运》),英译名为*The Fortune Teller*。小说讲述吉卜赛人海利迪向西班牙格拉纳达地区总队长报告逃犯派龙的行踪,以获得一千里尔的赏金。海利迪声称他曾见过派龙,并趁其不备逃了出来。他曾预言,派龙一个月内必死。十五天后,格拉纳达士兵准备出城剿匪,海利迪辨认出了伪装成士兵的派龙,派龙随即被处死,海利迪的预言成真。该小说富有"天命难违""恶有恶报"的意味,与基督教的因果报应思想一致。更为重要的是,阿拉贡是西班牙语侦探小说的先驱。1853年他创作的小说《钉子》(*The Nail*,西班牙语名为*El clavo*),是西班牙语文学侦探小说的开山之作,后收入1881年出版的阿拉贡小说集*Cuentos Amatorios*(直译为《爱情故事集》)。此小说集的出版与上述程小青选译小说的出版时期大致相同,均处于十九世纪末。这或许是程小青注意到阿拉贡的原因之一。

三、小结

从以上译文大致可以看出程小青的外国文学阅读取向。一方面,程小青在翻译柯南·道尔的侦探小说的同时,还较为广泛地关注到了与柯南·道尔处于同一时代的其他英国文学作家,尤其是与柯南·道尔存在一定历史关联的作家作品。由此可见,程小青对柯南·道尔的认知并不限于其侦探小说作品,他还有意识地对柯南·道尔所处的英国文学史语境进行了一定了解,有助于他更准确地把握柯南道尔与侦探小说的文学史意义。另一方面,程小青对西班牙作家阿拉贡、俄国作家契诃夫、法国作家左拉、莫泊桑、考伯等人作品的翻译,则在一定程度上反映出他文学趣味的多样性及其文学视野之广。

开阔的世界文学视野在使得程小青可以更清晰、更深入地认识到侦探小说独特的文学与社会价值的同时,又在时刻提醒他注意当时方兴未艾的中国现代文学与西方近现代文学的差距。在为《青年进步》第一百册写的《十年来中国小说的一瞥》中,程小青对 1917 年至 1927 年间中国小说的发展历程进行了回顾和总结。在从"形"与"质"两方面详述十年来小说创作的变迁后,程小青特别强调了翻译的重要性,尤其是翻译在推动新文学小说日渐欧化方面的特殊作用。对于小说的创作现状,程小青却并不满意,"至于真正有独立性的创作,现在还没有发见。我想再隔十年,大概总有些希望罢"。① 程小青在《青年进步》上所发表的这些欧洲小说译作,从主题到技法,可供新文学小说家借鉴之处良多,将其呈现在青年读者面前,或许寄托了程小青以翻译促进中国新文学小说创作的期望。

原刊于:《新文学史料》2020 年第 2 期

① 程小青:《十年来中国小说的一瞥》,《青年进步》第 100 册,1927 年 2 月。

附录一：

“转折时期”文学研究与空间理论：读杜英《重构文艺机制与文艺范式：上海，1949—1956》

历史转型的肇始向来为研究者所关注。[①] 然而，在当下中国现当代文学研究领域中，除了在一般的中国当代文学史叙述里有所论及外，针对1949年前后这一历史时段的文学史研究并不充分。杜英著《重构文艺机制与文艺范式：上海，1949—1956》（以下简称《重构》）一书引入了西方当代空间理论，使其研究从时间维度拓展到空间维度，弥补了先前研究的诸多不足与不见，为这一历史时段的文学史研究提供了新的思路和方法。

一、空间变化与文艺重构

《重构》一书“聚焦于1949—1956年间上海（且不限于上海）文人的地域分流与城市文化重组，文人于流变中的生存状况、文化处境、文学活动以及心态，当其时文化活动的组织，诸文化机构的调整

① 杜英：《重构文艺机制与文艺范式：上海，1949—1956》，上海三联书店2011年版，第1页。

与建构……”①杜英从空间视角关注到了1949年前后文人的离散、分流现象以及由此造成的不同地域空间之间的文化差异。但作者针对20世纪50年代中国大陆文人在有组织、有计划的模式下由城市流入乡村这一现象的论述则更为精细。在杜英的分析中我们可以看到空间理论的引入给历史文化现象的解读带来的全新视角,其中,空间与意识形态之间的紧密联系成为重要的研究内容。

诚如杜英所述,1949年前后文人的地域流动尚能体现他们的主体性;20世纪50年代的空间转移,更多地呈现出组织化的模式。②她详细分析了“深入生活”这一文艺思想的起源与从中央到地方以“深入生活”为主题组织的文化实践活动。对这一历史过程的描述并非难事,但资料的堆砌容易流于记流水账而无法洞见这一文化实践背后文化意义何在。杜英适时地引入了瑞士学者Bernard Schweizer的“旅行”理论,并认为中国作家“深入生活”也可视为一种“旅行”。但它指向的是知识分子或小资产阶级克服和超越既有阶级的意识形态,捕获革命意识的可性能。“深入生活”为作家获得先进的世界观提供了可能性。创作者不仅视“深入生活”为体验生活、搜集材料的文学问题,更是把它作为思想改造的过程看待。③ 显然,这种寄希望于由城市到农村的空间转移能产生改造思想作用的文化实践的背后是对城市与农村两种异质空间与两种意识形态的确认。在改造者的认识中,城市已经成为资产阶级意识形态的居所,而农村则保留了无

① 赵园:《序言》,载杜英著《重构文艺机制与文艺范式:上海,1949—1956》,上海三联书店2011年版,第2页。

② 杜英:《重构文艺机制与文艺范式:上海,1949—1956》,第33页。

③ 杜英:《重构文艺机制与文艺范式:上海,1949—1956》,第41页。

产阶级的意识形态，这印证了列斐伏尔对城市与资本主义、现代性的论述。当代空间理论认为，现代性的发生和发展在都市空间上体现得最为明显，城市是空间形态变迁、重组的标志。伴随着城市化水平的不断提高，越来越多的人开始离开乡村进入城市，“都市生活”成为越来越多的人的日常生活状态，市民的数量激增。因而，城市的规模扩大，其内部规划也越来越趋于精密，政府、医院、学校、公园、工业区等空间被按照不同功能而规划得井然有序，甚至一栋大楼内部的空间也因为其使用功能不同而分为了商场、酒店、停车场等不同区域。正是通过对城市空间的规划，资本主义建构出符合自身发展所需要的空间。恰恰在这一规划过程中，蕴含着一种空间政治学。在列斐伏尔之前，规划的空间总是被认为是自然的、客观的、中性的，并没有任何政治性意味蕴含其中，此时的空间是非政治性的，完全是中立的。列斐伏尔却认为，这种传统的观点是成问题的。“如今看起来空间是政治的。空间并不是某种与意识形态和政治保持着遥远距离的科学对象（scientific objects）。相反，它永远是政治性的和策略性的……空间一向是被各种历史的、自然的元素模塑铸造，但这个过程是一个政治过程。空间是政治的、意识形态的。它真正是一种充斥着各种意识形态的产物。”①考察当代空间理论的发展脉络，本雅明在列斐伏尔之前就已经对城市空间进行了分析。在《巴黎，19 世纪的都城》中，本雅明选取了巴黎最具代表性的几个空间意象进行了分析，其一便是拱门街。拱门街的出现要归功于商业的发展。作为豪华物品的交易中心，拱门街自出现伊始就占据了商业空间乃

---

① 包亚明编：《现代性与空间的生产》，上海教育出版社 2003 年版，第 62 页。

至都市生活空间的中心位置。它的结构造型充满艺术感,力求实用与艺术的完美结合,而钢铁与玻璃作为新型建筑材料的运用更是为它增添了更多的现代感。当拱门街出现时,人们无不赞叹、羡慕这一“新商店”、新建筑、新空间,而本雅明则发现拱门街的出现体现出了艺术与商业的结合,即普遍为商人服务的艺术出现了。拱门街的意义还不仅限于此,本雅明引用19世纪法国著名历史学家米什莱的观点说道:“每一个时代都梦想着下一个时代。”从这一角度再去重新审视在19世纪的巴黎出现的、以新型材料和新艺术形式、新建筑方法生产出的拱门街时,我们会发现这一意象凝聚着一种集体意识。本雅明认为,类似拱门街的这些意象是一些理想,其中集体的理想不仅寻求美化;而且要超越社会产品的不成熟性和社会秩序的缺欠。在这些理想中出现了突破过时了的东西的活跃的愿望,而过时的意味着刚刚过去的。这些趋势将把那些从新意识中获得最初刺激的幻想又带回到最初的过去。在每个世纪都在意象中看到下一个世纪的梦幻中,后者似乎与史前的因素——即无产阶级的社会相关联。这种社会经验在集体无意识中有它们的储蓄所,它们与新的意识相作用,产生出在生活各方面留下痕迹的各种各样的乌托邦,从坚固耐久的建筑到昙花一现的时尚。① 显然,本雅明将类似拱门街的建筑当作了解读巴黎这一都市文本乃至十九世纪这一发达资本主义时代的重要意象符号。这些意象符号不仅仅只是在构建都市、更新都市空间结构,更为重要的是它们在传达发达资本主义时代人们对现代性的无限向往和资产阶级意识形态,

① [德]本雅明:《发达资本主义时代的抒情诗人——论波德莱尔》,张旭东、魏文生译,生活·读书·新知三联书店2007年版,第181页。

这是对未来时代充满了乌托邦色彩的憧憬。本雅明借由解读波德莱尔的诗作而“穿越”到19世纪中期的巴黎，这一大都市空间和丰富的景观看似是他欣赏、玩味的对象，而实际上本雅明正是通过这种看似温婉的方式表达了他对现代性的担忧以及对资本主义社会普遍物质化、商品化的意识形态进行了深刻的批判。

无论是列斐伏尔还是本雅明，他们所揭示的城市空间与资本主义之间的紧密联系对新中国成立初期的无产阶级专政者们来说显得尤为棘手。此时，他们正有计划地准备对被认为是来自于旧社会、受资产阶级腐朽思想毒害颇深的文化人进行改造。在他们眼中，农村的主体是淳朴的无产阶级农民，只有在农村空间中才能真正体验到无产阶级的生活和生产方式，才能接受纯正的无产阶级思想的改造。因而这种文化人在有组织的情况下由城市到农村的流动现象，充满了意识形态内涵。显然，类似现象可供解读的空间还相当大。例如在《重构》一书中，杜英就从秦兆阳、师陀等人深入农村而创作的作品中提炼出了文学创作中的“闯入者”模式，并发现“闯入者”无法真正融入到农村中去。文化人（作家）虽然深入到了农村，接触到了无产阶级，思想上受到了冲击，但是他们仍然无法真正接受农村、工厂等空间所裹挟的无产阶级意识形态。

二、文本化与空间化

当代空间理论的引入还为研究者重新解读文学经典提供了全新的视角和理论工具，从而揭示文本和空间的双向互动关系。周而复在20世纪50年代初期创作的《上海的早晨》成为了研究者借由文学作品对上海这一特定空间进行空间分析的重要文本。在小说中，作者对上海的都市空间进行了广泛而细致的书写，甚至被研究者称为

"50 年代初期上海的'地理志'"。[①] 在小说中,周而复有意地在书写中将阶级斗争的观点融入到对上海的公园、棚户区、工厂等都市空间的书写之中。随着小说情节的展开,作为无产阶级代表人物的汤阿英从黑乎乎的棚户区迁移到了由新中国成立后上海市政府建造的工人居住区漕阳新邨;而之前常常出入公馆、饭店、舞厅的资本家徐守仁们则在"五反"运动中被打入了提篮桥监狱。空间的变迁除了引起主体的空间体验发生变化之外,也使得空间的阶级特征更为鲜明,都市空间被重新规划。然而,杜英敏锐地注意到了周而复对上海都市空间进行书写中的矛盾所在:一方面周而复对于上海的地形、地景书写往往有着寓意化的倾向,并因此制约了他的空间再造[②]。另一方面,在按照主流的阶级话语对上海的都市空间进行再现、再造时,往往又不能随心赋形,在对舞女房间、花园洋房、徐公馆的细致描写中,我们看到他情不自禁的迷恋往往压倒了寓意说教的企图。反而是对于工人的生活空间的再现,他更加容易以粗略、老套的笔法来够了形貌,并完成理性的、指意的表达。[③] 正是通过这一分析,杜英为我们揭示了文学研究中的"空间批评"所指向的"空间性"问题,特别是 50 年代初期上海的都市空间与周而复《上海的早晨》之间相互影响、相互塑造的互动关系。这种文本与空间的双向互动关系已经超越了上文论及的作者在文本里对空间所进行的单向度的叙述、建构,而呈现出"空间的文本化"和"文本的空间化"这一双向互动关系。

这一互动关系在杜英对"小报文人群体与上海文化空间的再

---

① 杜英:《重构文艺机制与文艺范式:上海,1949—1956》,第 150 页。
② 杜英:《重构文艺机制与文艺范式:上海,1949—1956》,第 153 页。
③ 杜英:《重构文艺机制与文艺范式:上海,1949—1956》,第 155 页。

生产”这一论题的阐述中体现得尤为明显。小报文人长期被主流文学史叙述排除在外，但这一极具活力和影响力的文人群体和文本类型却在20世纪50年代初期对上海的文化空间的重塑产生了巨大影响。杜英在书中介绍道，1949年后，上海的小报文人纷纷撰文书写上海的新面目、新气象，其中诸多改名后的建筑成了他们重要的书写对象。如，和平电影院改名为群众电影院，永安公司新厦的下层被改为中国百货公司上海市公司第一门市部，被收归国营，跑马厅变为了人民公园等等。小报文人们对此写道：“到百货公司中去买奢侈品，并不稀罕，如今走进百货公司，所买的却是食油、酱油、煤球、以至于米、面，这才有意义。”“因为人民政府，已把白面来被帝国主义霸占的诈骗我们金钱的‘跑马厅’，大大改变了，今天通过我们工人兄弟们的创造力和智慧，只花了短短三个月的时间，就变成了一座美丽的花园。”“园里的中苏友好廊，建筑得很精致：它象征着今天我们中苏两国人民友好团结，显示了保卫世界和平的无限力量。”①显然，在小报文人的文学书写中，空间的符号意义被凸显出来，令人无法忽视。已经高度文本化的空间成为人们在日常生活中需要认知的重要内容。杜英关注小报文人的书写与列斐伏尔分析巴黎城市规划中如何规划公园，詹明信研究纽约的鸿运饭店，抑或是大卫·哈维解读巴黎公社成员摧毁凡杜姆柱这一行为的象征意义等文化研究实践都有相似性。这体现出研究者不再只是把关注的焦点设置在对物质空间的认识上，而是将注意力越来越多地集中在空间的文化符号意义之上。他们真正关注的实际

① 杜英：《重构文艺机制与文艺范式：上海，1949—1956》，第164－165页。

上是人类以精神符号为介质，通过精神生产实践，对空间进行再叙事、再想象、再隐喻、再塑造，赋予空间以文化内涵，进而创造、生成出的符号化的文化表征空间。① 显然，在建构文化空间的过程中，文学恰恰是一股重要的力量。

在揭示上海都市空间文本化的同时，小报文人们的书写也呈现出空间化的态势。阅读这一类文本，如同游览在上海的大街小巷中。以他们对上海极深的了解，小报文人们把书写的笔触深入到了上海的每一个角落，往往由里弄空间写到某一条商业街，然后又延伸到另一条街，被书写空间的不断变化一方面可以更为充分地表现出上海旧貌换新颜的新变化，另一方面也使得空间在文本中流动起来，甚至呈现出碎片化的样貌。文本的空间化更为明显地体现在上海小报文人们以中国香港、美国为他者所进行的上海空间的想象当中。这一类的书写往往写上海人在香港的故事，但是小报作者对在港沪人的扫描以负面为主。② 往往通过写香港之坏来反衬新上海之好。如“上海从旧社会到新社会的转变过程中所产生的一批渣滓”，挤到香港也没好下场，“没落的悲哀已是随处可见”等。③ 对美国的书写也不例外。在这种通过对比来建构上海空间的书写中，常为人忽略的是文本中的叙述者在中国上海、中国香港、美国三地的不断空间位移，这显然是现代性在文学书写过程中的一种呈现。大卫·哈维所说的“时空压缩”被敏感的作家体验到，而作家又将这种体验通过文

① 谢纳：《空间生产与文化表征 空间转向视阈中的文学研究》，中国人民大学出版社2010年版，第79页。

② 杜英：《重构文艺机制与文艺范式：上海，1949—1956》，第169页。

③ 赵园：《序言》，载杜英著《重构文艺机制与文艺范式：上海，1949—1956》，第2页。

学书写的形式表达出来。在前现代的文学作品中,我们只会看到某一地区的作家只写他生活过及其他为他所熟知的空间。而随着现代性在全球范围内的展开,全球化的不断推进,时空障碍被打破,全世界都在向作家敞开怀抱,多种异质、异域空间得以共时地呈现在文本中。

三、空间批评的局限性

杜英对小报文人及其创作的研究不仅仅提供了一个检验空间理论适用性和实践空间批评的例证,更重要的则在于她通过大量的报刊资料将小报文人们在20世纪50年代初期对上海空间的建构乃至上海形象的建构进行了历史化的描述和分析。这一研究不但克服了西方理论初被引入中国现当代文学研究中时常见的"以理论套文本"这一简单粗暴的模式,而且发掘出了不被主流文学史叙述、研究所关注的小报文人群体及其对上海空间的书写这一文学史内容,极大地丰富了对上海都市文化研究的维度,并将这一领域的研究朝向更加细腻的角度挖掘。

诚如杜英自己所言,"就文学研究而言,'空间'(场域)概念有助于我们抽离既有的认知框架,探索在新民主主义向社会主义实践中文艺生产如何对应社会生产关系、社会分工、政治运动等,并内在化为同一群体或多数成员所共有的感知机制、精神结构,进而揭示推动不同场域中以不同逻辑展开的多样化实践背后的客观结构和社会力量。强调区域空间的重要性,旨在破除已有的'转折'研究中关于地域均质化、背景式的想象。它并非是将研究对象切割成一个个'横截面',纳入已有的关于'转折'的描述中,沦为既有的宏大历史叙述的'地方性版本';也不是简单套用'地方特性'

的模板进而将历史文献削足适履，陷入传统的通史式、程式化的区域文化研究套路。"[①]这一论述既向我们展示了研究者的基本思路及学术设想，也为我们回看杜英自己的研究提供了一定的参考。从而不难发现杜英在处理上海这一地域空间时，往往过分追求对空间内部文化现象的细密考察、研究。如书中对上海20世纪50年代初期市民服装样式所进行的文化研究以及对20世纪50年代初期上海新闻出版业的考察，虽然揭示了其背后的历史文化意义，却导致这种研究没能超越将上海这一地域空间作为纯粹物质的、静止的事件发生的容器这一种空间的传统理解，有些许游离于当代空间理论之外。同时我们也应该看到，与既有的研究中用作家论式的方式处理"转折时期"文学史问题相比，空间理论和视角的引入往往导致对作家个体的研究不够深入。[②]

四、中国现当代文学的空间批评转向

回顾中国现当代文学研究史，该领域内诸多研究方法都源自西方理论的创新和发展。无论是马克思主义的唯物史观，还是近些年来流行的新历史主义史学理论都极大地影响了中国现当代文学史的研究，很多理论对既有文学史研究法产生了修正和冲击，甚至是颠覆。20世纪中叶以来，西方理论界对空间问题持续关注，列斐伏尔、福柯、大卫·哈维、詹明信、爱德华·苏贾等一大批西方当代理论学家在马克思、海德格尔、本雅明、福柯等先驱的思想基础之上，建立并

① 赵园：《序言》，载杜英著《重构文艺机制与文艺范式：上海，1949—1956》，第2页。

② 相关研究可参考，程光伟：《文化的转轨——"鲁郭茅巴老曹"在中国》，光明日报出版社2003年版；贺桂梅：《转折的时代——40—50年代作家研究》，山东教育出版社2003年版。

发展了当代西方空间理论。这一理论将“空间”从被遗忘的角落带入学术关注的中心。“空间”在学术界这一由隐到显的转变,甚至被人们称为20世纪西方理论界的“空间转向”。显然,将“空间”适时引入中国现当代文学研究将有助于丰富该领域的研究对象,并拓宽研究视野,其中,最重要也是最鲜明的影响则在于中国现当代文学史研究中由来已久的侧重时间维度而轻视空间维度的研究方法和文学史观念将得到矫正和拓展。然而,总体看来,空间理论至今并未对中国现当代文学研究(尤其是文学史)的研究方法产生显著影响①,尤其是对在空间理论的影响下发展出的“空间批评”这一研究范式所进行的研究实践也不多见。在这一背景下,杜英在《重构文艺机制与文艺范式:上海,1949—1956》一书中引入了空间视角和空间理论,针对“转折时期”文学及文学史进行了空间批评实践就更凸显其研究创新之所在。

我们不应苛求任何一种研究范式或理论视角的完美。研究者应借由不断丰富的研究路径,才能更为丰富地认识研究对象。“转折时期”文学在中国现当代文学史上的重要位置毋庸置疑。正如赵园所说:“到了现在,那两个历史时代交接处的复杂面向已渐次显现,而尚待开发的空间还相当宽阔。不待说的是,我们至今仍然在那段历史

---

① 杨义著《重绘中国文学地图:杨义学术演讲集》(中国社会科学出版社2003年版)及《重绘中国文学地图通释》(当代中国出版社2007版)两书及张瑞英著《地域文化与现代乡土小说生命主题》(中国海洋大学出版社2008版)总体上是经由文学地理学的路径对文学与空间、文学与地域文化的关系所进行的思考,对强化文学研究中的空间维度产生了较大影响。但与当代空间理论及文学研究方法上的空间批评更为接近的则是台湾学者范铭如的《文学地理:台湾小说的空间阅读》(麦田出版2008年版)一书。

的延长线上;诸多问题、种种世相,仍然要由那段历史寻求解释。”①因此,只有通过更加多维度的视角才能窥见那段复杂历史的全貌。空间,正是这些视角中的重要一个。

原刊于:《中国现代文学研究丛刊》2014 年第 10 期,题目为《评杜英著〈重构文艺机制与文艺范式:上海,1949—1956〉》

① 赵园:《序言》,载杜英著《重构文艺机制与文艺范式:上海,1949—1956》,上海三联书店 2011 年版,第 1 页。

附录二：

超越冷战视阈是否可能：
1960 年代美国学界对中国"十七年文学"的研究

20 世纪 60 年代,美国对新中国成立以后(甚至 1942 年以后)的文学统称为"Chinese Communist Literature",直译为"中国共产主义文学"。这一命名的背后是美国乃至西方在当时对中国社会性质的定性等宏观政治经济问题。仅就文学领域来说,所谓的"中国共产主义文学"所涵盖的文学范围,大致等同于中国当代文学史中的"十七年(1949—1966)文学"。20 世纪 60 年代,美国对新中国文学的研究处于起步阶段,与日后北美中国现代当文学研究界的蔚为大观相比,成果并不丰硕。其中,较有代表性的是 1963 年牛津大学出版社出版的《中国季刊》(*China Quarterly*)第 13 期。该期题为 *Special Survey of Chinese Communist Literature*,即《中国共产主义文学特刊》(以下简称《特刊》)。这一特刊缘起于 1962 年 8 月 13 日—17 日,在英美会议中心召开的一次针对中国共产主义文学的会议。该会议由 Cyril Birch(白芝,又译白之)发起,是西方世界第一个就中国共产主义文学("十七年文学")召开的会议,与会者均在美国高校任教。既有的对美国20世纪60年代中国“十七年文学”研究的介绍，也基本以此刊为主要研究对象。① 研究者指出，英美学人对十七年文学的研究是在冷战语境中进行的：“站在西里尔·白之所谓‘我们’的立场上，将新中国‘十七年文学’视为一种异质的‘他者’进行观察和演说。这种特有的‘看’与‘被看’的对立关系，构成了冷战语境中的英美解读中国‘十七年文学’的基本框架与展开演说的思想逻辑。”②由此认为当时英美学界对“十七年文学”的研究是在冷战思维下充满了意识形态偏见的产物：“借以阐发其政治意识形态与文学理念，是一种自我想象的话语表达。”③此外，Merle Goldman（戈德曼）也是60年代另一位重要的“十七年文学”研究者，与白芝等人不同，戈德曼更关注文学与文艺体制之间的关系及文学史问题。半个世纪之后重读《特刊》与戈德曼的著作，不难发现，虽然个别研究无法摆脱冷战思维及意识形态偏见的影响，但整体看来，20世纪60年代美国研究界对“十七年文学”的研究呈现出了极为复杂且充满活力的面貌，虽偶有偏见，但仍对“十七年文学”中的诸多研究课题做出了颇具开创性的研究。

一、白芝与“十七年文学”研究

在“导言”部分，会议发起人 Cyril Birch（白芝）引用了苏联作家帕斯捷尔纳克的一个观点即“the search for the particle of art”，即“寻

① 方长安、纪海龙：《1949—1966年美英对新中国作家转型现象的解读》，《福建论坛（人文社会科学版）》，2009年第9期；方长安、纪海龙：《1949—1966英美解读中国“十七年文学”的思想逻辑》，《河北学刊》，2010年第3期；纪海龙：《1950—1960年代美英的中国“十七年文学”解读者身份研究》，《湖南大学学报（社会科学版）》，2014年第1期。

② 方长安、纪海龙：《1949—1966英美解读中国“十七年文学”的思想逻辑》，第113页。

③ 方长安、纪海龙：《1949—1966英美解读中国“十七年文学”的思想逻辑》，第136页。

找艺术粒子”。帕斯捷尔纳克的这一观点，旨在说明“艺术粒子”是艺术的本质。白芝对这一观点的借用，是为了提出对中国“十七年文学”的研究应该集中在文学本身。他认为，无论我们能在中国共产主义文学中发现多少艺术成分，我们都应该对中国共产主义文学蕴含的能量和视野予以肯定。① 同时，如果我们是研究文学问题，那么，我们必须将注意力集中在艺术的本质或基础上面。只有在我们对艺术的本质做了充足的详细研究之后，才能对它的社会影响和政治意涵进行研究。② 并且，白芝举但丁创作《神曲》为例，明确指出意识形态对文学创作来说，并不一定意味着灾难。③ 白芝所谓的“艺术粒子”显然反映了他对艺术的理解持本质主义色彩的看法。Bonnie S. McDougall（杜博妮）则认为，白芝提倡的这种先研究艺术的本质，再研究其政治社会意义的做法，将会使“本质”成为“一种概念上的虚幻”（a conceptual of fantasy），最终将导致文学研究进入死胡同。④ 即便如此，白芝对“十七年文学”所持的态度，显然是积极和开放的。此外，白芝还用古希腊神话中的海妖斯库拉（Scylla）和卡律布狄斯（Charybdis）的典故，提醒美国研究者在研究“十七年文学”时往往会陷入一个两难的困境，即要么不耐烦地认为“十七年文学”就是一大堆大众宣传材料；要么认为“十七年文学”都是一些水平很低的创作，并不值得阅读。⑤ 然而，白芝认为，我们必须时刻提醒自己，这些作

① Cyril Birch. “The Particle of Art.” *China Quarterly* 13(1963):4.

② Cyril Birch. “The Particle of Art.” *China Quarterly* 13(1963):4.

③ Cyril Birch. “The Particle of Art.” *China Quarterly* 13(1963):3.

④ Bonnie S. McDougall. *Mao Zedong's “Talk at the Yan'an conference on literature and art.”* Ann Arbor: Center for Chinese Studies, the University of Michigan. 1980. 7.

⑤ Cyril Birch. “The Particle of Art.” *China Quarterly* 13(1963):5.

品并不是为美国学者写的，它的目标读者是中国大众，而且中国作家们正在接近广大的群众。① 虽然，白芝的“我们”与“他们”之分，并不能完全排除“看”与“被看”的二元模式，但是，这并不妨碍白芝提倡一种更具包容性和开放性的研究态度。与其说这是冷战思维的产物，不如说是白芝研究态度中的“了解之同情”。

在另一篇论文中，白芝主要研究了自 1942 年延安文艺座谈会以来，包括“十七年文学”在内的社会主义文学对中国传统文学的继承。他指出，毛泽东在 1938 年就对思想领域的“洋八股”提出批评，并要求代之以中国作风和中国气派。接下来的文艺创作实践中，很多文艺作品都借鉴了民间文艺的形式，如最典型的秧歌剧，以及大获成功的歌剧《白毛女》。在 1949 年以后，文艺创作对民间传统文艺形式的借鉴和吸收更进一步，如 1958 年的京剧《红色卫星大闹天宫》，以及在 1949 年之前创作了《李家庄的变迁》《李有才板话》的赵树理，也在 1958 年创作了小说《灵泉洞》。白芝对《灵泉洞》评价很高，认为赵树理不是在简单地模仿古代英雄传奇，而是对中国叙事文学传统的延续。② 然而，白芝也指出，像赵树理一样能在创作中更巧妙融合传统艺术元素的作家少之又少。他批评李季的《王贵与李香香》就是失败的例子，作家对信天游这种民间艺术形式的吸收过于矫揉造作。③

其实，白芝长期关注新中国文学创作与传统文学之间的关系问

---

① Cyril Birch. “The Particle of Art”, *China Quarterly* 13(1963):5.

② Cyril Birch. “Chinese Communist Literature: the persistence of traditional forms”, *China Quarterly* 13(1963):80.

③ Cyril Birch. “Chinese Communist Literature: the persistence of traditional forms”, *China Quarterly* 13(1963):85.

题,这与他长期研究中国古代文学的学术背景有关。在稍后的20世纪70年代,在《中国小说的继承与变革》[①]一文中,白芝试图通过比较李伯元《文明小史》中的傅大人(傅祝登)、茅盾《子夜》中的周仲伟以及浩然《金光大道》中的张金发三个人物来指出"十七年文学"与中国传统的旧小说之间的紧密联系,以及五四文学在中国文学史框架中的独特地位。尤为重要的是,白芝在文中讨论了"小说"(novel)这一概念。他认为,尽管如亨利·詹姆斯所说的那样,"小说"是一种"奇妙的"形式(the "prodigious" form),这一概念本身就极具弹性,但是,如果考虑到19世纪欧洲的现实主义小说,那么中国传统的白话小说,如《三国演义》《红楼梦》等就很难被归入小说的行列。[②] 白芝认为,如果不拘泥于"小说"这一概念,而是从传奇、寓言乃至中国固有的"讲史"等角度出发,则能更好地认识到《红楼梦》《西游记》《三国演义》等小说的文学价值。继而,以浩然的《金光大道》为例,白芝认为中国社会主义现实主义的小说也很难被确认为小说(novel),而更应该被归类为寓言。由此,他认为中国现实主义小说的历史是短暂的,只有从五四运动到1942年不到30年的时间。然而等新中国时代的新作家们则正处在一个"大回归"(a Great Return)之中,并且,新中国的小说将更加"中国化"和"大众化",这与中国固有的叙事和戏剧文学追求"典范性"的传统一脉相承。[③] 显然,20世纪80年

---

① Cyril Birch. "Change and Continuity in Chinese fiction", Goldman, Merle, Ed. *Modern Chinese Literature in the May Fourth Era*, Cambridge: Harvard University Press, 1977. 385 – 404.

② Cyril Birch. "Change and Continuity in Chinese fiction", Goldman, Merle, Ed. *Modern Chinese Literature in the May Fourth Era*, Cambridge: Harvard University Press, 1977. 402.

③ Cyril Birch. "Change and Continuity in Chinese fiction", Goldman, Merle, Ed. *Modern Chinese Literature in the May Fourth Era*, Cambridge: Harvard University Press, 1977. 404.

代新时期文学的蓬勃发展，尤其是先锋文学的出现等文学现象都大大超出了白芝的预期。正如李欧梵后来所论，白芝的这一论断“太过悲观了”①。虽然白芝的论述并无明显的意识形态倾向，但是我们仍能看出他在比较研究中所得出的结论，即中国五四现实主义文学在中国文学史架构中的异质性或独特性与中国社会文学是寓言而非小说，都隐含着一种前现代与现代的划分。不过，白芝也认为浩然与李伯元等人迥然不同，他对新的文学创作技巧的熟练运用显然是现代的，如他对电影式闪回(flashback)以及中心视角叙述等技巧的熟练运用，都在《金光大道》的创作中得到了很好的体现，但这都无助于改变其作品仍属寓言而非现代小说的事实。

严格来说，白芝在论文中并没有使用“十七年文学”及类似的表述，而是“1942 年之后”(post-1942)或“后延安”(post-Yenan)文学。这表明白芝没有对 1942 年之后或 1949 年新中国成立后的文学做进一步的细分，而是自 1942 年至该论文写作的 20 世纪 70 年代初期被视为一个整体。这与他在 20 世纪 60 年代文章中用的“Chinese Communist Literature”的表述具有一致性。然而，他所选取的这一时段的代表作品，即浩然的《金光大道》的写作始于 1971 年。按照当下中国当代文学的划分，《金光大道》应该算是文革文学。洪子诚认为：“比起《艳阳天》来，无论是作品(《金光大道》)中的人物的个体意义，还是作家的体验本身，都被整合到作者所认同的‘文革’统一的历史叙述中。”②以《金光大道》为代表的文革文学无论是在美学风格上还是

① 李欧梵：《论中国现代小说的继承与变革》，《李欧梵论中国现代文学》，上海三联书店 2009 年版，第 64 页。

② 洪子诚：《中国当代文学史(修订版)》，北京大学出版社 2012 版，第 176 页。

思想内容上都与之前的“十七年文学”有着很大差异。正如论者所指出的，在“文革”中，政治观念、意图在文艺作品中的表达采用更直接的“转化”方式，即所谓“政治”的直接“美学化”。胡风、周扬等的文学思想中的“政治性——真实性——艺术性”，成为“政治——艺术”的结构。现代“左翼”文学对“现实主义”的信仰，他们用来调整政治与艺术紧张关系的“真实性”，已从这一结构中“拆除”。[①] 这一看法与白芝认为《金光大道》不是小说而是充满了象征性的寓言这一论述有其共性。

二、偏见与洞见

《特刊》中绝大多数学者对“十七年文学”的研究仍处于比较初步的阶段，多数论文往往花费大量的篇幅对小说的创作情况以及情节进行介绍。如 Li Chi 在《共产主义战争故事》[②]一文中讨论了自抗日战争至 20 世纪 60 年代中国战争文学的发展，特别是不同阶段对战斗英雄形象的塑造。作者既指出了像《吕梁英雄传》这类借鉴传统小说技法的成功之作，也批评了不少战争文学中的英雄人物有类型化、脸谱化的问题。C. W. Shih 讨论了以农业合作化和人民公社为主题的小说。作者认为这些小说大多存在主题先行、说教气比较重、人物形象过度理想化等问题。但是，不少作品也不乏亮点，像赵树理、李准、周立波等人就敏锐地把握了社会的动态，描写了作家所见所想的一些真实的社会情况。此外，这些作品也写到了农业合作化、人民公社、大跃进等运动对家庭伦理的冲击。这显然是一个值得注意的

---

① 洪子诚：《中国当代文学史（修订版）》，第 162 页。

② Li Chi, “Communist War Stories”, *China Quarterly* 13(1963): 139 – 157.

重要研究方向。同时,C. W. Shih 提醒到,读者并不能把这些文学作品当作获取中国社会信息的社会文本(social documents),而且通过对这些文本的研究,也不足以全面地了解中国社会。① F. S. Yang 则关注了"十七年小说"中对工人的描写,作者主要分析了《我们的节日》《春天来到了鸭绿江》和《百炼成钢》三部作品,虽然这些作品中存在过分强调党的领导反而弱化了工人形象等问题,但这些作品仍然是值得称赞的。特别是艾芜,F. S. Yang 认为他在描写工人阶级的时候所展现的真挚情感,值得赞赏。② 夏志清则讨论了"十七年文学"中的女性形象。除了介绍"十七年文学"中女性形象的基本情况之外,夏志清敏锐地提出了一些值得注意的现象。例如,他指出大跃进和人民公社运动极大地解放了女性,将她们从家庭中解放了出来,投入到社会生活、生产之中。③ 延安文艺座谈会之后,知识分子作为主要文学形象越来越少,工农兵成为主流,但是在"十七年文学"中,女教师、女医生等形象却并不少见。④ 曾任教于北京大学的 Hellmut Wilhelm(卫德明)则分析了"十七年文学"中的青年与老年形象,指出了青年形象愈发抽象化、标语口号化等趋势。⑤

但是,如前所述,20 世纪 60 年代的美国研究者,并不能完全摒弃

① C. W. Shih. "Co-operatives and Communes in Chinese Communist Fiction", *China Quarterly* 13(1963):210.

② F. S. Yang. "Industrial Workers in Chinese Communist Fiction", *China Quarterly* 13(1963):224－225.

③ C. T. Hsia. "Residual Femininity:Women in Chinese Communist Fiction", *China Quarterly* 13(963):170.

④ C. T. Hsia. "Residual Felinity:Women in Chinese Communist Fiction", *China Quarterly* 13(963):172.

⑤ Hellmut Wilhelm. "The Image of Youth and Age in Chinese Communist Literature", *China Quarterly* 13(1963):194.

意识形态的偏见。在《特刊》中，Vincent Y. C. Shih 就试图以茅盾、巴金、沈从文三人为标尺，对作家进行政治光谱定位。显然，这种简单粗暴的分析只能导致对作家进行"亲共""反共""中立"等意识形态偏见严重的划分。① 夏济安对"十七年文学"中的英雄形象与英雄崇拜的研究，其意识形态偏见则更为隐蔽。他认为小说中的有些内容很好地契合了意识形态的需要，但是有些却并没有。② 他在阅读《山乡巨变》《暴风骤雨》等作品时，从诸多细节中发现了一些所谓的"非共产主义"的内容。对此，杜博妮已经指出，这种煞费苦心地想从共产主义小说中发现一些非共产主义甚至反共产主义内容的研究方式，在 20 世纪 70 年代就被摒弃了，取而代之的是一种不刻意区分意识形态(undiscriminating)的研究方法。③ 这也在一定程度上说明了这种极具意识形态偏见的研究方法的失效。

三、戈德曼与社会主义文艺机制研究

戈德曼(Merle Goldman)是美国 20 世纪 60 年代另一位研究中国当代文学的重要学者。1967 年，哈佛大学出版社出版了戈德曼所著《共产主义中国的文学异己》④一书，该书关注 20 世纪 40 至 50 年代，中共与部分作家之间的矛盾冲突。对此，该书往往被认为具有浓重的意识形态色彩，戈德曼被认为是在有意拔高受到批判的作家的

---

① Vincent Y. C. Shih. "Enthusiast and Escapist: Writers of the Older Generation", *China Quarterly* 13(1963):92.

② T. A. Hsia. "Heroes and Hero-Worship in Chinese Communist Fiction", *China Quarterly* 13(1963):115.

③ Bonnie S. McDougall. *Mao Zedong's "Talk at the Yan' an conference on literature and art."* Ann Arbor: Center for Chinese Studies, the University of Michigan. 1980. 7.

④ Merle Goldman. *Literary Dissent in Communist China*. Cambridge: Harvard University Press, 1967.

地位，“在观察和批评时，他们（实际即指戈德曼）习惯于将‘十七年文学’批判运动同新中国文学政策联系起来，较高地评价那些在运动中受到冲击和批判的个人及其作品”。① 诚然，在当下看来，20 世纪 60 年代，戈德曼可能难免受到冷战思维或社会政治氛围的影响，对不少中国作家的评价不够客观。但是，细读其著作后却必须承认，戈德曼的研究主旨并不在于为受到批判的作家翻案，或故意拔高其文学史地位，而在于探讨新中国文艺体制、文艺政策的形成过程及其与作家之间的关系，这一更为宏观和更具历史意义的问题。尽量摆脱意识形态的桎梏，戈德曼对许多文学史遗留问题和现象能做出比较客观和全面的分析。例如，对于 1942 年以来知识分子的思想改造问题，戈德曼认为，在历次思想改造运动中，既有意识形态和政治原因，也有个人恩怨和私人利益冲突在其中发挥作用。② 又如，对于 20 世纪 30 年代“两个口号”的论争以及周扬等人与鲁迅的关系这一系列复杂问题，戈德曼指出，双方之间的矛盾冲突之中夹杂了个人恩怨的因素，但同时双方在美学和意识形态认知上同样存在分歧。③ 20 世纪 80 年代以来对这一问题的大量研究，都从不同方面佐证了戈德曼的判断之前瞻性和准确性。此外，戈德曼是较早注意到 20 世纪 40 年代国统区整风经过的研究者。通过对 1943 年《新华日报》等材料的阅读和研究，她认为在国统区，特别是在重庆

① 方长安、纪海龙：《1949—1966 英美解读中国“十七年文学”的思想逻辑》，《河北学刊》，2010 年第 3 期第 113 页。

② Merle Goldman. *Literary Dissent in Communist China*. Cambridge: Harvard University Press, 1967. 5.

③ Merle Goldman. *Literary Dissent in Communist China*. Cambridge: Harvard University Press, 1967. 10

的整风运动，与延安整风有较大差别。国统区整风更为关注作家们的私人生活问题，其中包括生活习惯、交友、言谈用语等。[①] 同时，戈德曼认为国统区的胡风、冯雪峰等人最初对整风运动的意义并不清楚，对整风没有给予足够的重视。胡风在给路翎、舒芜的信中认为整风只是做一些自我批评，是走形式的过程罢了。究其原因，戈德曼指出这与《在延安文艺座谈会上的讲话》迟迟未能公开发表有关。直到1943年10月19日，距离座谈会召开一年多之后，《讲话》才终于在《解放日报》全文刊发，整风运动才更直接地触动到了胡风等人。[②] 如今看来，这一观察同样十分敏锐。通过这些研究，戈德曼从具体的史实层面逐渐发现作家与中共及新中国文艺体制之间的矛盾所在。在研究过程中，戈德曼运用了大量在当时已公开出版的材料，并尽量做到了全面客观，这或许与她在哈佛大学师从费正清与史华慈从事历史研究有关。虽然，受制于较短的历史距离，以及当时社会政治环境的影响，戈德曼在一些史实上存在瑕疵，但这并不削弱其研究对全面研究新中国文艺体制以及知识分子的思想改造运动所具有的重要开创性价值。

无论是试图将研究集中在文学本身的白芝，还是着重从历史角度研究中国当代文学文化的戈德曼，抑或其他参与了1962年会议的学者，他们共同构成了20世纪60年代美国对中国“十七年文学”研究的复杂面貌。对这种复杂性，已有研究者根据《特刊》附录中的作

---

① Merle Goldman. *Literary Dissent in Communist China*. Cambridge: Harvard University Press, 1967. 55.

② Merle Goldman. *Literary Dissent in Communist China*. Cambridge: Harvard University Press, 1967. 56.

者列表，按图索骥，试图探究研究者的身份对其研究所产生的影响。①

毋庸讳言，冷战的影响是确实存在的，不少学者执拗于意识形态而无法对"十七年文学"做出客观准确的研究与评价。但与此同时，仍有学者能在不同程度上从学术研究的专业角度出发，超越了冷战的僵化思维，对"十七年文学"展开研究，并提出了包括工人、性别、社会运动与家庭伦理、文艺政策与文艺体制等在内的一些至今仍具启迪意义的问题和研究方向，则不得不令人敬佩。对这段历史的回顾和反思，不仅具有学术史意义，同时也具有"反求诸己"的反思价值。一味地认为20世纪60年代美国研究界被意识形态所左右，对"十七年文学"充满偏见与敌意，是不符合历史事实的，这种观点本身也没有跳出冷战思维的窠臼。

原刊于：《华文文学》2017年第5期，题目为
《20世纪60年代美国对中国当代文学的研究》

① 纪海龙：《1950—1960年代美英的中国"十七年文学"解读者身份研究》，《湖南大学学报（社会科学版）》2014年第1期。

附录三：

左翼木刻展览与上海青年会

对中国现代木刻艺术史的研究多从鲁迅提倡现代木刻的经过入手。从1931年8月创办“木刻讲习会”开始，鲁迅为木刻艺术在中国的推广和发展做出了卓越的贡献，这一点已被众多研究者所深入讨论。不过，既有研究对于早期木刻艺术的实践和传播过程的关注相对较少，特别是对左翼木刻艺术展览的研究尚不深入，对于上海基督教青年会（以下简称上海青年会）在木刻艺术发展过程中发挥过的重要作用则更少有人论及。[①] 本文关注上海青年会与左翼木刻艺术的历史关联，重点探究上海青年会基于自身独特的社会角色对早期左翼木刻艺术展览所给予的大力支持的基本史实和内在原因。其中，

① 谢春在《鲁迅对近代中国新兴木刻发展的贡献》（《求索》2006年第12期）中对鲁迅参与筹办的四次木刻展（1930年10月4日至5日，西洋木刻展览会；1932年6月4日至25日，德国作家版画展；1933年10月14日至15日，现代作家木刻画展，又称德俄版画展览会；1933年12月2日至3日，俄法书籍插画展览会）做了比较集中的讨论，但对于青年会与鲁迅、木刻展的关系并未作深入讨论。郑涛在《民国前期（1912—1936）西方现代木刻在中国的传播》（中央美术学院硕士论文，2002年，指导教师潘公凯）中对1912年至1936年间现代木刻艺术在中国的传播进行了考察。其中，1912至1936年间所举办的七次木刻艺术展览，大多与鲁迅有关。不过，该论文同样未对青年会与木刻展的关联做进一步讨论。

上海青年会复杂的社会关系和独特的社会角色是其支持木刻展的直接原因，而青年会颇具左翼色彩的神学思想和社会实践，则是促使其愿意助力左翼木刻艺术展览会的深层思想原因。

一、青年会与艺术展

作为中国现代木刻艺术的重要推手，鲁迅曾四次前往上海的青年会组织参观木刻展。分别为1932年7月26日，去上海八仙桥青年会观看春地美术研究所主办"春地画展"；1933年12月2日，去上海日侨青年会观看"俄法书籍插画展览"；1936年2月1日，去上海八仙桥青年会观看"苏联版画展"；1936年10月8日，去上海八仙桥青年会观看"第二回全国木刻流动展览会"。其中，"俄法书籍插画展览会"由鲁迅亲自筹划，于1933年12月2日至3日在上海日侨青年会举办。在同年12月5日致姚克的信中，鲁迅写道，"二，三两日，借日本基督教青年会开了木刻展览会，一半是那边寄来的，观者中国青年有二百余"①。然而，在12月6日致吴渤的信中，鲁迅却道出了办木刻展览的不易，"现在开一个展览会颇不容易，第一是地址，须设防商借，又要认为安全的地方；第二是内容，苏联的难以单独展览，就须请人作陪，这回的法国插画就是陪客。因为这些牵掣，就发生种种缺点了"②。可见，在严酷的政治氛围下，寻找适宜的场地对于早期左翼木刻展览来说是极为棘手的事情。此时，鲁迅的好友，日本人内山完造在上海日侨青年会中颇为活跃。作为虔诚的基督徒，内山是上海日本基督教青年会的活跃人物，并曾于1944年担任上海日本人基督教青年会董事

① 鲁迅：《致姚克》，《鲁迅全集》（第12卷），人民文学出版社2005年版，第512页。

② 鲁迅：《致姚克》，《鲁迅全集》（第12卷），第513页。

会会长一职。[①] 此外,在沪日本人曾创建"支那剧研究会"(Chinese Dramatic Club),并发行《支那剧研究》,其第一、二辑的编辑正是内山完造。有研究指出,这个中国戏剧研究会是作为上海日本人基督教青年会文化事业的一部分而创建的。[②] 因而,内山应在促成此次"俄法书籍插画展"在日侨青年会举办中扮演了重要角色。

颇受鲁迅重视的苏联版画展选在上海青年会举办的直接原因比较特殊。苏联版画展览会的规格是上述四次木刻展中最高的,展出的作品内容包括列宁之墓、斯大林像、高尔基像等,凸显了此次画展浓重的政治象征意义。此次展览会由苏联对外文化协会、中苏文化协会、中国美术会、中国文艺社四个团体共同主办,由此可以看出此展览具有很强的官方色彩。展览于 1936 年 1 月中旬在南京中央大学图书馆开幕,后又在上海展出,曾引起短暂的苏联版画热潮。[③] 2 月 21 日,该展览会移师上海,在八仙桥青年会大楼九楼开幕。据报道,展览会开幕当天,诸多名人到场致辞。其中就包括中苏文化协会会长孙科,中苏文化协会名誉会长、苏联驻华大使鲍格莫洛夫,中苏文化协会名誉会长蔡元培,中苏文化协会上海分会会长、交通大学校长黎照寰,中苏文化协会理事、画家徐悲鸿等。在致辞中,孙科称赞

---

① 赵晓阳:《基督教青年会在中国:本土和现代的探索》,社会科学文献出版社 2008 年版,第 97 页。

② 李莉薇:《20 年代上海的支那剧研究会与日本人的京剧研究》,《中国比较文学》2013 年第 4 期。同时,鲁迅与上海日侨青年会干事斋藤揔一也有来往。1931 年 5 月 19 日的《鲁迅日记》有"下午与田君来,并赠糖一合,约访斋藤揔一君,傍晚与增田君同往。"见《鲁迅全集》(第 16 卷),人民文学出版社 2015 年版,第 253 页。

③ 1936 年 2 到 3 月,包括《美术生活》《时报》《东方杂志》《文艺月刊》等杂志纷纷报道苏联版画展览会的盛况,并刊登了多幅苏联版画作品。甚至有观众表示,在南京观看该展览五次,在上海观看三次,但"仍然没有将全部精华学到!"(朱人鹤,《苏联版画展览读画记》,《青春周刊》第四卷第 2 期,1936 年 3 月 22 日)

此次展览会“足资中国文化上借镜者甚多”①。蔡元培则在致辞中提到了鲁迅对于中国版画发展的贡献，并表示自己也曾因鲁迅的介绍而接触过苏联版画，“觉得很有兴趣”，且“上海美术家得到此新刺激，必将益有进步”②。《礼拜六》杂志刊文称此次展览会是“自苏联十月革命以后，中苏文化沟通上值得大书特书的事件，因为在中国苏联版画展览这是第一次”③。

此次展览会选在上海八仙桥青年会举行的原因与作为主办方之一的中苏文化协会有着直接关联。该会于 1935 年 10 月 25 日在南京成立，并在上海成立分会。其中，上海分会的主要成员中有不少中华基督教青年会骨干成员的身影。其中，中华基督教青年会全国协会会长黎照寰担任中苏文化协会上海分会会长。另外，中苏文化协会名誉会长还包括曾担任国民政府驻苏联大使的颜惠庆，而颜惠庆正是上海青年会的创始人之一，他同时兼任中华基督教青年会全国协会董事，其胞弟颜福庆曾担任上海青年会会长。此外，中苏文化协会上海分会的候补理事还包括陆干臣，他曾于 1933 年至 1952 年期间担任上海青年会总干事一职。此外，自青年会在中国创办以来，一直注意经营其与社会名流的关系。④ 青年会充分利用自己的非政治

① 丁尼：《苏联版画展览会》，《人言周刊》，1936 年第 3 期。

② 蔡元培，《苏联版画展览》，《中苏文化》创刊号，1936 年 5 月 15 日。

③ 徐行：《写在苏联版画展后》，《礼拜六》，1936 年第 630 期。

④ 张志伟：《基督化与世俗化的挣扎：上海基督教青年会研究（1900—1922）》，台湾大学出版社 2010 年版，第157 - 172 页。张志伟考察了 1900 至 1922 年间上海青年会与上海政界、商界、教育界等各阶层和各种社会力量的交往。通过这些交际活动，上海青年会在发展和开展青年工作的过程中得到了很大的便利。此外，1928 年国民政府八个部长中有五个为基督徒，且均与青年会有关。也可参见 Thomas Reily. “Wu Yaozong and the YMCA：From Social Reform to Social Revolution，1927—1937”. *The Journal of American-East Asian Relations*. 2012（19）.

色彩和国际背景(特别是美国背景)与政商各界知名人士保持了良好的关系,扩展了自己的社会影响力。此次协助承办苏联版画展,可以进一步拉近上海青年会与苏联、国民政府之间的关系,彰显其在上海乃至全国的独特社会影响力。

然而,值得思考的是,从现有材料来看,无论是筹办“春地画展”的春地美术研究所成员,还是筹办“第二回全国木刻流动展”的广州现代版画会成员,他们与上海基督教青年会之间并无密切交往。① 因此,上海青年会甘愿承担一定风险,为思想意识形态鲜明的早期左翼木刻艺术展提供支持,并无明显的动机可寻,其原因或许需要从思想层面,尤其是中华基督教青年会颇具左翼色彩的神学思想入手寻找。

---

① “一八艺社”成员胡一川曾提到1929年成立的“西湖一八艺社”在国立杭州艺专校长林风眠的指导下曾在杭州青年会开过画展。(胡一川,《受到鲁迅先生关怀的“一八艺社”》,载《中共中国美术学院党史资料》编辑委员会编,《艺苑星火——中共中国美术学院党史资料(1927年—1949年)》,中国美术学院出版社2011年版,第87页)一般来说,胡一川作为当事人之一,其回忆具有较高的可信度。但是,在其他人有关“一八艺社”的回忆或研究中却并未看到有关该社在杭州青年会举办画展的信息。例如另一位“一八艺社”成员卢鸿基回忆道,“社员的干劲很大,这一年间在杭州就展览过两次(每周的观摩会是在校内举行,作品一般只竖排于墙边)。”(卢鸿基:《一八艺社始末》,《美术》2011年第9期)而未提及杭州画展的具体地址。当时的杂志《亚丹娜》在“西湖艺专第三届展览会专号”中介绍“一八艺社”时指出,“对外的艺术运动,曾有五次的大规模的展会,如在杭州,广州,上海等处,都能给予社会极大的信仰与希望。现在该社最近又筹备着第六次展览会,地点在杭州,届时当有一番盛况,杭州仕女之眼福,可谓不浅矣”。(《关于一八艺社》,《亚丹娜》1931年第1卷第5期)也并未提及“一八艺社”在杭州多次展览的具体地址。不过,由林风眠在国立杭州艺专组织的“艺术运动社”曾在杭州西湖世界博览会艺术馆举办展览。(郑重:《林风眠传》,东方出版中心,1999年,第81页)这或许也是“一八艺社”在杭州举办展览的场地。另,据唐英伟回忆,“第二回全国木刻流动展”“由野夫、新波、江峰、烟桥、力群、沃渣等在上海负责展出”。(唐英伟:《我与木刻》,湖北美术出版社1991年版,第21页。)据现有材料,“一八艺社”主要成员与杭州或上海的青年会没有直接关联。

二、青年会的右翼化

长期以来，中华基督教青年会在坚持社会福音的基本神学思想的情况下，积极投身促进中国近现代社会发展，在一定程度上实现了基督教青年会的本土化或中国化。青年会长期关注青年的发展，提倡德育、智育和体育并举，并以“非以役人，乃役于人”的精神以改造社会、造就青年，[①]在青年群体中产生了重要的影响。正如曾任中华基督教青年会总干事的余日章所说：“青年会是宗教团体，他秉承基督唯爱的精神，能够随时世的适宜，来供给中国的需要；尤其是供给中国青年的需要。”[②]20世纪二三十年代，面对中国日益深重的社会危机和民族危机，中华基督教青年会也采取了多种举措，积极投入到救亡运动之中，呈现出了一定的左翼倾向。特别是“五卅惨案”发生之后，上海等地发起了罢工、抵制洋货等运动，青年会也参与其中，不少地方的青年会与参加运动的学生和罢工人员保持了密切的联系。例如，上海青年会的工作人员发布了支持抵制洋货运动的公告，并积极为罢工筹款提供帮助。[③] 中华基督教青年会总干事余日章与曾两次致函上海工部局及社会各界，要求组建联合调查组，彻查“五卅惨案”。[④] 甚至，在青年会的官方刊物《青年进步》上曾有文章表示，“以吾中国之领土而被人欺凌如此，吾人其何以堪?”主张废除领事裁判

① 赵晓阳：《基督教青年会在中国：本土和现代的探索》，社会科学文献出版社2008年版，第49页。

② 余日章：《青年会与今日之中国》，载上海中华基督教青年会编，《上海中华基督教青年会三十五周年纪念册》，青年协会书局1935年版，第13页。

③ Shirley S. Garrett, *Social Reformers in Urban China: The Chinese Y. M. C. A., 1895—1926*. Cambridge: Harvard University Press, 1970. p. 178.

④ 《协会总干事余日章博士致各界公函》和《协会总干事余日章博士致各界第二次公函》，均刊于《青年进步》第85期，1925年7月。

权,约束各国之势力,否则"当知中国若欲不受列强之桎梏,惟有倾向于赤化"。①

此外,青年会的左倾还体现在他们在社会福音派思想的指导下开展的大量社会服务工作,尤其是服务劳工无产阶级的工作。② 自1920年开始,中华基督教青年会就专门成立了劳工部,开展劳工服务。例如,1935年第35期的《上海青年》为《上海青年劳工专号》,以此纪念上海青年会建设上海浦东劳工新村十周年。上海青年会总干事陆干臣在《发刊词》中表示:"回溯往年劳工事业国人注意者少。青年会劳工新村尝有首屈一指之誉,即现今除市政府已在大规模为平民建造住宅外,其他亦似鲜有所闻。故吾人尤感觉须更加奋勉,毋负于社会。"上海青年会所建设的普通劳工新村成绩斐然,连蒋介石也给予赞赏,并为之题词:"村舍新模范,社会新仪型。自近以及远,努力而进行。新中华建设,其大放光明。"③此外,值得一提的是,在劳工服务之外,劳工教育也是青年会的重要工作内容。经由青年会所主办的平民夜校的教育,诸如邓裕志在内的不少普通劳工逐渐成长为无产阶级工人运动领袖,在上海革命运动中发挥了重要作用。④因此,整体来看,无论是参与青年工作、救亡运动,还是劳工服务、劳

① 陈立廷:《五卅惨案之事实及影响》,《青年进步》第86册,1927年8月。

② 有关青年会的劳工服务,相关研究可参见 Shirley S. Garrett, *Social Reformers in Urban China: The Chinese Y. M. C. A.*, *1895—1926*. Cambridge: Harvard University Press, 1970.

③ 在一定意义上,青年会所开展的劳工服务和乡村建设工作,与蒋介石所提倡的"新生活运动"存在相通之处。自1930年受洗之后,蒋介石对青年会颇为重视,并曾主动邀请青年会参与他所提倡的"新生活运动",这也标志了青年会与国民政府之间保持了良好的关系。参见 Charles Andrew Keller. *Making Model Citizens: The Chinese YMCA, Social Activism, and Internationalism in Republic China, 1919—1937*. Dissertation: Oklahoma State University, 1987. p. 200.

④ 关于此问题可参看本书第二章所论。

工教育，青年会关注社会公平正义、服务劳工大众、积极投身救亡运动等行为都颇具左翼色彩。

显然，青年会的上述左倾思想及其实践，与早期左翼木刻艺术的表现内容存在契合之处。在八仙桥青年会所举行的木刻展中，以“第二回全国木刻流动展览会”所展出的作品左翼色彩最为浓厚。此次展出汇集了包括陈烟桥、黄新波、力群、曹白、郑也夫等一大批左翼青年木刻艺术家的作品，近 300 幅。这些作品大致可分为五类，“一、人像，二、风景，三、救亡运动之纪录，四、社会生活之反映，五、关于九一八及一二九之回忆或纪录。”①其中，就各类作品的数量来看，除人像、风景共计约 50 幅外，其余均为救亡题材。据唐小兵的统计，这次流动展实际上一共展出三十几位版画作者的约三百幅单幅作品，其中至少有十幅是直接以“呐喊”“呼号”“高歌”，或“怒吼”为主题的——诸如刘仑的《地球上的呐喊》，唐英伟的《女性的呼声》，以及桦橹的《我们的怒吼》等。② 其中最为人所瞩目且流传最广的是李桦于 1935 年创作的木刻《怒吼吧！中国》。此次展览会给观者留下了深刻的印象，即“在国防呼声的洪流里，中国的木刻者在这次展览会上，已告诉我们，努力于国防木刻的实践了。”③作为左翼木刻运动的参与者，白危在为“第二回全国木刻流动展览会”所写的文章中也强调了木刻运动及其作品所传递的反抗意识。他认为，木刻运动在“‘九一八’事变后初露锋芒，即为民族抗战而宣传，继之‘一二八’沪战发生，而情形也更紧张，作者亲手印造，亲手散发，几乎忘记了自己

---

① 冯佑：《第二回全国木刻流动展览会观后漫感》，《通俗文化》1936 年第 7 期。

② 唐小兵：《〈怒吼吧！中国〉的回响》，《读书》2005 年第 9 期。

③ 冯佑：《第二回全国木刻流动展览会观后漫感》，《通俗文化》1936 年第 7 期。

的存在。然而这代价往往是警棍和逮捕”。[①] 正如黄乔生所说，新兴版画密切联系社会现实、贴近人民大众生活，是人民的艺术，进步的艺术。反压迫、反侵略，是正义的事业。左翼文艺的思想内核是对侵略、压迫的愤恨和对人民的爱。[②]

由此可见，左翼木刻展所表现的反抗、救亡等时代精神和左翼思想，与青年会关注底层社会问题、关心国族危难的理念和实践在思想层面存在高度契合，二者同属 20 世纪 30 年代中国社会救亡图存的时代之声。因此，依托自己强大的社会影响力和非官方政治色彩，在政治情势高度敏感的社会氛围下为左翼木刻艺术展提供持续的支持，符合上海青年会的主流价值取向，同时也可以进一步彰显其与时俱进的时代特征，从而吸引进步青年群体的关注。

三、青年会与木刻艺术的发展

综上可见，早期现代木刻艺术作为一种颇具时代特征和鲜明左翼思想倾向的新兴艺术，其在中国的发生和发展既离不开鲁迅等重要文化人的引领，也需要上海青年会这类社会组织的支持。作为舶来品的基督教青年会凭借它在上海的巨大影响力而成为颇为活跃的公共文化活动参与者，而独特的社会角色和左倾的神学思想，使之成为了左翼木刻艺术的有力推动者。实际上，在 20 世纪二三十年代，随着中国社会阶级问题、民族问题日益深重，青年会通过各种方式参与了对时事问题的讨论和解决，对日渐成为主流的左翼思想保持了

① 白危：《木刻纪事——写给第二回全国木刻流动展览会》，《生活星期刊》，1936 年第 19 期。

② 黄乔生：《抗战版画与民族精神——从鲁迅倡导新兴木刻说起》，《解放军艺术学院学报》2017 年第 1 期。

长期的关注。[1] 探究上海青年会与左翼木刻展览之间的历史关联，为我们理解早期左翼木刻艺术的发展，以及 20 世纪 30 年代青年会的社会实践与思想动态提供了新的线索，也可为进一步探究左翼文艺与不同背景的社会机构之间的历史关联做出有益的尝试。

原刊于:《上海鲁迅研究》2019 年第 2 期，题目为《早期左翼木刻展览与上海青年会之关系探微》

① 中华基督教青年会的官方杂志《青年进步》自 1920 年起就开始介绍与马克思主义、社会主义、阶级问题、工人运动等相关的西方思想，先后刊登了《社会主义学说之异同》（第 33 册，1920 年 5 月）、《罗素论社会主义治下之科学与文艺》（第 35 册，1920 年 7 月）等文章，并刊登了《俄京彼得格拉之现状》（第 39 册）、《苏俄的外交政策》（第 103 册）、《苏联最近的教育状况》（第 125 册）等数十篇介绍“十月革命”后的俄苏国内社会情形及社会主义建设的文章，表现出了青年会对于马克思主义、社会主义和无产阶级革命的极大兴趣。

附录四：

文史互动与由文入史：

读黄英哲《漂泊与越境——两岸文化人的移动》

文学史研究往往与文学批评难以区分，诸多所谓的文学史研究不外乎以文学批评的方法对文本重新解读，而与历史研究并无多大关联。这种情况无疑削弱了文学史作为史学之一种的合法性。因此，文学史研究的历史化，成为两岸近现代文学研究的重要趋势。这一趋势不仅仅来源于文学史研究在现代知识生产和学科竞争中所感受到的压力，更是文学史研究的内在要求。正如郜元宝所指出的："和当代专业作家显著不同在于，现代文学家们往往既属于文学界，又属于其他社会生活领域……现代文学史和现代社会史（特别是社会史的集中表现即政治史）紧密交织在一起"。[①] 在推动文学史研究的史学化过程中，文史互动成为了重要的研究范式，陈寅恪的"诗史互证"以及顾颉刚以古籍研究古史的方法都成为了文学史研究的重要参照和理想范式。然而，在近现代文学研究领域，真正做到文史互

① 郜元宝：《"中国现当代文学研究"的"史学化"趋势》，《中国现代文学研究丛刊》2017 年第 2 期，第 6 页。

动绝非易事。研究者往往偏于一方，而不及两面，或重文轻史，或有史无文。换言之，在一定意义上，文学史研究属于跨学科研究之一种，许多文学史问题只有在史学和文学研究相结合的情况之下才能得到更好的解答，这无疑对研究者提出了更高的要求。

台湾旅日学者黄英哲是较早注意到文学史研究史学化趋势并进行跨学科研究的学者。长期以来，除了倾力搜集、整理台湾近现代重要作家相关文献之外，他在文学史研究领域侧重基于第一手资料的个案研究，即"牢牢抓住作家主体为中介来考察社会政治、思想文化与文学演变的关系"①。这一方面的成果，在《去"日本化"再"中国化"：战后台湾文化重建（1945—1947）》（2007，以下简称《重建》）一书中已经得以呈现。在该书中，黄英哲揭示了在台湾光复初期，许寿裳以其主导的"台湾省编译馆"为主要机构，以鲁迅为精神资源，试图在台湾掀起一个"新的五四运动"，以期实现去"日本化"再"中国化"的文化改造目标。该书被王德威评价为"堪称台湾史的第一本有关战后文化重建的著作"②，同时也成为了鲁迅研究领域中"本土化"研究领域的重要成果。近期，延续其个案研究与文史互动的研究范式，黄英哲新著《漂泊与越境：两岸文化人的移动》（以下简称《漂泊与越境》）将研究视野拓宽至两岸文化人的漂泊与越境，在丰富史料的开掘中探寻身处历史洪流之中的知识分子的精神踪迹。被该书所纳入研究范畴的既包括张深切、陶晶孙、许寿裳等对战后台湾文学产生了重要影响的文学家，同时也包括与文学稍有距离的知识分子杨振基，

① 郜元宝，《"中国现当代文学研究"的"史学化"趋势》，第19页。

② 王德威：《序：漂泊中展开人生，越境中发现认同》，载黄英哲著，《漂泊与越境：两岸文化人的移动》，台湾大学出版中心2016年版，第V页。

还包括游走于台湾和香港两地的作家施叔青。之所以选取这些人物进行深入的个案研究,其原因正如黄英哲所指出:"穿梭中国大陆、日本、中国台湾三地的文化人,他们在分裂动荡的时代,或为求学之故,或因政治因素,漂泊异乡,也使原先可能固著的文化产生流动。这些文化人的际遇呈现了近代东亚离散经验。"①显然,复杂多元的研究对象将使得本书既成为台湾文学史研究的重要组成,又为华语离散文学的研究打开了新的视角。

《漂泊与越境》所呈现的多个个案研究都表现出了同一个特点,即原始资料极为丰富。无论是张深切还是许寿裳,黄英哲都参与了其全集或日记等基础性文献的研究整理工作。1998 年,《张深切全集》由台湾文经出版社出版,成为台湾文学研究的重要文献。由于编纂全集时已距作者去世三十余年,距作者诸多作品的初版时间更是超过半个世纪,因而全集的编纂难度极大。为此,黄英哲为全集的编纂工作投入了相当多的精力。作为《漂泊与越境》的第一章,《张深切的政治与文学》最初即收录于《张深切全集》,原题为《总论——张深切的政治与文学》,该文对于张深切研究的重要性不言自明。在其研究中,黄英哲重点强调了张深切的民族意识。然而,这并不意味着参与了诸多中国左翼文化活动的张深切与当时中国大陆的左派知识分子一样是坚定的民族主义者。相反,出生于日治台湾,受教于日本,直到 20 岁时才开始在两岸活动的张深切拥有相当复杂的国族身份认同。20 世纪 20 年代,在上海和广州从事革命活动时,张深切积极参加了上海台湾自治协会和广东台湾革命青年团等组织,并极力

---

① 黄英哲:《漂泊与越境:两岸文化人的移动》,台湾大学出版中心 2016 年版,第 13 页。

主张“台湾独立”。不过,张深切所主张的“台湾独立”与当下语境中的“台独”却有着很大的不同。正如黄英哲所总结的,张深切及其革命同志在大陆提倡“台湾独立”主要是因为台湾“回归祖国”在当时是希望渺茫的事情,因而退而求其次地主张台湾独立。① 忽略“回归无望”这一历史前提,也就无法正确理解张深切的政治思想和他早期的文化活动。值得注意的是,张深切并非从一开始即决心投身文艺,而是其民族意识与文艺兴趣紧密联系在一起,文艺的启蒙功用才是张深切真正看重的。从而,“在客观环境无法从事政治运动时,他自然转向文学活动”。② 张深切对文艺的功利化理解和定位,使其文艺活动与中国左翼文艺存在诸多相似之处。其中,文艺为政治服务,成为张深切文艺活动的重要特征。经黄英哲的考察可知,张深切对文艺的功利化认知是一以贯之的,即便是在20世纪50年代,革命的浪潮已经渐行渐远,张深切也早已远离政治纷扰而投身电影制作,但是在拍摄电影《邱罔舍》时,他仍坚持“寓教于乐”的信念。只不过,这时的“教”的意涵已不再是民族革命或者独立自强,而是“改革‘台语’片,使‘台语’片纳入电影的轨道为目的。”③黄英哲对张深切文艺活动的总结极为中肯,“张深切之文学活动始终没有超出作为政治活动替代品之范畴。”④这一评语有赖于作者对张深切整体文艺思想和政治思想的准确把握。

与张深切相比,杨基振对文艺的介入并不深入。将其作为研究

---

① 黄英哲:《漂泊与越境:两岸文化人的移动》,第31页。

② 黄英哲:《漂泊与越境:两岸文化人的移动》,第41页。

③ 张深切:《我编导〈邱罔舍〉一片的动机与目的》,《张深切全集》第7卷,文经出版社1998年版,第293页。

④ 黄英哲:《漂泊与越境:两岸文化人的移动》,第41页。

对象,黄英哲意在透过大时代中的知识分子个体生命经验把握从战前到战后台湾知识分子群体的思想脉动。通过对 1944 年 10 月 1 日到 1950 年底之间杨基振日记的细致解读,黄英哲指出了杨基振身上的多重人格特性。在不同的时空背景下,杨基振扮演着不同的角色,思想也不断发生变化,甚至前后矛盾。然而,正是“这种多重人格表现与个人观,打破了过去一直以来惯以单一身份认同的绝对属性,来为人物划分政治取向的单面向思考模式”①。这一观点无疑对长期以来占据人物政治评价体系的“非此即彼”式的二分法提出了挑战。显然,基于日记这一特殊原始文献的历史性考掘,其学术意义远大于囿于僵硬理论或意识形态框架的知识生产。

如果说对张深切和杨振基的研究是研究广度的拓展,那么,对鲁迅《藤野先生》的研究则是研究深度的继续开掘。黄英哲长期关注鲁迅与台湾文学之间复杂关系,在《重建》一书中他为鲁迅在“异域”的本土化研究做出了示范。在新著《漂泊与越境》中,黄英哲对鲁迅的经典作品《藤野先生》在战后初期,即台湾正处于重要转折时期所占据的文化位置及其象征意涵进行了历史化的研究。作者并没有止于对《藤野先生》一文在战后台湾出版状况及其与在地文化脉络之间关系的考察,而是更进一步,试图通过对这一经典文学作品在 1945 年底创刊的日侨杂志《新声》上重新出版这一文化事件的全方位考察,以解读其文化符码,探索战后滞台日本知识分子群体如何认识或反思其战前的中国观,即《新声》重新刊登《藤野先生》,“亦具有对于战前日本帝国主义,特别是战前日本的中国观,提出反省意义”。② 为

① 黄英哲:《漂泊与越境:两岸文化人的移动》,第 72 页。

② 黄英哲:《漂泊与越境:两岸文化人的移动》,第 80 页。

了凸显《藤野先生》在战后初期得以在日文杂志上刊登的指标性意义，黄英哲详细梳理了鲁迅作品及其思想在台湾的传播史，并敏锐地指出，《藤野先生》在战后被刊载的时间正处于鲁迅在台湾的第二次传播高潮的前夕。① 随即，作者又对《新声》的创刊过程，特别是其创刊宗旨和组织结构进行了考证，继而发现了该杂志与台湾省行政长官公署之间的紧密联系，即《新声》的刊行有其政治性的任务，其定位主要是为启发当时仍滞留台湾等待遣返的日本人和被留用的日本人“蝉蜕其卑屈感”，并宣导战后中日需互相合作、友好的宣传刊物。②因此，黄英哲确认，《新声》杂志刊登经过删节的《藤野先生》完全符合台湾省行政长官公署在当时对日侨的基本政策，该刊物意在把《藤野先生》作为“友好的象征”，以期宣传中日友好。

从上述研究可见，经典文本的空间旅行绝非简单的空间位移，而是文本再生产的重要环节。因而，对这一现象的解读，也应该在“考镜源流”并梳理其文化脉络之后，深入挖掘文学作品在新语境中所产生的新意涵。以《藤野先生》为研究对象，黄英哲所呈现的历史化的个案研究，是其长期从事鲁迅本土化研究的又一重要成果。同时，这也表明，文学研究的本土化与历史化是密不可分的，本土化最终需要通过历史化来实现。鲁迅在台湾文学、文化脉络中的意义必须通过不断开展的个案研究才能得以揭示。

如前所述，黄英哲在《重建》一书中已经对许寿裳与台湾省编译馆进行了深入研究，而此次在新著《漂泊与越境》中，黄英哲提出了一个新的研究方向，即许寿裳与战后台湾研究的展开。除了试图以鲁

① 黄英哲：《漂泊与越境：两岸文化人的移动》，第 88 页。
② 黄英哲：《漂泊与越境：两岸文化人的移动》，第 90 页。

迅为精神资源,掀起新的五四运动,从而进行国民性改造之外,许寿裳为开展台湾研究投入了大量精力,可谓开战后台湾研究风气之先,而这一点往往不为人所重。显而易见,在战后开展台湾研究,所面临的首要问题是如何评价日本学者已经完成的台湾研究成果。对此,许寿裳没有囿于民族主义的束缚,而是理性地指出"台湾有研究学术的风气,可以说是日人的示范作用,也可以说是日人的功绩。日本虽然是侵略国家,但他们的学术我们需要保留,需要全国学者继续研究"。"日人对台湾的研究很多,他们的著作也很丰富"。① 在不到一年的时间内,许寿裳所领导的台湾省编译馆从整理日本学者的著作开始,为台湾研究做出了卓越的贡献,至今仍对台湾学术界有着重要影响。

其实,台湾研究整体的蓬勃发展正是得益于这种兼容并包的思想品格,台湾文学史研究更是如此。有研究者指出:"台湾文学史本身不应该仅局限于一地之文学史,应该以更大范畴的华文文学史,乃至世界文学史的角度来书写,而这样的联结便需要保留与其他史观对话的可能。"②由此,不难理解黄英哲将施叔青的《香港三部曲》纳入到该书研究视阈内的深层意义。除却以施叔青的创作"借此喻彼,以香港殖民故事以及作者游离历史、文本内外的立场,对照台湾的殖民经验"③之外,将施叔青的作品纳入到台湾文学的范畴之中,是一种超越一般台湾文学边界的世界华语文学意识的体现。正如黄英哲

① 黄英哲:《漂泊与越境:两岸文化人的移动》,第204页。

② 解昆桦:《他者臆度与自我盲视——台湾区域文学史的价值与可能》,载杨宗翰主编,《台湾文学史的省思》,台北富春文化事业股份有限公司2002年版,第21页。

③ 王德威:《序:漂泊中展开人生,越境中发现认同》,载黄英哲著,《漂泊与越境:两岸文化人的移动》,台湾大学出版中心2016年版,第ⅶ页。

所说，施叔青应该被归入台湾海外作家的行列之中，其《香港三部曲》不仅仅是香港文学也是台湾文学。① 换言之："台湾文学的收容边界应当是开放的。"②

值得注意的是，无论是通过对漂泊于两岸之间的台湾知识分子文化踪迹的考察，还是对鲁迅在"异域"的本土化研究，抑或是将游走于台港两地的施叔青纳入台湾文学的版图，这一系列的历史化研究都基于一个开放多元、既建构又解构的台湾文学意识，乃至台湾研究观念。历史学家曹永和曾指出："我们可以从东亚看台湾的发展，也可以从台湾看东亚历史的变迁，这样的台湾研究才能真正称为一门学问。"③此学问即"台湾学"。曹永和对台湾史或台湾学的这种建设构想，重在强调台湾史研究与其他地域史研究相互之间的借鉴关系。这种"从周边看台湾"的研究视角无疑会提供远超过一时一地所能提供的学术空间和动力。时至今日，虽然两岸学者对"台湾学"的认识不同，研究立场也大相径庭，但这并不妨碍"台湾学"在两岸乃至东亚学术界方兴未艾，并日益成为"显学"。陈孔立在《台湾学导论》一书中曾提出，"台湾学"作为区域研究，重点当然在于当代，除了对当代各个科学领域进行分别研究之外，还应当强调各个学科间互相渗透、密切联系的科际综合研究。④ 而朱双一则进一步将台湾学的研究范围扩大，他认为"台湾学"在实际内容上应代表着有关台湾所有"知识"的总和；它固然要以"当代"为重点，但同时也不能忽略了"历

① 黄英哲：《漂泊与越境：两岸文化人的移动》，第 259 页。

② 黄英哲：《漂泊与越境：两岸文化人的移动》，第 262 页。

③ 曹永和：《推荐序》，载若林正丈、吴密察主编，《跨界的台湾史研究——与东亚史的交错》，播种者文化有限公司 2004 年版，第Ⅴ页。

④ 陈孔立：《台湾学导论》，台湾博扬文化事业公司 2004 年版，第 21 页。

史”。所以这样讲，实在是因台湾的“当代”与台湾的“历史”有着密不可分的关系。① 当前，“台湾学”的重要领域即台湾文学与史学研究，其成果日益丰硕。择其要者，如“中央图书馆台湾分馆”就出版了《台湾学研究国际学术研讨会：殖民与近代化论文集》(2008)，以及自2007年以来由该馆连续出版的《台湾学系列讲座专辑》丛书等，其研究对象既包括台湾文学史，也包括台湾社会史等多领域内容。实际上，台湾学自身的丰富内涵决定了其研究方法必然是跨学科式的综合研究，其研究的空间范围必然是跨地区、跨国界的。由此，重审《漂泊与越境》一书的丰富内容，可以发现该书已经在践行这一研究策略。黄英哲对两岸文化人的研究，在学科层面既涵盖了文学领域，更着力于历史研究；在空间层面则涉及中国台湾、中国香港、中国大陆和日本四地。如此看来，《漂泊与越境》一书又似乎更应归入以跨学科研究范式著称的文化研究之列。

回顾历史，无论是张深切、杨基振，还是许寿裳、陶晶孙、施叔青，他们都徘徊或游走于诸多所谓“边界”的两侧。然而，除了地理空间上的天然隔阂之外，这些“边界”更多源于文化或意识形态上的人为建构。如上所述，台湾文学绝不局限于台湾一地，“台湾学”也不仅仅只是对台湾的研究，只有主动跨出“边界”，才能在众多纷纭复杂的关系之中把握台湾文学的内涵，丰富台湾学的研究成果。对此，理论建构自然必不可少，但是，在文史互动中探索个体生命的历史经验，继而以史带论，论从史出，则更能让台湾文学史乃至“台湾学”的研究更

---

① 朱双一：《论“台湾学”的建立及其研究方法》，《厦门大学学报(哲学社会科学版)》2010年第6期，第75页。

加血肉丰满，面目清晰。实际上，以丰富的史料，有情的眼光，①黄英哲新著《漂泊与越境：两岸文化人的移动》已经逐渐“越境”，由文入史，横跨文史两个领域，成为台湾研究的重要著作。梳理自许寿裳等人所开启的战后台湾研究，黄英哲的研究显然也已经嵌入到了这一学术史脉络之中。正如王德威所说：“当代台湾又面临新的一轮历史挑战，在各种壁垒分明的意识形态纠结中，《漂泊与越境》这样著作的出现可谓此其时也。”②

原刊于：日本爱知大学日本现代中国学会编《中国21》2018年第47期

① 王德威：《序：漂泊中展开人生，越境中发现认同》，载黄英哲著，《漂泊与越境：两岸文化人的移动》，第V页。

② 王德威：《序：漂泊中展开人生，越境中发现认同》，载黄英哲著，《漂泊与越境：两岸文化人的移动》，第ix页。

后　记

自2013年9月进入中国人民大学文学院读博士，至今已整十年。本书所收录的便是在此期间我所写成的一些文章。这些文章主要涉及左翼文学与翻译文学两个研究领域。显然，我在学习与研究上所走过的道路是短的，取得的成绩更是少之又少，实在没有整理的必要。因此，于我而言，此书的出版，其纪念意义是首位的。

借此机会，感谢十年间给予我最大帮助的老师们，尤其是人民大学的李今教授和北京师范大学的方维规教授，师恩难忘，铭记在心。感谢一直支持与包容我的家人，特别是我的妻子魏琳博士。感谢天津师范大学文学院，为我提供了宽松的工作环境，这在紧张与内卷情绪蔓延的当下，尤其难得。还要感谢同教研室的高恒文教授、鲍国华教授、范伟教授、杨爱芹副教授、林栋博士，三年来的共事，愉快、融洽、催人奋进。此外，还要特别感谢天津社会科学院出版社的韩鹏先生，没有他的大力支持与协助，此书的出版绝不会如此顺利。

顾颉刚先生在《古史辨》第一册的“自序”中写道:“我在生活上虽是祈祷着安定,但在学问上则深知道这是没有止境的,如果得到了止境即是自己的堕落,所以愿意终身在彷徨觅路之中。”追慕先贤,自我鞭策,希望在下一个十年,能取得令自己满意的学术成果,不负时光的流逝。

翟　猛

2023年9月12日　天津